万物笔记

李青松·著

中国青年出版社

（京）新登字 083 号

图书在版编目（CIP）数据

万物笔记 / 李青松著 . -- 北京 : 中国青年出版社，
2017.12
ISBN 978-7-5153-5041-7

Ⅰ.①万… Ⅱ.①李… Ⅲ.①报告文学 - 作品集 - 中
国 - 当代 Ⅳ.① I25

中国版本图书馆 CIP 数据核字（2017）第 327687 号

责任编辑　　侯群雄
装帧设计　　刘红刚
内文设计　　李　平
出版发行　　中国青年出版社
社　　址　　北京东四十二条 21 号　　邮政编码：100708
网　　址　　www.cyp.com.cn
门 市 部　　010-57350370
编 辑 部　　010-57350401
印　　刷　　三河市君旺印务有限公司
经　　销　　新华书店
规　　格　　710×1000　1/16
印　　张　　15.5
字　　数　　175 千字
版　　次　　2017 年 12 月北京第 1 版
印　　次　　2017 年 12 月河北第 1 次印刷
定　　价　　32.00 元

本图书如有印装质量问题，请凭购书发票与质检部联系调换　联系电话：（010）57350337

目录

一种精神

树是种出来的，

不是说出来的。

种树。种树种树种树。

种树。种树种树种树。

种树需要苦干，

种树需要一种信念和精神。

——题记

"二杆子"

他长得细高个子，长脸，猴瘦猴瘦，一副疾恶如仇的样子。第一次见到他时，很是惊愕。赵盘庄，在山西省中阳县暖泉镇。他跟你说话时，两眼紧紧盯着你，时不时会有唾沫星子喷出来。他这人火气大，说到一些看不惯的事情，就会咬牙切齿。他的中阳话口音很重，他说十句，我能听懂两三句，他说两三句，我干脆就听不懂了。不过，他挂在嘴上的那句话，我还是听懂了——"你懂我的意思了吗？"他是个颇有争议的人。有人讨厌他，说他张牙舞爪，咋咋呼呼，不明事理。有人说他的身上有一股匪气，要是生在旧社会，一准当土匪，占山为王了。有人说他是个"二杆子"，把钱都撒山上去了，胡尿日哄。日哄个甚？——种树。种树种树种树。种油松，种侧柏，种山杏，种刺槐。就是这么个被称作"二杆子"的人，竟然绿化了十万亩荒山，种了两千万株树。在中国，造林先锋不止他一个，张侯拉、马永顺、牛玉琴、石光银……能数出一个长串，而凭个人的力量绿化这么大面积种这么多树的人，他却是头一个。

头一个怎么啦？是啊！有人指着正在青山垣上给树挖坑的那个背影，说，还说不准他是给树挖坑还是给将来装自己的棺材挖坑呢！说完，捂着嘴咔哧咔哧一通乐。猫腰撅腚的那个背影当然没听见，他的心思全在坑里呢！在乡下，与精明相对的词才是"二杆子"呢！他的脾气把他害了。人说性格决定命运，而性格是啥决定呢？——脾气。这话在这个被称作"二杆子"的人身上算是应验了。

种树。种树种树种树。他本来拥有三座煤矿的股份，也算是知道有钱人的日子是什么样了。吃香的喝辣的，美美地受用一辈子，甚至几辈子都够了，还折腾个甚？可是，他还是折腾。据说，山西煤老板们暴富后，通常都干三件事，一则买家宅，问问，北京、上海、海南、深圳的高级别墅的钥匙都在什么人手里？二则买豪车，瞧瞧，凯迪拉克、奔驰、宝马轿车轮纹里的煤屑就知晓车的主人都是干什么的了。三则……唉，那是人家私密的事情，还是不说了吧。然而，这三件事，他都没有去折腾，却偏偏折腾着去种树。种树。种树种树种树。这个"二杆子"真是个犟种，树能生出金蛋子吗？可话说回来，种树也不定就种成个穷光蛋啊，那要看你种什么树，好家伙！要是种核桃种枣种板栗种成十万亩，十年后不成百万富翁才怪呢！种什么树的问题，我们想到了，这个"二杆子"就想不到吗？他当然没有"二"到那种程度。他不是不想种，而是不能种——青山垣的立地条件太差，片麻岩上几乎没有土层，经济林根本种不活。他只能种那些耐瘠薄耐干旱的树。油松、侧柏、山杏、刺槐这些树皮实，好活。不过这些树却没一点经济效益，只有投入没有产出。种得越多，负担就越重。那简直就是无底洞了。种树。种树种树种树。他算是掉进"洞"里了。

青山垣

青山垣在吕梁山中段。说到吕梁山，人们自然就会想到马烽、西戎的《吕梁英雄传》，当年民兵队长雷石柱带领民兵打鬼子、端炮楼、反扫荡，威震吕梁山。今天，一个"二杆子"种树能种出什么名堂？你还能成为英雄吗？

即便是英雄，也是个掉进"洞"里的英雄。那还能算英雄吗？

这是一个巨大的"洞"——有面积，有株数。论面积，十万亩不是个小数，得相当于多少个天安门广场呢？这还真不好丈量。论株数，两千万株该是相当的壮观无比了，一米一株，一株一米，若是一株一株排列下去，从赵盘庄排到北京，围着鸟巢排一圈，再从北京排回赵盘庄，大概没有问题吧。两千万株，聚起来就是一座绿色的山，躺下去就是一片绿色的海。

种树。种树种树种树。他是二十年前开始往"洞"里掉的——那个吕梁山中段的青山垣。青山垣辽阔而荒凉，几丛灌木几蓬衰草简直就可以算是冷漠的大自然的额外恩赐了。早年间，一个说书的盲艺人曾经给他算过一卦，说他前世是树神，天生看山的命，命中主贵，必有大作为。这个被称作"二杆子"的人的命运注定要和青山垣的命运连在一起了。

当时村里正在拍卖"四荒"。拍卖会开得异常沉闷。对了，"四荒"就是荒山、荒坡、荒滩、荒地。大家心里都有数，汗珠摔八瓣，好田还种不过来呢，哪还有力气治理"四荒"啊！再说，那"四荒"自古就是荒着的，除了牲口啃草磨牙，除了丢死孩子，葬死人，还能有啥用途？人人心里的算盘珠子早拨拉好几遍了。于是，女人扎堆嗑着瓜子，汉子们缩着头吧唧吧唧抽闷烟。村里没一个人站出来承包，眼看拍卖会就要泡汤了。"二杆子"的脾气上来了，腾地站起来——"我包！"一个一个缩着的头伸出来，诡异的目光看着他。村长唯恐他反悔，手起槌落，"当"的一声响，荒凉的青山垣的使用权就落在他的手里啦。哄！——全场乐倒了一片。好啊！他没有一个竞争对手，输赢都是自己。村民们纷纷扛起板凳，往门口走。转瞬间，青山垣跟大家没关系了，只跟他一个人有关了。村民们嘻嘻笑着散去了，嘴里叨叨着——"二杆子""二杆子"。村委会屋里瓜子皮满地，丢在角落里的烟屁股，有的还在冒着缕缕清冷的烟。他一个人傻在那里了……

不一会儿，婆姨知道了，风风火火赶来，同他吵了一架，末了一跺脚，哭着回娘家了。"二杆子"的犟劲上来，八头牛也拦不住。好嘛！你回娘家，我上山。第二天，他背着行李卷上了青山垣。在山上搭了个窝棚，种树。种树种树种树。

到底是女人。一个月后，婆姨心软了，拉着孩子找来了。到山上一看，丈夫蓬头垢面，胡子拉碴，衣服裤子被杂草灌木划成了条条，就像野人一样。毕竟是夫妻，婆姨的眼泪哗地就下来了，结果，没把丈夫劝下山，自己和孩子也留在了山上。唉，"二杆子"的犟脾气，不但害了自己，也害得全家人跟着遭罪哩。

盟誓

不久，他的一些亲戚也上山帮他来了。种树。种树种树种树。

头一年种的树，活了两成，八成都死了；二一年种的树活了三成，七成都死了；三一年种的树，活了四成，六成都死了……

死的比活的多得多。都折腾死了，还折腾个甚？他说，那也得折腾，不把自己折腾死，就得折腾。因为不种树，不折腾，他就得死。树魂儿已附在他的魂儿里了。

我们都种过树，闹着玩似的，挖个坑，栽个树苗，踩几脚，浇点水，树死树活，没我们的事了。坐大巴去坐大巴回，中午还有面包、咸鸭蛋、香肠吃，有矿泉水喝。嘻嘻哈哈，哈哈嘻嘻……这是种树吗？这不是种树，这是表演种树。真正的种树根本不是那么回事。种树看似容易，实则难。难就难在怎样把树种活。

从第八年起，他开始雇人上山种树。两百人，三百人，五百人，青山垣就像当年大寨的虎头山，彩旗招展，热火朝天。种树种树种树。树是种上了，可来年春天一看，成活率还是不高。什么原因？种树不认真，缺乏监督的眼睛。可也不能一个人种树，另一个人站在旁边监督啊！那谁来监督呢？让山神爷来监督吧。

这个被称作"二杆子"的人从红军过草地时，刘伯承与小叶丹的歃血盟誓得到启示。此后，种树的头一天，他把所有种树人召集到青山垣的最高处，杀鸡盟誓。他把鸡血滴到酒碗里，每人一碗，先敬天，再敬地，最后自己喝到肚里。之后，跪到地上，点燃一炷香，把香高举过头顶，向天盟誓。先是别人："我种的是神树，如果种不活，甘遭报应。"后是他自己："如果哪个人认真种了树，我欠了他的工钱，那就死我儿子。"盟誓完毕，鞭炮齐鸣。誓者庄严肃穆，听者涔涔汗下。

在吕梁，这一切只有这个被称作"二杆子"的人才能做得出来呢。

不过，这一招还真管用，成活率比以往提高了不少。种树。种树种树种树。一片一片的绿，盖住了裸露的秃岭，青山垣渐渐有了生机。

卖棺木

种树。种树种树种树。买树苗雇工的钱从哪儿来？

早年间做买卖贩运粮食赚来的钱投到山上去了；后来开煤矿挖乌金赚来的钱投到山上去了；再后来开门市部卖建材产品赚来的钱也投到山上去了。可还是不够，他又向银行贷款，向亲戚朋友借款，甚至还贷了"驴打滚"的高利贷……搞得债台高垒，债务如山。

这个被称作"二杆子"的人是两头忙呢——一头在山上，种树种树种树；一头在山下，借款借款借款。量力而行，量入而出，有多少钱办多少事，何必东挪西借，着急上火，嘴上起泡？往大了说，你种树是为了绿化祖国，为了民族的生态安全，可少了你种的那几棵树，就国破山河碎了吗？中华民族就得搬到月球上去了吗？没那么严重。然而，他还是四处借款。种树。种树种树种树。亲戚朋友躲着他，没人敢跟他来往了。这个"二杆子"疯了吗？是疯了，他开始变卖家产了——电视机卖了，缝纫机卖了，录音机卖了，摩托车卖了……陡然间，家徒四壁了。还有什么能卖？他一眼瞥见了墙角给父亲备下的棺木。他的父亲当过八路军，参加过抗美援朝。当年，贺龙一二〇师驻扎在中阳，个子还没有三八大盖高的父亲投奔了贺龙的队伍，扛枪打日本鬼子了。这个被称作"二杆子"的人孝顺父亲，父亲爱打扑克，他就买回一箱子扑克，又买回一箱子香烟，他让侄子保管香烟，村子里谁陪父亲打牌，打一次发一包香烟。二十世纪八十年代，他在东北贩黄豆时赚了一笔钱，作为长子，他从小兴安岭给父亲买了一副上好的红松棺木。那副棺木拉回赵盘庄时，很令庄里的老人们羡慕——瞧瞧，人家"二杆子"多孝顺。"二杆子"的父亲高兴得合不拢嘴。背着手，仰着头，从庄东头走到庄西头，又仰着头，背着手，从庄西头走到庄东头。那是多么光彩和荣耀啊！就像他在朝鲜战场上打穿插立了头功。

可万万想不到的是，在一个月黑天，"二杆子"硬是偷偷把棺木卖了。清早起来，父亲发现红松棺木没了，差点没背过气去。他跳着高骂，从太阳出来就骂，一直骂到太阳落山。一下子，"二杆子"由大孝子变成了大逆子。逆子就逆子吧，有钱种树就行。棺木将来可以再买，可种树季节一误，就是一年，再也补不回来呢。

用卖棺木的钱，他买了八百斤松子和山杏核撒在青山垣。种树。种树种树种树。赵盘庄的人悄悄议论，接下来，这个"二杆子"还会卖啥呢？不会把婆姨也卖了吧？

投药

常言说：三分造，七分管。有些地方年年种树不见树，很重要的原因就是轻视了管护，封禁措施不到位。要想保住种树成果，必须实行"三禁"，即：禁樵，禁牧，禁垦。对这个被称作"二杆子"的人来说，禁樵和禁垦相对容易一些，而禁牧就令他犯难了。他即便再横，也是一人难抵万家啊！难，也得禁。小小暖泉镇有一万多只羊、五千多头牛，还有马，还有骡子，还有驴，也都头数不菲哩！纵然种的树再多，如果管不住这些牲口的嘴，那些树迟早都得变成牲口拉出的粪蛋蛋。他请人写了许多"封山禁牧"的告示，贴在乡间的耀眼处，告知乡民，青山垣不准放牧云云，否则便如何云云。告示贴出去二十多张，还没等糨糊干了呢，就被人扯下来，蹲茅坑拉屎擦屁股了。

你是政府啊！你说禁牧就禁牧。祖祖辈辈都在青山垣放牧，几千年来，十里八村的牲口都是吃青山垣的草长大的，你贴一张纸，就断了牲口的活路？狗日的。——呸！呸呸呸！！

放牧，照旧。照旧，放牧。

他前脚种了树，牛羊们后脚就跟着来了。舌头卷，蹄子刨，刚种下的小树，统统进了牲口的肚里。他从东边赶，牲口跑到西边，他向西边追，牲口又呼地跑到东边了。两条腿的他，总没有四条腿的牲口跑得快。辛辛苦苦种的树，就这样都喂了牲口了。"二杆子"服软了——他拎上好烟好酒，找几个村的村长道自己的苦处，请求各村发布"村规民约"禁牧，结果，人家都跟他打哈哈。心说，你不是横吗？你还用求我们？嘴上却说，村委会是大家的村委会，得代表大多数村民的利益，而不能代表你一个人的利益。维护你一个人的利益而损害大多数村民的利益，那是违反村民委员会组织法的，使不得，使不得。

他苦不堪言。自己的事情只好自己办了。我是谁？我不是"二杆子"吗？我是"二杆子"我怕谁？他心一横，决定投药。他想，这件事不能偷偷摸摸地干，得光明正大。老办法，先告知——他贴出"投药"告示，说，青山垣的树木，近来虫害肆虐，为除虫并防止虫害蔓延，将喷洒农药云云，擅自进入林内放牧者，后果自负。他在青山垣的四周插了许多"此地有农药"的牌子。投药那天，还专门从镇上请来鼓乐队，敲敲打打，吹吹唱唱，就像办喜事唱大戏一样闹腾一天。目的只有一个，告知大家：我投药了！别去青山垣放牧啦！他本不想药死谁家的牲口，吓吓了事。可他担心的事情还是发生了。一户村民的一头牛和十只羊被药死。户主是个婆姨，又哭又骂地找上门来。他摊上官司了——经过调解，他共赔偿人家五千八百元。

虽然输了官司，却赢了禁牧。从此再也没人敢上青山垣放牧了。

种树为个甚

种树。种树种树种树。种树为个甚？

其实，这个被称作"二杆子"的人，最初种树的动因很简单——为了娘临死时说的那句话。这个被称作"二杆子"的人，一九六〇年出生于吕梁山中段一个只有九户人家的小村子。兄弟姐妹七个，一家人挤在一口土窑洞里，生活贫苦。他从小讨过饭，给村集体放过羊，知道饿肚子的滋味，也知道苦难意味着什么。饥饿是那个年代的显著特征。早年间，他苦苦奋斗的一切都是为了摆脱饥饿。温饱解决之后，他苦苦奋斗的一切又都是为了改善生态。——也许，这就是他的人生历程。

一九八八年，他的母亲因肺心病发作离开了人世。临走时，形如枯槁的母亲对他说："娘的病是烟熏的。"这句话像针一样扎在他的心上。他悲伤，他痛悔不已，他肝肠寸断。不论在什么场合，一想到母亲离世时的情景，就禁不住泪流满面。他在母亲的墓地种了一片小树。他希望这片小树长大后能够为母亲遮风挡雨，能够让母亲每天呼吸到新鲜的空气。此后不多天，一位朋友的父亲也去世了。一问病因，也是肺心病发作。朋友告诉他，县医院里接诊这种病的患者很多。每个月都有几个去世的。他专门去医院问了一次，医生告诉他是空气出了问题，经常呼吸恶劣的空气就会得这种病。怎样才能根治？医生随口说了一句："除非山上都种上树。"

肺心病与树有何关系？肺心病与树没有直接关系，但却与人呼吸到什么样的空气有关系。中阳境内矿产资源丰富，三分之一的国土面积上都有矿脉分布，有铁矿、煤矿、白云石矿……那些年，山上到处都在挖口子开矿，沟沟筑土炉炼焦，浓烟滚滚，异味弥漫。眼前的山在一座一座秃下去，山间的小溪都成了臭水沟……空气质量越来越差，恶劣的空气把越来越多人的生命夺走了。他把医生的那句话牢牢记在心里。种树。种树种树种树。既是人生的夙愿，也是他的梦想和追求。

种树。种树种树种树。他要通过自己的努力，把家乡的大山弄成他想象中的样子。一种信念和精神支撑着他，他才有了圣徒般的行为。种树种树种树。种树。往小了说，他种树是为防治肺心病，不再让母亲那样的悲剧重演。可是，种树种到后来，他的眼界宽了，见识广了，种树的动因也渐渐变大了，大到超出赵盘庄，超出暖泉镇，超出中阳县，超出山西省，甚至超出国界了……他说，他种树为了娘临死时说的那句话之后，还要再加上一句：为了全人类。

很多人听了他的话，乐得前仰后合。可是，谁能说，他种的树跟全人类没有关系呢？他说他种的树释放出来的氧气可能随风飘到河南、陕西、湖北、湖南，也可能飘到日本、韩国。这不就是为了全人类吗？生态面前人人平等。空气不认肤色，不辨语言，不厚官员，不薄百姓。他种的树都是松树、柏树……得长一百年才能成材。他说，他种树既不是为自己准备棺材，也不是为儿子准备棺材。退一步说，就是为自己和儿子准备棺材，也用不着种十万亩啊！到底为谁呢？说着说着，他把自己也说糊涂了。他说他自己也不知道了。种树。种树种树种树。他说，他是个爱树如命的人。再过个一百年、二百年，甚至一千年，人们拍拍树干说，这都是那个被称作"二杆子"的人种下的树。

有这句话就足够了。——他说。

有这句话就知足了。——他说。

种下一种精神

种树。种树种树种树。欠了一屁股债的被称作"二杆子"的人，还在青山垣上种着树。那里有他的梦想。不种树，毋宁死！人到了这步田地，谁也拿他没有办法了。每天鸡叫头遍，他就起床上山了，扛着锹，怀里揣着窝头，肩上挎着父亲转业时带回的军用水壶。种树。种树种树种树。

种树，种一天容易，种一年也不是很难。他一种种了二十年，不是种一亩两亩，而是十万亩，不是三株五株，而是两千万株，没有一种精神能种吗？没有一种精神能坚持下来吗？这个被称作"二杆子"的种树人的事迹经当地媒体报道后感动了千千万万的人。受国家林业局局长贾治邦委托，国家林业局的几位司长，也专程来中阳调研。有人在青山垣看了种树现场后，当场赋诗一首："青山垣上翠云深，一路颠簸见故人。风雨沧桑染霜鬓，光阴荏苒树成林。宏图初展岂言老，壮志小酬更献身。何日九州全绿化，欢天喜地作林神。"

绿色没有为他带来金子，却带来了荣誉，各种证书、奖状摆了一炕。县劳模、林业标兵、绿化奖章、绿化模范、全国"五一"劳动奖章……那年"五一"他还被请到北京，登上了天安门，受到中央领导的接见。如今，他还是山西省政协委员、吕梁市政协常委。政协会上，他常常语惊四座，发出与别人不一样的声音。

种树。种树种树种树。在经济上未能胜利地被称作"二杆子"的种树人，在精神上算是胜利了。毛泽东说："要使我们祖国的河山都绿起来，要达到园林化，到处都很美丽，自然面貌要改变过来。""要发展林业，林业是个了不起的事业，同志们，你们不要看不起林业。"

老人家下半句话可能忘说了——"同志们，你们更不要看不起种树人。"

这个被称作"二杆子"的种树人，没有上过一天学，只是粗通文字。他不是律师，却常常帮人打官司。他不偏三向四，凡事讲个理。他爱憎分明，敢作敢当，豪情万丈，对破坏生态环境的行为从不姑息；这个被称作"二杆子"的人，不是个"好村民"，他脾气大，嗓门高，不安分，敢顶嘴，抗上级，当众骂过村长，也常惹镇长不高兴；这个被称作"二杆子"的人，不是个好丈夫，婆姨患上脑梗死，七次病发，辗转吕梁、太原、北京住院就医，他没一次陪在身边。他在哪儿？他在青山垴上，他在种树；这个被称作"二杆子"的人不是个"好父亲"，他十六岁的女儿得急性阑尾炎，他去看了一眼，还没等做完手术，就急急地走了，他去干啥？他坐在装满树苗的农用车上去青山垣了，他去种树……种树。种树种树种树。现在的人一个赛一个地聪明，谁会干这种"二杆子"才干的事情。但我要说，在这个被称作"二杆子"的人身上有一种可贵的精神，值得我们学习。你可以不喜欢他，甚至讨厌他，但你不可以蔑视他种下的那些树，不可以对他种树的精神嗤之以鼻。种树。种树种树种树……二十年种树不止，在这一点上，我们谁都不如他。有人说，他是沽名钓誉。我倒要说，如果种树也能成为沽名钓誉的凭借，那么对这种沽名钓誉理应大力倡导和弘扬。我们种了几株树？为祖国为人民，我们尽了哪些义务？

这个被称作"二杆子"的人，有一颗慈悲的心。他说，你对山好，山也会对你好。然而，他不是个好村民，不是个好丈夫，不是个好父亲……他到底是怎样一个人呢？我一时陷入茫然和困惑之中了——他至少是个对山好的人吧。做好一个人，然后才能做一个好人。人之所以为人，就在于人在承担着改造世界的责任的同时，还承担着拯救自然的使命。现在的问题是，已经很少有人明白什么是人，人应该怎样去做了。我们发出的誓言太多，行动太少，甚至没有行动。他是一面镜子，照出了我们内心的斑斑污渍，对比他，我们是那么的虚伪和可笑。而他是那么真实，直率，一眼见底儿。

盼头

种树的季节又要到了。

昔日的荒山秃岭怎么不见了？这就是青山垣吗？——这就是。青山垣浸在春光里，半山的松树柏树，半山的刺槐灌木。而石头裸岩呢，则夹在绿色与绿色之间了。山坡上也没什么人，像是连半个人也没有，只剩下春阳暖意散落各处。登上了面前的山岭，举目一看，那山岭后面还是山岭，层层叠叠的，也不很远，也不很大。石头压着的枯草里，冒出了绿青青的草芽子，那些芽子望去甚有张力，生命的趣味浓厚，鲜活不已。生长是一种力量，是任何东西都无法压制的。

山坳间卧着三五间房子的地方，就是他的"乔氏林场"了。山门是用松枝搭建的，一条山路蜿蜒着穿过那里，通往青山的深处。我突然发现，实际上，这个被称作"二杆子"的人的内心世界，极其丰富，充满善良和美的东西。他说，他的远景是要把青山垣建成"生态教育基地"和"国家自然保护区"，让将来的娃娃们知道，他们的父辈们是怎样保护和建设生态的。从小培养生态意识，爱护自然中的一草一木、一蝶一鸟。学会做人，做一个有爱心的好人。

种树。种树种树种树。新的一天开始了。青山垣早晨的太阳就像一个涨血的大圆球，一下一下拱出地面后，打了哈欠，带着夜的慵倦，再一用力，就升腾了起来。鸟雀照例是比太阳殷勤了许多，叽叽喳喳的叫声，此时早在林子里响成一片。而林子呢，则用粗壮而有节奏的匀称的呼吸向青山垣提醒着自己的存在。绿色既需要空间的分布，更需要时间的积累。这都是早年种下的树，有胳膊那么粗了，树势很旺。乔灌草立体结构，初步形成了生态系统。一个春秋就是一个年轮。这个被称作"二杆子"的人，终于有了盼头。青山垣上到处是意外和惊喜，到处都是绿葱葱的松和柏。远看去，一棵树就是一个树的波浪，欢呼着卷上去，把尘嚣和功利也卷走了。从山顶看呢，远一处，近一处，深一块，浅一块，像一潭一潭碧绿的湖水，无风时，湖面纹丝不动，逢风起，满山满岭就温柔地拂动起来。

我们尽情地呼吸着，满鼻满口就都是松和柏的芳香了。漫步林间，那些松和柏依山微微地起身，似乎在用力拥抱着青山垣。树是有灵性的吗？面对此情此景，我们立刻失去了虚狂和浮华，如同进入了庄严的境界，再也不敢多说什么了，只是提着脚步在枯草和落叶上轻轻起落。我对这个被称作"二杆子"的人，肃然起敬了。而对"二杆子"这三个字，此时也有了别样的理解。种树，种树种树种树。"二杆子"哪还有什么贬义，分明是一个符号，一种精神呢！

这个被称作"二杆子"的人名叫乔建平，山西省中阳县暖泉镇赵盘庄农民。种树。种树种树种树。二十年来，他种树不止，共种了十万亩两千万株。

让我们向这位农民致敬！

遥远的虎啸

生命是一种依靠。

生命又是一种制约。

——题记

虎迹虎讯

宁静在瞬间断了。

"唔——"，空谷里，回荡着长长的啸声。在武功山神秘的腹地，那啸声如狂风裹挟着碎石和草屑，一阵阵，摇撼着汹涌的林涛。

正在觅食的锦鸡、野兔，还有爱占便宜的赤狐，蜷缩在树丛中瑟瑟地乱抖。

"唔——"，森林仿佛降临了灾难。

终于，懵懂多日的芦溪人从懵懂中醒过神来：莫非老虎又回来啦?

是回来了。

那虎既到西涧，却立住了脚步，眼睛映着月亮，灼亮灼亮，并不朝着驴子看，却对着这几个人，又呜的一声，将身子一缩，扑过来。这时候，山里本来无风，却听得树梢上呼呼地响，树叶簌簌地落，人面上冷气棱棱地割。那几个人早

已魂飞魄散了。

这是晚清小说家刘鹗先生在《老残游记》中对老虎的一段描述。

在中国古代文化中，作为一种权力和威严的象征，虎是仅次于龙的第二位"神物"。龙作为帝王的象征，其实是根本不存在的东西，而活生生的虎则是统帅、大将军的标志。它存在于军旗、徽章之上，也存在于匾额、镇物之中。手持虎符就意味着有指挥调动千军万马的大权，坐上虎皮交椅，就意味着身居权贵，八面威风，甚至江湖匪盗，草寇侠客也兴这一套。看过《智取威虎山》吗？坐山雕屁股底下那把交椅上披的就是虎皮……

"唔——"，久违了！老虎。

然而，对于这样的消息，芦溪的山民们可不像老虎专家那样兴奋。

老虎的出现搅乱了山村的宁静。

最先遭殃的是狗。据《萍乡日报》报道，仅1990年上半年，芦溪镇就至少有7只狗被野兽吃掉了。高楼村村民沈世芳反映，一天，他带着狗进入懵懂冲打柴，突然听到密林里一阵极端恐惧的嚎叫，回头看时，狗已不知去向。当他正在愣神的时候，远处传来一声长啸，他吓得要命，转身拼命奔跑。同沈世芳一样，住在玉女峰下新拢村的老刘，一天下午也忽闻不同寻常的狗叫声，他冲出屋门，已不见狗的踪影，但地上却清晰地留下了老虎的脚印。

另有报道，1991年11月8日，芦溪区东洋村一村民路遇一老虎，并清晰看见虎身上的扁担花。1991年11月10日，芦溪林业分场场长黄新明巡山至玉女峰山腰时，猛见一只老虎横闪而过。

此外，奉新、靖安、武宁、乐安、吉安、广昌、全南等地也相继发现虎迹。

这是一些可喜的信号。

自然环境无时无刻不在影响着人类的生产和生活，而人类的活动也在不断地改变着自然界。

虎迹的重现远远超出了老虎本身的意义：历史仍在山岭密林中活着。

人类可以毁坏自然，但是，自然却是不会屈服的。

自然界也有自己的秩序。只要给它时间，它就会按照自己的法则休养生息，孕育生命，并创造出许许多多的奇迹。

频频传来的虎讯，引起野生动物保护部门的注意。

江西省林业厅迅速组织专家草拟《华南虎及栖息地调查计划》，并上报国家林业部。随后，华南虎考察队成立。江西省自然保护区管理办公室主任王宝金任队长，老虎专家、高级工程师刘智勇任副队长。

考察队外业调查分两个阶段。第一个阶段调查路线为：

南昌—吉安—永新—莲花—宁冈—井冈山—赣州—全南—安远—寻乌—会昌—瑞金—宜黄—抚州—南昌。

第二个阶段调查路线为：

南昌—九江—瑞昌—武宁—修水—万载—莲花—吉安—永丰—乐安—宜黄—抚州—南昌。

一辆越野车在山路上疾驰。

是日，刘智勇率领华南虎考察队抵萍乡。在两位山民的带领下，考察队弃车爬山，于上埠镇九州村附近一座高山上，发现一处老虎脚印，在山顶，考察队还搜寻到老虎"挂爪"（老虎抓挠留下的痕迹）

若干。队员们或惊或喜，疲劳顿消。

中午，考察队来到另一个山村。获悉村民何家明最近拾得一个动物骨架。考察队走访了何家明，老何从屋内墙角拿出几只黑蹄。

考察队员通过分析，认定是水鹿的蹄子。水鹿是草食动物，又是华南虎的佳肴之一。

在自然界中，植物是动物的食料，草食动物又是肉食动物的食料，而所有动植物的遗体残骸被微生物分解之后再提供给植物吸收。

生态系统中的生产者、消费者和分解者之间不断地进行着这种能量转移和物质循环。

一个达到动态平衡的生态系统，动物、植物及其他生物不仅在数量上保持相对稳定，而且具有典型的食物链关系和符合物质与能量流动规律的金字塔形结构。

生命的织锦环环相扣，以致如果有一根生命线不幸断掉，生命的织锦就可能一根一根地脱落，甚至导致整个生态系统的解体。

水鹿与老虎之间的关系就是这么奇妙。

听说有个叫彭章生的村民，于两个月前在庄稼地边放置铁夹子，本意捕杀野猪，孰料却夹住了一只12公斤重的猫科动物，打死后美餐一顿。近日得知考察队进山寻虎，吓得彭章生躲进后山竹林，不敢露面。其妻见到考察队时眼圈发红，声音颤抖。经动员说服才将彭章生唤回，交出一只兽牙和两根小骨……

考察队通过投饵（山羊、大狗等）招引的方法和收集足印、挂爪、粪便、残饵、卧迹等实物资料证实，萍乡玉女峰山区现存华南虎至少3只，其中母老虎两只，幼虎1只。

巍巍玉女峰，你那茂密的森林里还藏着什么……

一封电报引出的新闻人物

前不久，在考察队回南昌休整期间，笔者采访了刘智勇先生。

刘智勇说："通过我们的考察认为，华南虎在江西境内的活动主要集中于井冈山、吉安和芦溪的山区，活动最频繁的是芦溪山区的罗霄山脉。"

同其他猫科动物一样，华南虎喜欢单独栖居，占山为王。

动物的集群和独居是一种奇特的现象。非洲的塞伦格提草原牛羚迁徙的场面被称为地球上伟大的奇景之一。

春天，5600平方公里的塞伦格提草原显得过于狭小，不足容纳这支50万只向前推进的有蹄类大军。远远看去，它们挤得那样紧，以至于形成了自己的云雾。

如果说这些看起来那样愚蠢的动物聚集起来是一种生存的需要的话，那么分离和独居则是更高等的动物无可比拟的智慧了。

华南虎的寿命一般在20年左右，一生要捕食动物3万～5万公斤左右。一只水鹿约重52公斤，虎一生要食掉1200～2000只水鹿一样的哺乳动物。

这个巨大的胃口常常是难以满足的。于是，山民的狗和牛等家畜便成了老虎的补充食物。

"你们发现活体了吗？"

"考察队尚未发现活体，但看到活体的老百姓有20余人"，老刘展开一本相册，"看到活体是相当困难的。今年春夏之间，我们考察半个月就发现足迹50多个，挂爪30多个，拾回老虎粪便5堆，此外还拍摄卧痕照片20余张。"老刘指着相册上的照片说。

"老刘，电报。"一个年轻人走进屋来，打断了我们的谈话，将一封电报交给刘智勇。

老刘擦了擦眼镜，看罢笑了笑："又是关于老虎的。"

我瞥了一眼，电文是：

　　　　已取几样鲜虎粪便，请速来人鉴定。吴。

"这位吴是谁？"我无意之中问了一句。出乎意料的是，我的采访因这封电报又有了另外的收获。

"吴德崇。"

"吴德崇？"

"对，这个人不简单，过去是林业干部，退休后专门从事华南虎考察和研究工作。"

老刘站起身来，从抽屉里取出一封信，"这是老吴前几日写给我的信，你看看，也许有什么用。"

经老刘同意，现将那封信全文抄录于此：

刘老师：您好！

　　今日又见新虎迹。地点：石子岭。在您发现挂爪处往西北下坡30米的石头上，老虎扒下千年马皮草，同时在东南上坡处屙有两节串连粪便。粪中毛棕白色无骨质，是小山猪毛。再向上2米处又屙一节长20余毫米。

　　两处粪便都有一个毛尾巴，是小虎之粪，已留存标本。

11月30日晚，三尖峰镇山大虎在茶垣岭大冲。

礼！

吴德崇

1991.12.4

职业的敏感使我意识到，吴德崇肯定是个新闻人物。倏忽间，一个念头闪过脑际：追踪采访吴德崇。

狗脑冲的发现

芦溪，武功山脚下的一座古镇。

芦溪镇方圆一千平方公里的山林都是卧虎藏龙区域。历史上，这里有天然动物园之称，明、清两代的县志中对王斑虎在本地的活动多有记载。人虎相习，人不伤害虎，虎亦不伤害人。20世纪50年代初期，芦溪人崇尚打虎，在打虎运动中，涌现出了许多打虎状元、打虎英雄。然而，自从进入70年代后期，这个著名的虎乡就再也难以发现老虎的踪迹了。

芦溪镇正大街2号。吴德崇。

他是一个普通的农家子弟。

1968年，他从造反派焚烧"毒草"的灰烬中发现了一本被烧得面目全非的《世界珍稀动物》一书，回去用糨糊粘巴粘巴还能看。其中的王斑虎一章最使他感兴趣。从此，他与虎结下了不解之缘，业余时间，他潜心研究虎的栖息及生活习性，20多年来从未间断。

冥冥中，他似乎听到了山林里虎啸的回声。

他终于等到了这一天。

1991年4月6日，吴德崇与芦溪林业分场会计种生、护林员吴启根、吴启伟一同巡山，中午在兴隆村村公所小憩，几位妇女的闲谈引起他们的注意。

"嘻，真倒霉，我家鸭子不知叫什么东西吃了7只。"一位抱孩子的妇女说。

"哎哟哟，7只？你家的鸭个顶个都是肥鸭啊！"

"可不，辛辛苦苦喂了一年，"抱孩子的妇女打开纽扣，露出白生生的奶子，孩子吮着，"到头来，连根鸭毛都没剩下。"

吴德崇好奇地走上前去，问："什么野兽吃的？"

"谁知道，可能是狼，也可能是豹子。"抱孩子的妇女用衣襟盖了盖奶子，看了吴德崇一眼回答。

"在哪儿吃的？"

"狗脑冲。"

"离这儿多远？"

"不远。"抱孩子的妇女用手指了指山那边。

"走，看看去！"吴德崇和会计及两名护林员急火火赶到狗脑冲。

嗬，现场乱糟糟的，大兽的足迹尽在眼里，小兽的足迹也很清晰。吴德崇取出卷尺量了量，大足印宽120～125毫米，小足印宽50毫米。

"是老虎的，是老虎的，"吴德崇惊喜万分，喃喃自语，"还是一母一子哩！"

对于吴德崇来说，这一发现是无比的重要。做完现场笔录，他一路哼着小曲，下得山来。

"老婆子，炒几个鸡蛋！"吴德崇未进家门就笑嘻嘻地嚷嚷道。

"死老头子，今天是怎么啦？"

"老虎！老虎！哈哈——，在狗脑冲发现了老虎的脚印。"

"疯疯癫癫的，瞧你那样子，早晚得让老虎吃了。"老婆唠叨着，刷锅点火。

吴德崇走进里屋，吩咐正在磨柴刀的儿子："快，去小卖部打酒！"

这天，吴德崇喝了个烂醉。

虎讯惊动了萍乡市林业局。林业局的段媛女士上山踏看，却因连日降雨，未能复制模型。

9月17日，破塘冲又出现虎迹。随后，吴德崇在井窝南山的芭茅丛中发现一处虎卧。

科学是严谨的，来不得半点虚假。足印、卧迹仅仅是可供研究的自然证据之一，吴德崇更大的目标是获得活生生的活体照片。

没有照相机。买，家里没有这笔积蓄；向上面申请，自己又是个业余的，没有正当渠道。就在吴德崇愁眉不展的时候，二女婿杨炳芳来了。机灵的女婿看出了岳父的心事：

"爸爸，我去借一架。"

"上哪儿去借？"

"您别管了，反正过些天您有照相机用就是了。"

果然，没过几日，女婿背来一架照相机，是从亲戚家里借来的。吴德崇高兴得像个孩子似的，半天合不拢嘴。

吴德崇上山了。

狼群和恐怖的夜

打虎亲兄弟，上阵父子兵。老婆担心他万一有个闪失，就叫儿子跟去照应。

在一片山林里，父子二人发现几个新鲜的老虎脚印。咔嚓咔嚓，吴德崇兴奋地按动快门。

"爸，镜头盖没打开！"儿子在旁边提示父亲。

吴德崇一看镜头，果然盖未取下来。"哎哟哟，浪费了两张，浪费了两张。"好一阵心疼。

突然，一阵微风吹来一股虎臊味。"爸爸，你看！"儿子小声说。

吴德崇定睛一看，在身旁2米处一片被压倒的草丛上，还有热气，显然是老虎的卧迹。

他们继续向前寻找。心，怦怦乱跳。

他们似乎忘记了时间。天渐渐暗下来，茂密的森林里死一般地沉寂。

儿子有些怕。因为隐伏的黑暗中的恐怖随时都在等待他们。

吴德崇也意识到了危险。老虎就在附近，老虎一旦出现，他们的处境极其严酷。他们是孤立无援的，想到这一点，吴德崇不由打了个寒战。

"儿子，听着，"吴德崇对儿子说，"一旦我被老虎踩在脚下，你千万别管我的死活。你赶紧按快门，把老虎吃我的场面照下来。"

吴德崇的手一抖一抖地，从脖子上取下照相机，递给儿子。

"记住了！"儿子接过照相机，眼睛潮潮的。

在那阴郁的冷酷的森林深处，几双眼睛在树隙间透过黑暗早已盯住他们。那是几双闪着绿光的凶恶的眼睛。

突然，儿子的一只手紧紧地抓住爸爸的胳膊。他的声音有些颤抖地说："别怕！几只草狼。"

虽是草狼，也不是好对付的。逃是逃不掉了。一把斧头，一把柴刀，硬拼，也不是办法。最好的对策就是等待。

等待需要耐力，而有时耐力能够战胜一切。

足智多谋的吴德崇知道，与其拢一堆篝火坐等天明，倒不如在大树上搭一个窝棚，睡上一觉更为安全。

儿子放哨，吴德崇挥动斧头，砍断一些树枝，再割来一些长藤，将几株大树连接起来。不多会儿，一座树上房子便建造成了。他们爬了上去。

那是一块属于他们父子的领地。

他们铺上雨衣躺了下来，希望睡上一觉，暂时忘记危险。可哪里睡得着呢？他们瞪大眼睛，手里紧紧握着斧头和柴刀……

"唔——"

一声虎啸划破长夜，狼群惶惶逃遁了。

他们在极端恐惧和疲惫中又迎来新的黎明。

访虎：目击者说

虎叫为"啸"，狼叫为"嗥"。虎叫的声音长，气粗，且有穿透力；狼叫的声音短，低沉。

古人的用字是很讲究的。

每只狼一年要吃掉1吨肉，一只40公斤重的狼，一次可吃下10公斤的肉。它们吃鹿、狍、野鸡、野兔和各种家畜，有时不是为了取食，而是咬死抛掉。

狼有很强的耐久力，一夜能跑100余公里。

狼能忍受长时间的饥饿，受伤后，甚至受2～3粒霰弹的穿透伤，也不立即倒下。被踩夹夹住时，能咬断腿部，自己解脱，逃之夭夭。

在东北农村，猎人用圈猎法捕狼。捕狼圈小而严密，用组木杆围成螺形的圈，下面埋得非常牢固，上面向内倾斜，形成上小下大的圆圈。圈内放置诱饵，当狼沿着螺形的圈进入圈内取食时，便不能再出来了。

狼非常狡猾多疑。与其说狼怕老虎，倒不如说狼怕老虎的叫声——虎啸。

在群山密林之中，虎啸一声，四山皆应。啸声所及的几里范围都能感受到虎威的震慑力。若虎到平原就没有这个威势了。

所谓虎借山势，山借虎威，说的就是这个意思。

在野外，目睹野生虎的机会并不是人人都有的。据笔者所知，甚至国际上的一些老虎专家虽然出版了许多本专著，但大多都未在野外遇到过老虎的活体。

吴德崇永远不会忘记那几次与老虎的奇遇——

记得我10岁那年，父亲带我去放夜水。在山间的拐弯处，遇到一只大王斑虎，相隔10余米左右。呼啸一声，掉头走了。我被吓得两天未进食。

1991年10月3日上午10时许，我带儿子在破塘冲塑虎脚模时，正下毛毛雨。当我们工作完毕准备下山时，忽然对面山冈上传来四声呼啸。一分钟后，我们清清楚楚地看到老虎慢条斯理地走上另一座山冈，并不时转过头来看我们父子。

还有一次就是1991年12月中旬，我在岩婆冲冈上取虎粪，老虎从山腰芭茅丛中走出来，掉头看我，我也看它，双方对视3分多钟。

吴德崇，这个普普通通的人竟有着极不普通的经历。

寻虎，寻虎，还是寻虎。既是一种痴迷，又是一种信念。

1991年以来，吴德崇父子先后访问了200余位猎民或山民，搜集资料120余宗，取得虎足印模型7个，虎崽毛一撮，虎粪7堆。

说到吴德崇的名字，山民们也许并不熟悉，但一提起"寻虎叔叔"，就无人不知，无人不晓了。

哪里发现了虎迹，人们就会主动跑来告诉他。

刘世云（芦溪镇兴隆村猎手）：

1991年10月12日晚11时许，我和本村青年徐新泉带着猎铳和手电筒在红薯地守夜（防野猪糟蹋红薯），跑过龙灯窝口时，听见大兽行走的响声。我们二人猫腰躲进树丛中，看见约有10米远的田里有一大兽。那大兽"唔"地长啸一声。我们打开电筒开关一照，妈呀！不得了啦，是一只老虎。我们二人吓得仰身跌入水沟里，弄得满身泥水，回到家还说不清话。

刘福元（芦溪镇田心村猎手）：

1991年10月17日凌晨2时，我与水湄村两青年一起打猎，在兴隆村附近，遇见一只老虎。

龙正来（芦溪镇半山村村民）：

1991年11月3日下午4时半左右，我往条盘坑收集晒干的稻草，赶牛回家时遇见老虎。当时，我挑着稻草，走了不到百余米，牛就停步不前，拼命往稻草下钻，而刚出生两个月的牛犊则贴入母牛肚下。一时，我不知将发生什么事情。于是，就大声吼叫逐牛，牛推也不动。谁知，这时山下的窝坑里，一只老虎长啸一声。我全身的骨头都吓散了，哪敢乱动一步？不过，我的头脑还是清醒的，为避开不幸，我准备把小牛喂虎吃。天照应，虎慢条斯理地，哼哼着，上到对面的山冈。我等了5分钟，一直看不见了才敢逐牛回家。

每一个目击者都有一个惊险的故事

至今讲起来，他们仍心有余悸。那与老虎对视的刹那，已深深刻在了他们的记忆中。

月光下的红薯地

最纯朴的是百姓，最通情理的也是百姓。

"如果没有他们的支持和帮助，恐怕我的寻虎工作很难坚持到今天。"说这番话时，吴德崇的眼里闪动着泪花。

　　吴德崇闻知华云乡磨高村一村民家的两只母狗被野兽叼走了，便步行25公里前去看个究竟。不料，那天雾大，迷了路。一天未进食，饥饿难忍。傍晚时，他来到高步岭村，叩开一户屋门，一问，户主吴冬生，同族人。

　　吴冬生一看"寻虎叔叔"疲惫不堪的样子，什么都明白了，赶紧叫女人安排饭菜。

　　一会儿工夫，一碗腊肉炖豆角，还有几碟小菜及香喷喷的米饭端上来了。

　　吴德崇狼吞虎咽地饱餐一顿。

　　"天黑了，山上虎豹出没无常，你就别走了，"热情好客的吴冬生说，"明天，我带你去磨高村。"

　　像吴冬生这样为吴德崇提供方便的山里人并非一两个。

　　如：半山村贺森林、何仕成，仁里村黄保材、马文武，兴隆村吴启根、徐新龙、刘良光等，足足有20多户。

　　最令吴德崇感动的是上毕镇王源村。

　　一日，村民们听说"寻虎叔叔"进村了，纷纷围上来，有的向他探听虎讯，有的向他提供老虎活动的最新信息。村支书和村长还专门组织群众谈情况。

　　夜深了，谈情况的群众散去。村公所里好静，吴德崇躺在床上，久久未能入睡。他想起那件事，心里有些惭愧。

　　几天前，也是在山中寻虎，整整寻了一天。已是晚上11时了，离家尚有30余公里。

　　附近没有村落，不要说有人款待，就是讨饭也找不到门户。儿子一屁股坐到石头上再也不想走了。

吴德崇看了看儿子，一声未吭。他跌跌撞撞地走下山坡，用一根树枝翻动一丛野葡萄秧，借着月光，企图找到几串野葡萄充饥。可是，找了半天，什么也没有找到。

当他沮丧地抬起头来的时候，奇迹出现了。距他不过5米远的地方是一片红薯地。

"这里有红薯！"吴德崇像见到救星一样，唤着儿子。

他们扒开田垄摸出大个的红薯，大口大口地嚼着，脆生生的红薯，真香。

填饱肚子，父子俩才意识到，他们做了一次贼。

"我对不住乡亲们，对不住，对不住。"1992年2月，吴德崇在一封写给笔者的信中还提起这件事。

吴德崇也真够认真的。实际上，谁会计较那几个红薯呢！何况，又是在那样的情况下。

唉，这个吴德崇。

虎论 ABC

民谚曰："老虎，老虎，铁头芒秆腰。"

"铁"就不用解释了，"芒秆"是南方山区的草本植物，稍用力一折，就断。

一位有猎虎经验的猎民也说："打虎不一定带枪，只要有较粗的硬木棍，狠打老虎的腰部，就能把它降伏。"

看来，武松打虎专打老虎的腰部是有一定道理的。

"老虎为何吃人，到底在什么样的情况下才吃人呢？"一次，笔者专门就这个问题给吴德崇去信，请他谈谈自己的看法。

吴德崇在回信中写道：

把虎当巨敌，就是对虎的偏见。虎所受之冤太多了。前人早已总结了虎的习性，只是不被人所认识。攻击人的极毒之词"狼心狗肺"，而不是"虎心豹肺"。在动物世界里，最恶者是狼而不是虎，"狼"字少一点就是狼，所以最狠者就是狼而不是虎。

除疯虎外，虎从不主动攻击人。但是，虎有极强的报复心理。我在访虎时了解到许多这类的故事——

芦溪镇王家岭村魏春秀口述：我11岁时，家里养了几只鸭。一日我听到鸭叫，跑去一看，一只黄色的大兽在追鸭。我急忙叫喊，母亲拿出一根竹枪，一面喊打一面乱舞竹枪。虎见竹枪打来，将身一跃，竹枪划破老虎头部，鲜血直流，虎逃走了。谁知，从此招来大祸。老虎每天围着我家房子转来转去，伺机报复。弄得我家人日夜闭门不敢外出，连摘菜挑水都不敢出去。打铜锣，开鸟铳都无效。前后有5名枪手守护我们母女达半个月之久，老虎才没伤着我们。

魏春秀的邻居黄建义口述：说也奇怪，我们想可能是老虎要吃她家狗，就把狗推出去让它吃，老虎吃完狗后，也无济于事。虎只要听到她母女俩说话，就守在窗外。

芦溪镇丰泉村聂冬生口述：那还是新中国成立前的事情。一天晚上我们串门回家，正逢一只大虎准备扑狗。我大喊："老虎吃狗哇！"就这一声，老虎一愣神未扑上狗。于是老虎一转身就追我，我急忙跑回家闩上门。老虎拼命撞门，一连闹了4天才离去，吓得全村人都不敢外出……

信是用毛笔写的。蝇头小楷，极工整。也是在这封信中，吴德崇用16个字概括了华南虎濒临绝迹的因素：恶性捕杀，通道险阻，会区遭劫，情场凶变。

吴德崇认为，华南虎有自己的产地，有会（雌雄相会）区，有情场，有行走路线。不是有雌雄就可产崽，虎有自己的配偶。在老虎的种族中存在着残酷的族杀现象。

一山不能藏二虎，这是前人对虎的族杀现象的总结。在大自然中，雌雄除发情相遇外，一般是难以共处的，一旦相遇，必导致一场恶斗。虎格斗开始时先消耗体力，当一方力不能支时，强者即将弱者推倒在地，咬住喉管，这一咬定要使对方断了气才肯罢休。

虎有固定的交配场所。若遭到破坏，雄虎就拒绝与雌虎交配。

不打虎，但捕猎其他动物，对虎也是无益的。饥饿而死的大都是幼虎。

华南虎有卧山、过山的生活习性。吴德崇认为，雌虎一般都是不过流浪生活的，过山虎大都是雄虎，而镇山虎则大都是雌虎。雄虎的流浪往往有一定目的，或者为它的未婚妻选地盘，或者是自己厌倦了旧地，想开辟一片新的疆土。

虎似乎有着特异功能。虽远隔千山万水，雄虎对自己配偶的定居点、何时发情，仍了如指掌。冬末春初，只要雌虎发出情吼声，不出几日，雄虎就到了。

通过走访猎户和自己对华南虎的观察，吴德崇总结出这样几条：

一、虎穴一般选在大岩石下，夏冬两季居住较多。但雌虎分娩时一般在茅草丛中，不入穴。可能是便于虎崽活动隐藏。

二、虎喜居山峰。多居于主峰连接支峰数处的地方，独峰则不居。出入走山冈脊背处，适应瞭望，很少走路中心，常靠长茅草路边走。

三、虎到新处才在地面分路点的大树旁，爪抓挂牌做标记，抓地定撒尿才抓。一般出入不挂牌（用虎尿留下标记）。

四、虎一般不卧大树下，少入密林中，地不光不屙屎。

目前，有关部门尚未组织专家对吴德崇的研究鉴定真伪。因此，吴德崇的研究实际上处于一种既否定不了，也不能肯定的境地。

也许，吴德崇追踪的本不是华南虎，而是云豹或者别的什么。

也许，吴德崇在寻虎访虎过程中，被一些传说和现象迷惑，自己也陷入了怪圈……

然而，无论怎样，山林那里长长的啸声却是真实的存在。

虎事回眸

中国虎有几个亚种？专家的意见也未统一。有的说两个，有的说三个，有的说四个。各有各的根据，各有各的道理。

中国虎至少有两个亚种是可以肯定的，即东北虎和华南虎。

东北虎又被称为西伯利亚虎或西伯利亚长毛虎。在苏联著作中则被称为乌苏里虎和阿穆尔虎，体形大、毛色淡、冬毛特别长，尾毛也很丰满，条纹不十分清晰。

新中国成立前，猎人打虎主要是为了获取虎皮和虎骨。由于猎人的武器较差，再加上猎虎存在相当大的风险，所捕杀的数量并不大。

据史料记载：1932～1933年，哈尔滨毛皮市场有10张虎皮上市。1935～1936年，在北满中东铁路以东地区的白俄猎人共猎获10只老虎。

新中国成立后，国内动物园开始高价收购东北虎，各地猎人大显身手，导致了大规模的乱捕滥猎，严重损害了东北虎的资源。仅50年代，黑龙江省就猎杀东北虎128只。

即便如此，猎虎者仍不让老虎有须臾安宁。有消息说，在张广才岭有的人把老虎打死，虎皮剥下来，虎尸埋在山上，做个记号几年后再来取虎骨。东北林业大学野生动物系肖前柱先生掌握的数字显示，新中国成立以来全国共打死野生虎300余只，被披露出来的毕竟是少数。

同东北虎相比，华南虎的毛色要深得多，条纹也深重，且多形成环形或菱形。

华南虎的分布区域也比东北虎广阔。20世纪30年代初期，香港曾发现过有大陆泅水过来的华南虎。

云南的勐海、思茅等地分布着一个叫拉祜族的少数民族。"拉祜"即是用特殊方法烤吃老虎肉之意。因此"拉祜"又被称为"猎虎"的民族。

可见，自古以来，云南南部和西南部原是多虎的地区。

四川也产虎。《四川资源·动物志》载，四川产华南虎的地方有：青川、绵竹、北川、平武、万县、甘孜。1960年全省收购虎皮23张，1962年收购虎骨45公斤，是历史上的最高年份。

　　罗布泊是个谜。可很少有人知道，这个谜面上竟也留下了老虎的脚印。20世纪初，塔里木河两岸森林茂密，栖息着种类繁多的野生动物。继彭加木之后担任罗布泊考察队队长的夏训诚，1981年在罗布泊考察时，曾意外地遇上了几位90岁以上的老"罗布人"幸存者。

　　这一族人世世代代生活在罗布泊南边的阿布丹一带。他们回忆说，1920年，那里发生了一场大瘟疫，死了许多人，野兽也死了不少，有时在河谷里还能看见奄奄一息的老虎。有一位塔依尔猎人和他的儿子，还曾亲手把两只虎崽抬回家喂养了一段时间。

　　1959年至1964年，有人仍在这里发现过老虎。后来就再无音信了。

　　罗布泊的虎，是华南虎还是东北虎？——"这很难讲，也许都不是。"著名老虎专家谭邦杰说，"根据苏联老虎专家斯卢德基提供的资料，50年代，苏联中亚几个共和国都有虎，特别是哈萨克斯坦共和国的阿克苏河和斋桑河一带老虎活动更是频繁，而那里再往东就是我国新疆的边界了。"

　　动物是没有国界的。谭邦杰笑着说："冬天江水结冰，老虎可以自由通行。况且，老虎好水性、善游泳，夏季即使江水澎湃，也能游过对岸。"

印度"老虎计划"

　　虎曾一度分布于亚洲的大部分地区。在20世纪生态环境尚未遭到大规模破坏之前，世界上共有10万只老虎，而现在只剩下5000只了，有3个亚种即巴厘虎、里海虎和爪哇虎趋于灭绝。

1969年，国际自然和自然资源保护联盟在印度新德里召开会议，呼吁拯救濒临绝种的老虎，提出禁止虎皮贸易的提议。

作为会议东道主的印度首先响应大会号召，率先采取行动保护老虎。

1970年，印度政府下令，全国禁止捕杀老虎，印度野生动物局为此开展了一项号称"老虎计划"的行动。邻国尼泊尔、不丹和孟加拉国也采取了保护老虎的相应措施。

印度野生动物局的第一个任务就是普查全国老虎的数量。根据可靠的足迹调查，1972年5月，他们宣布：印度只剩下1827只老虎。

老虎数量的锐减，震惊了世界。

1972年9月，印度联邦国会通过了《野生动物保护法令》，法令的大部分涉及老虎保护问题。根据法令，印度投入大量人力和财力用于拯救老虎。

1973年至1974年，印度在老虎栖息地开辟了9个自然保护区，后来又发展到15个，面积达24600平方公里。占地1940平方公里的堪哈自然保护区过去是著名的狩猎区，现在已成为"老虎计划"的一个窗口。这个保护区建立之时，印度政府将保护区内22个村庄的4000户居民搬迁到保护区外，并为他们另辟土地和重建家园。

同中国的自然保护区一样，堪哈自然保护区也分为"核心地带"和"缓冲地带"。核心地带严禁人类进行开发活动，缓冲地带只许进行保护森林的工作。同时，在保护区内还实行水源和土壤的保护，荷枪实弹的森林警卫队日夜巡逻。

印度野生动物研究所所长海曼德拉·潘沃先生说："我们的目的

是把人类对自然保护区的干扰减少到最低限度，以便使林木复生，野生动物得到庇护。"

为了实施"老虎计划"，印度政府耗资巨大。仅1972年至1980年，即耗资1000万美元。此间，世界野生生物基金会捐款100万美元支持印度购买设备。

印度政府的努力收效显著。据统计，印度的老虎从过去的1827只现已增加到4000多只。在堪哈自然保护区，乘大象参观，随时可以眺望到隐藏在丛林中的老虎。

美国著名动物学家彼得·杰克逊教授在考察后写道：

> 一只硕大的老虎躺在丛林里的浓荫下打盹，不时用巨大的脚掌驱赶面前的苍蝇。它是心满意足和完全轻松的形象。我和几个朋友正骑在大象背上注视着它，只不过离它几米远。我们故意咳嗽几声，它有一两次睁开惺忪的眼睛，但是后来，无论我们发出什么噪音，也不能惊动它了。

笼子里的虎

让我们的目光从域外回到国内，看看笼子里的虎是什么情形。

在动物园中全国饲养的华南虎共有40只左右，绝大部分是一只福建雌虎和四五只贵州虎的第三代或第四代的后裔。

有人建议，应该动员社会力量捕捉哪怕是一两只野生的华南虎，用来改良现有的饲养虎的血统。

然而，一些老虎专家则极力反对。理由是这样做同样会造成近亲繁殖，况且野生虎在人工饲养的条件下，在几年时间内就会出现种的变异或失去繁殖能力。

我国最大的华南虎种群基地——重庆动物园中有8只华南虎正苟延残喘。

老虎的眼角挂着眼屎，僵卧不动，偶尔抬头看人时，微眯的睡眼中流露出饱经沧桑，绝望无奈的神色，年轻的虎也似乎未老先衰，在狭窄的铁笼中缓慢地转着圈子，左顾右盼，"呜呜……呜呜……呜……"的叫声，凄凉悲楚。有的老虎身上的黄色和黑色的花纹中间夹杂着斑斑伤痕。

据《中国青年报》报道：重庆动物园目前要养活8只华南虎，在经济上颇感困难。于是老虎被迫沦为"乞丐"和"流浪汉"装进笼中，载上卡车，千里巡演去讨食。

卡车在重庆至武汉、南京、运城、涪陵的公路上奔驰。车子颠颠簸簸，转来转去。华南虎在笼子里东倒西歪，碰来撞去，发出痛苦的呻吟。

伤口中渗出的血染红了虎笼，点点滴滴洒在尘土飞扬的公路上……

《中国青年报》记者孟勇在采访重庆动物园负责人时问道："现在歌星舞星走穴演出都能赚大钱，老虎巡展收入一定不少吧？"

那位负责人叹道："一只老虎每天要吃十几斤牛肉，还要吃鸡蛋、牛奶、微量元素，有时还要吃活鸡。老虎出去哪里赚得什么钱，只不过是求各地给一口饭吃，不至于饿死罢了。"

近几年，重庆动物园在拯救濒危的华南虎，进行人工繁殖方面在全国是走在前面的，但由于科研经费奇缺，目前人工繁殖步履维艰。

重庆市政府想助华南虎一臂之力，拨了300亩地给动物园，但是由于无钱修建设施，至今还是一片荒草莽莽。

悲耶！华南虎。

倒钩刺：老虎生殖器之谜

1986年，在美国召开的"世界虎保护战略学术讨论会"上，各国的专家们一致认为，中国的华南虎应作为最优先保护挽救的濒危动物。

不得不承认，除了乱捕滥猎和栖息地的日益残破之外，华南虎走向灭绝也有其自身的原因。

浙江林校82岁的徐允武先生回忆说：

> 我的家乡在闽浙交界的仙霞山脉的山脚下。我少年时期，父辈开木行，做木头和林产品生意，经常有山民和猎人来往。他们常把雄虎的生殖器带来卖。
>
> 雄虎的生殖器生有倒钩刺。它和雌虎交配时，因那尖锐的刺钩钩住雌虎的阴道，很难拔出。待用力拔出，阴道被刺破，鲜血直流，雌虎痛不欲生，雌虎接受惨痛的教训，再也不敢交配。通常雌虎一辈子只生一胎，一胎只生一只或者两只，最多四只。

徐老先生的话被一实例解剖所验证。

1989年11月14日，黑龙江省东方红林业局采伐区内一成年雄性东北虎被猎杀。当时，这一消息经中央电视台播发后，震动了全国。

那只罹难的老虎被运至黑龙江野生动物研究所作为标本收藏。在解剖尸体时专家们发现：生殖器官发育完好，阴茎自然状态外观长度为75毫米，龟头呈尖状，长度16.5毫米，有倒生的角质短刺。

看来，无论是华南虎还是东北虎，雄性生殖器上带有倒钩刺是确实无疑了。

倒钩刺仅仅是为了刺破雌性阴道，造成交配的痛苦吗？恐怕个中的道理并不那么简单。

野生动物也有自己的繁殖规律，不过这种规律还没有完全被研究过，而证实这种规律，一定会对物种进化理论有决定性的意义。

达尔文告诫我们："每种在自然状况下的动物都在有规则地繁殖下去。但是对于某一个早已固定的种来说，它的数目显然不可能有任何大量的增加，因而也一定受到某些方面的制约。可是，……很难明白这种限制的实质是什么。因此，我们就不得不作出这样的一个结论，某一个种的数目将会众多或者稀少的现象，是取决于我们通常还没有明了的一些原因。"

可以说，我们对于虎和虎的种族的了解还只是一知半解。对于人类来说，虎在自然界中的种种现象，仍然是个谜。

凶猛的老虎　脆弱的种群

生命是一种依靠。

生命又是一种制约。

在自然界的食物链中，虎以各种大小动物为食，对维持各种动物种群平衡和生态系统的稳定起着控制器的作用。

到处是控制器的自然界，注定要出现危机和灾难。而没有控制器的自然界更是不可思议的。

中国华南虎的现在分布区域是东经119°～120°（浙闽交界），西至东经100°（青川交界），南至北纬21°～22°（粤桂南端），北至北纬34°～35°（秦岭—黄河一线）。在这个广阔区域内，华南虎的分布中心是湘赣两省。相邻的粤、桂、闽、黔四省，是它的扩散地带。

彼得·杰克逊教授致函我国有关部门，建议："拯救中国的华南虎要做两方面的工作，先保住动物园里的华南虎，建立繁殖的种群基地；同时，调查华南虎的野外活动情况，划定保护区。"

自然保护区的保护、发展和研究自然条件、自然资源，拯救某些濒临灭绝的生物种源和具有重要科学价值的典型生态系统的基地。

目前，我国已建立野生动植物类的自然保护区520余处。其中，广东的车八岭自然保护区、福建的武夷山自然保护区、江西的九连山自然保护区和井冈山自然保护区等均是以华南虎等珍稀野生动物为主要保护对象。

虽然我国现存华南虎的数字还难以准确地掌握，但几年前公布的数字则是令人担忧的。1988年6月，在哈尔滨召开的"中国虎学术讨论会"上，专家们估计，我国野生华南虎仅存50只左右。

50只，作为个体的虎是凶猛的，但作为一个种群则是脆弱的。

虎是喜欢独居的动物，但它从来不是独立的存在物。因为任何生物个体之间，生物个体与环境之间都有着密不可分的联系。

自然界是个整体。

生物个体离不开种群的群落，更不能离开环境而生存。

遗传学家认为：要保持大型动物种质特征，必须要在一定范围内能容纳参与繁殖的300个以上的个体。

只有形成一定的种群密度，才能保存其遗传种质不至衰变。

人类不但承担着改造世界的责任，同时也承担着拯救自然的使命。

遗憾的是，人类总是不能摆正自己的位置，贪婪和主宰欲驱使我们拔掉了一个又一个控制器。

实际上，从某种意义上可以说，人类是自然界最有害的动物。没有一种动物能够像人类一样，构成对整个地球生态环境如此严重的威胁。

别再干蠢事了，给老虎和一切生物以生存的权利吧，因为这个世界不仅仅属于我们人类自己。

老虎雄风今犹在？

我似乎又听到了那久违的啸声。

"唔——"

"唔——"

薇甘菊

看起来样子很迷人，

姿态摇曳，婀娜曼妙。

种子缤纷，

像长了翅膀的童话四处飞。

不要被美遮蔽了双眼，

其实它的本性特别贪婪：

残忍、蛮霸、无情。

随地匍匐，

逢草覆盖，

遇树攀缘。

它蔓延到哪里，

就把灾难播种到哪里。

——题记

一、薇甘菊爱情

叶影斑驳中，薇甘菊暗怀心事。

春天，广东东莞一座橘黄色的小楼。头戴长舌帽的吉他手小白在自家阳台上种了几盆薇甘菊。乌云密布，咔的一声脆响，雷声把天空炸开一道缝，春雨便从那道缝里潇潇而下了。薇甘菊的种子在充足的阳光下，很快就拱出芽芽，接着长出茎茎，接着又很快伸枝爬蔓。夏日里，水灵灵的叶子，垂悬于两层楼之间，形成了一个绿色的帷幔，若隐若现，如梦如幻。傍晚，常有吉他的旋律飘出。薇甘菊在音乐的滋养中，也给楼下的人家遮起一片绿荫。

由于担心楼下人家讨厌薇甘菊，吉他手小白几度打算把薇甘菊茎蔓拢起，并抑制它生长，但总是因为陶醉于自己的演奏，而每每忘了办这件事。

有道是：无心栽花花自开，无心种草草自茂。

次年十月，正是薇甘菊花朵盛开的季节。当小白在自家阳台上欣赏一簇一簇白花时，忽然发现楼下有几株爬山虎即将攀上他的阳台。他手扶阳台栏杆向下看时，一个身穿荷叶裙的女孩儿微笑着向他招了招手。那女孩儿长得颇像小山口百惠，一对小虎牙很顽皮。

原来，这个像小山口百惠的女孩儿是他的歌迷，每天他在楼上弹吉他时，她就在楼下静静地聆听，静静地欣赏。虽然，人坐在小板凳上，一只手托着下巴，一只手放在一本翻看的书上，可是，心，却已经飞到楼上来。小山口百惠患有抑郁症，是楼上的音乐打开了她心灵的那扇窗，让她感受到了生活的意义。

有音乐相伴的生活真好。

——那是多么美妙的时光啊！在傍晚时分，在心窗敞开的时刻。

为了感谢他种的薇甘菊挡住了夏天的烈日，也为了感谢他弹奏的吉他给自己的女儿带来了快乐，走出了阴影，小山口百惠的爸爸就种了爬山虎作为回馈。

这天傍晚，那个长着茂密薇甘菊的阳台，又传出那首人们熟悉的旋律，并伴着轻轻的哼唱——

只因为在人群中多看了你一眼

再也没能忘掉你容颜

梦想着偶然能有一天再相见

从此我开始孤单思念

想你时你在天边

想你时你在眼前

想你时你在脑海

想你时你在心田

宁愿相信我们前世有约

今生的爱情故事不会再改变

楼下，小山口百惠听得早已泪流满面。

几个月之后，爸爸意外发现，戴长舌帽的吉他手小白与女儿"小山口百惠"手拉着手，步履亲昵，在公园里散步。爸爸望着那一对背影，长长舒了一口气。

突然有一天，两个身穿执法服装的森防检疫员叩开了吉他手小白的家门。他们告诉小白，他家阳台上的植物薇甘菊是外来有害生物。根据法律规定，必须连根拔除，根茎叶要全部焚毁。请小白配合一下。

可是，它……它，能不能不拔？吉他手小白央求说。

不行，薇甘菊会四处蔓延，危害别的生物。检疫员态度坚决，不容商量。

次日，从橘黄色的小楼下经过的人，再抬头打量小白家的阳台时发现，那个以往充满绿色生机的地方，已是空空荡荡。摇摇头，叹一声——唉！不免有些惆怅。

二、即草即藤

薇甘菊，非竹非木，即草即藤。

薇甘菊，远看像是北京墙体上噌噌乱蹿的长脚的爬山虎，茎细长，或匍匐，或卧行，或攀缘。近看像是四合院里的喇叭花，茎多分枝，披短绒毛，幼茎绿色，老茎淡褐色，具多条肋纹。叶呢，也很有意思，通常都是一对一对的，像是古代奇怪的兵器——戟，先端（底部）渐尖，边缘数个浅波锯齿，两面无毛。茎上部的叶渐小，把位置和能量留给花了。花为白花，头状花序多数，一序含小花四朵，一花苞片四枚，狭长椭圆形，顶端渐尖，部分急尖。顶部的头状花序花先开，依次向下渐开，特别有序，不躁，不乱。花有香气，是那种难以言说的清香，淡淡，不稠，不寡，蜜蜂喜欢光顾。薇甘菊的花蜜味道是不是很特别呢？嘘——！这事还真是不能说。

有人做过定点观测，一平方米面积内，薇甘菊计有头状花序两万至五万余个，含小花八万至二十余万朵，花朵生物量占地上生物量的四成多。薇甘菊瘦果细小椭圆形，亮黑色，底部一圈冠毛。

有趣，乖巧。——怎么能说它是杀手呢？

薇甘菊从花蕾到盛花约五天，开花后再过五天完成授粉，又过五天种子成熟，然后种子散布，开始新一轮传播。五五五，三五一十五，一轮接一轮，似乎它的使命就是传播。薇甘菊的种子细小而轻盈，且先端（底部）有冠毛，其实，这就是薇甘菊种子的翅膀，借风力飞翔，也可借水流、动物、昆虫以及人类的活动而远距离传播。

薇甘菊是外来物种。有资料记载，一九一九年，当"五四"运动在北京爆发的时候，薇甘菊也悄悄在香港生根了。薇甘菊是在"自由、民主、科学"的口号声浪中来到中国的吗？封闭已久的中国，一旦打开窗子，呼地一下清新的空气涌进来了，随之苍蝇蚊子飞进来了，薇甘菊也跟着进来了。是怎么来到中国的呢？乘船来的吗？乘飞机来的吗？还是鸟的翅膀上抖落下来的？真是不得而知。

目前，在我国薇甘菊主要分布于北纬二十四度以南的热带地区，如广东、广西、云南、海南、台湾的部分地区等。每年发生面积约在五十八万亩，在广东珠江三角洲地区、云南德宏州边境地区最为严重。一九八四年，深圳发现薇甘菊，后传播至整个珠江三角洲。广东全省薇甘菊分布面积五十一万亩，深圳、惠州、东莞、珠海均未能幸免。薇甘菊通过攀缘缠绕并覆盖附主植物，排出毒素抑制自然植被和作物的生长，阻碍光合作用继而导致附主死亡。薇甘菊对森林生态系统构成了严重威胁。

从现有资料看，除原产地中南美洲各国，薇甘菊已经大踏步侵入印度、孟加拉国、斯里兰卡、泰国、缅甸、菲律宾、马来西亚、印度尼西亚、巴布亚新几内亚、美国南部等国家和地区。

一般情况下，在地球上南纬二十四度与北纬二十四度之间的区域，薇甘菊都可以尽情生长。国际组织把它列为全球一百种有害生物之一。也就是说，它是上了国际组织的黑名单的。中国国家林业局发布的"全国林业检疫性有害生物名单"中，涉及的十四个有害生物检疫对象里边，有害植物仅有一个，就是薇甘菊。这些年，薇甘菊在中国简直是作恶多端，臭名昭著。人们送给它的，几乎没有什么好词——

欲望横生

邪念勃发

肆无忌惮

荒淫无度

令人不可思议的是，薇甘菊既可有性繁殖，也可无性繁殖。什么意思呢？打个比方，公狗和母狗交配，母狗才能生出小狗。——这叫有性繁殖。可突然有一天，一只母狗没跟公狗交配，生出一只小狗，甚至一只公狗生出一只小狗，这大概就是无性繁殖吧？孙悟空不就是有这样的本事吗？从自己头上拔一撮猴毛，噗地吹一口气，亮光一闪，接着一股青烟处猴毛就纷纷变成了小孙悟空。那些小孙悟空个个身手不凡，手持金箍棒，呼呼呼，棒子舞得生风。

薇甘菊就是这么厉害，它不用种子也能繁殖，它茎上的节点，也叫胳肢窝（茎腋）的地方，自身就可以生根，不可阻挡。

薇甘菊幼苗初期，嫩芽若隐若现，头一个月最容易被忽略，因为这时它给人的感觉呆兮兮的，就没什么想法，没什么企图。错了，这正是它储存营养，蓄势待发的阶段。一个月后，它的疯狂本性渐渐暴露出来——它的一个节一天就能生长二十厘米。在内伶仃岛，薇甘菊的一个节在一年中所分枝出来的所有节的生长总长度可达一千零七米。故而，西方学者把薇甘菊又翻译成"一分钟生长一英里的草"。说英里不习惯，那就换算一下吧。——换算成公里，公里再换算成米。具体长多长，就清楚了。

薇甘菊，属菊科假泽兰属，又名小花假泽兰，有"植物杀手"之称，原产中美洲和南美洲，引入印度尼西亚尼时，是作为废弃垃圾场的绿色覆盖植物种植的。但是薇甘菊在印度尼西亚的表现，却是始料未及的。——它随后逸为野生，四处作恶，八方造孽。

起初，印度尼西亚人在巴西观光时发现，薇甘菊绿化废弃垃圾场效果挺好。垃圾场属于不太雅观的地方，破鞋、破衣服、烂袜子、破塑料布、瘪肚子的矿泉水瓶、鱼骨头、粪便……应有尽有，味道也不怎么样。人工清理，费时费力，花钱也不少。薇甘菊一覆盖，不雅观的东西就都遮挡了，有道是：一绿遮百丑啊！

于是，印度尼西亚就乐呵呵地从巴西引进了薇甘菊。

当薇甘菊的狰狞面目暴露出来之后，印度尼西亚人就再也笑不出来了。

薇甘菊是怎么进入中国的呢？有人开玩笑说，是从印度尼西亚飞来的。这话还真是有一定道理。印度尼西亚离中国不远，一场风就有可能刮来了，何况薇甘菊有翅膀呢。

除了飞，薇甘菊同人一样，也是可以偷渡、外逃和潜行的。比如，它把自己的种子挂到轮船的货物上，或者包装箱上，轮船到哪里它就到哪里了。货物或包装箱在哪里上岸，它就在哪里上岸了。只要有了阳光、土壤和湿度，生根、开花和蔓延就不是问题了。

三、田野调查手记

因工作关系，我于二〇一四年十月在广东、海南行走时，看到或了解到的薇甘菊危害的一些现场，着实令人吃惊。

〇广州市白云区"虎门炮台"周边，薇甘菊汹汹袭来。

当年，林则徐一定没见过这东西，若是见过并知道这东西的危害性的话，依他的性格，会断然拔除并与鸦片一起，投入销烟池中，一股脑烧掉的。

○广州从化区"北回归线标志塔"周边多处发现薇甘菊。向北，向北，再向北。突破北回归线，薇甘菊不费吹灰之力。

○广东江门新会区著名的"小鸟天堂"已有薇甘菊入侵，面积九十五亩。薇甘菊继续向大榕树逼近，像是怀着什么阴谋和企图，无人知。巴金先生的梦中也会有疯狂的薇甘菊闹腾吗？

○广东惠东县白花镇长沥村。沟谷间的香蕉园几乎被薇甘菊全部毁灭。蕉叶如同肮脏的破布，或耷拉着，或横卧地上。香蕉园的主要空间都被薇甘菊占领了。路边的桉树林也遭受薇甘菊缠绕，所幸桉树高大，一时半会儿还不会被缠死。我相当费力地把一棵树体上紧紧缠绕的薇甘菊撕扯下来，才发现薇甘菊已经把树干勒进去很深的凹槽了，如同木匠的凿子凿过一般。

村头，一户人家的房舍已经被薇甘菊厚厚地覆盖了，拨开薇甘菊，才能找到门框和窗框。灶台和灶口隐约可见。鸡舍和牛棚也爬满了薇甘菊。据一位村民说，那户人家的房主叫黄法通，于去年被迫搬走，另盖房子住了。一只黄狗汪汪叫着，从薇甘菊的叶子后面探出头来。

○广东惠东县城附近。多处果园薇甘菊疯长。荔枝、龙眼、柑橘被薇甘菊缠绕覆盖。一辆废弃的汽车上全是薇甘菊，已经不见车体轮廓。一木材加工厂的角落，薇甘菊攀墙而入，进入院落后，呈扇面摊开四处蔓延。

西枝江公园。薇甘菊从江边上岸，越过铁栅栏，夹杂于绿篱丛中、花卉丛中，蓄势待发。我和广东省森防站站长谢伟忠等人用力去拔，结果越拔越多。糟糕的是，薇甘菊的根，根本拔不出来，拔的都是"半截子"的茎。不拔不知道，一拔才知晓，除治薇甘菊是多么难的一件事情。因为要想找到它的根，确实需要付出一定代价。

○广东博罗县罗阳镇梅花村。村民李太光承包的三十亩龙眼树被薇甘菊覆盖。起初，李太光用药治了一次，薇甘菊都蔫了。李太光以为薇甘菊都死了，挺高兴。哪知，转年更厉害了。还想接着除治，一算成本，买药钱，加上人工防治费，得赔本，何况，即使收了龙眼也卖不上好价钱，便索性放弃不管了。

薇甘菊欢喜无比。疯长。

离李太光承包的果园不远，翻过一座小山，是一片香蕉园。我们站在山顶向下一望，惨不忍睹，香蕉全部被薇甘菊覆盖。肃杀之气，令人有些恐怖。

○广东博罗县龙华镇旭日村。乌榄树古树群附近。薇甘菊疯长，芭茅和野草上薇甘菊蔓延，并向村中的一座废弃的古建筑群落挺进。虽然村民已经除治过一次，但薇甘菊又卷土重来，气势汹汹。旭日村先辈陈瑞是一位富豪，别名"陈百万"。于乾隆二十九年建造了矩形格局的豪宅，如今人去宅空，杂草丛生，正好给薇甘菊留下可乘之机。

在门口偶遇一位老者，自称是"陈百万"的后人。问其年龄，他哇呀哇呀说了半天，我们不知所云。他见我们懵懂的表情，就哇啦一句"卢沟桥啦"！我们一下听明白了——七十七岁啊！

我们把从乌榄树上撕扯下来的薇甘菊放在他的眼前，问他认识这东西吗？他摇摇头，摆摆手。

○深圳大鹏新区坝光水库附近。一台湾人租赁的果园哀歌遍野。园中的荔枝、龙眼全部被薇甘菊绞杀覆盖。那果园原本是一座庄园，有餐饮，有泳池，有娱乐设施。这里一度宾客云集，觥筹交错，歌舞升平。想不到的是，薇甘菊的入侵，把那位台湾人的田园梦彻底搅没了。他一气之下，再也没有露面。平时只有一个看门人和一只狗在那里。

○深圳蓝田港。周边山体林间爬满薇甘菊。

○高速路全坑加油站。周边树林、山坡、沟渠爬满薇甘菊。一位来自河南驻马店的打工者正在给罗汉松浇水，我们手指树上的薇甘菊，问他认识吗？他说不知道那东西是什么。他说，你们要是买罗汉松，他可以叫他的老板过来谈价钱。他放下喷着水的水管子，拿出手机说。我们说，不买不买，你要把那东西拔一拔，那是薇甘菊，有害的植物。

他看看树上的薇甘菊，神情茫然。

○深圳莲花山森林公园。邓小平大步奔走的雕像附近。数棵桉树上爬满薇甘菊。这里被除治多次，薇甘菊残余仍顽强地占据这里，争夺林中空间。

○海南文昌县东路镇皇冠木材场。场内堆放的是巨木——坤甸木。巨木之上爬满薇甘菊。木头缝隙间，树皮碎屑里也长出薇甘菊。还有一些野性发作，乌泱乌泱地爬上栅栏，奔隔壁大院去了。隔壁是镇政府。看来，薇甘菊是要跟镇政府叫板了。

据说，这些坤甸木是从马来西亚进口的。在东南亚，坤甸木的分布很普遍，马来西亚、印度尼西亚、越南、老挝、泰国、缅甸都生长坤甸木。

文昌人盖房子、做船都喜欢用这种木头。坤甸木耐腐蚀，不怕水泡，风吹雨淋也不开裂，也不变形。

当地人告诉我，在海南凡是堆放坤甸木的地方，必有薇甘菊生长蔓延。此语引起我的警觉：坤甸木是不是携带薇甘菊的种子？口岸检疫了吗?

○海南文昌县湖美村。这里是著名的文昌鸡故乡,家家都有许多鸡笼,每个鸡笼里都蹲着许多黄色羽毛的鸡正在育肥(出栏前一个月让鸡长膘)。进笼育肥之前,鸡是散放的。湖美村多榕树、椰子树、棕榈树,龙眼树和柑橘树也不少。鸡在树下觅昆虫,食榕籽,追逐嬉戏。文昌鸡的个体都不大,翅短脚矮,身圆股平。文昌鸡的传统吃法,是把鸡做成白斩鸡,也叫白切鸡,蘸蒜蓉佐食,味道鲜美嫩滑。这道菜在广东珠三角、香港及东南亚一带备受推崇,名气颇盛。糟糕的是,文昌鸡的原产地之一,湖美村正在遭受薇甘菊的侵害。村中薇甘菊到处疯长。椰子树、棕榈树、龙眼、柑橘等树木上爬满了薇甘菊。甚至,珍贵的花梨木上也有薇甘菊缠绕了。在一农户门前,我们看到那些花梨木都是用钢筋栅栏围着的。也就是说,贼人要想偷走花梨木,必须先锯掉钢筋栅栏。可是,花梨木的主人想不到的是,另一个贼——薇甘菊已经攀越钢筋栅栏,把一棵花梨木死死缠住了。

也许,用不了多长时间,那棵花梨木就会慢慢窒息而死。当我们把薇甘菊的危害性告诉花梨木的主人时,他的目光有些疑惑。心想,你们是不是打这棵花梨木的主意呢?

○海南临高县多文镇头龙村。全村几乎所有的甘蔗地都被薇甘菊占领了。甘蔗遭到毁灭性打击,薇甘菊在甘蔗地里疯长。一打问,甘蔗地都是撂荒地,农民种甘蔗赚不到钱,就干脆不管不问了,任由薇甘菊糟蹋。当地有一家糖厂,过去都是收购当地农民的甘蔗榨糖,甘蔗的价格也还不错。但这几年糖价下跌,甘蔗的价也跟着下跌了。糖厂资金链条出现问题,负债累累,拿不出现金收购甘蔗了,就只好给农民打白条,已经打了三年白条。蔗农家家都有一把白条,农民开始怀疑糖厂的信誉，失去了耐性，干脆就不种甘蔗了，已经种了的也不再管理不收割了，把水牛和山羊赶进去放牧了。

薇甘菊疯长。老牛和山羊进去吃甘蔗都很难找到空地儿，下嘴都挺费劲的呢。

我们站在地头观察，看牛是不是吃薇甘菊，观察了半天，也未见老牛吃一口，吃的都是甘蔗。

甘蔗地里的牛是水牛，巨大的犄角盘在头顶，尖尖上挑着一绺薇甘菊。贪吃的水牛咯吱咯吱嚼着甘蔗，对于我们的到来并不理会。

那头水牛膘肥体壮，毛色亮闪闪。

在广东、海南等地行走时，一个现象引起我的注意——精耕细作的土地上薇甘菊难以立足。生态系统稳定的森林中也没有薇甘菊的生存空间。这倒令我思考一个问题，即：人不用心思的地方，或者说，懒得用心思的地方，正是薇甘菊疯狂的地方。——这是什么原因呢？

四、植物杀手

薇甘菊故乡在巴西的乡村。事实上，也不光是巴西，阿根廷、哥伦比亚……整个中美洲和南美洲都是它的故乡。马拉多纳家的庭院里种薇甘菊了吗？没见媒体报道过，即便种植了，也被记者忽略了。他们只盯着马拉多纳脚下那个球了，只盯着马拉多纳是不是吸毒了。

薇甘菊出身很苦，家庭也没有什么背景，生长环境也很糟糕。它本来乖巧，温顺，常常羞涩脸红。但是，成为杀手之后，却心毒手狠，出手无声。

世界上本无天生的英雄，也就本无天生的杀手。做杀手首先要杀掉自己内心的胆怯，要把自己的生死置之度外。一切考虑好之后，用什么杀，杀人的工具藏在哪儿是个问题。荆轲是杀手，武器藏在图里，图穷匕首见。杀手也不一定都是侠肝义胆之士，汪精卫是杀手，自己也被杀手追杀，险些丧命。汪精卫后来做了汉奸，源于内心的恐惧和惜命。他后来是被国人的唾沫淹死的。他其实是个软骨头。安重根是杀手，叭叭叭，三枪就让伊藤博文毙命。俄式尖顶的哈尔滨火车站，因那三声清脆的枪声而驰名中外。安重根穿着西装，戴着白手套，用的是勃朗宁手枪。开完枪后，他还吹了吹枪口上的硝烟，动作特别优雅、绅士。

炸药、手枪、匕首、石头、木棍，甚至赤手空拳……都有可能是杀手的武器。杀手要动作麻利，要快，要冷不防就出手。美国西部大片的杀手都是快枪手，枪出套，人倒地。手指插在扳机洞里，唰唰唰——！把枪耍几圈，然后插进枪套，再说事儿。——这都是有套路的。

一个好的杀手，不是怎么杀，而是等待时机什么时间杀。杀手的最高境界是静，是静中之动。静的过程就是寻找时机的过程，一个时辰，两个时辰，三个时辰，这些时间的静，就是大动。出手之前，杀手的内心波澜壮阔。

薇甘菊成为杀手也是有原因的。离开故乡后，它忽然发现，自己周围的敌人不见了，也就是要杀它的杀手不见了，没影了。呃，原来它们也忙着呢，没有跟过来。——失去了制约的感觉真好。不知不觉间，它就开始恣意妄为了，开始做坏事了。

绝对的权力产生绝对的腐败，绝对的自由产生绝对的杀手。

一簇一簇的薇甘菊就把别的植物地盘全部占领了。那些植物在薇甘菊毒汁的作用下，叶子就变黄了，就变褐了，就变黑了，就死了。加上一两场秋雨，就全烂了。

物竞天择，适者生存。什么是适者？适者就是禁得起被杀，又懂得去杀的生物。

恐龙没有天敌，结果绝种了。原产毛里求斯的渡渡鸟，因为生活在没有天敌的小岛上，长得又大又胖，飞不起来了，翅膀失去意义。欧洲人登岛后，它们一一被杀，架在火上烤，滋滋冒油，全进了欧洲人的肚子。这会儿，谁还见到过渡渡鸟？

多少土著民族，原来在自己地域上生活得好好的，外面的人跟他们一接触，他们就大量死亡。什么原因呢？外来的疾病、细菌把他们害了。

生物的进化需要竞争，而竞争就必然产生杀手呢。

五、有翅膀的种子

薇甘菊种子丰沛，饱满，每一粒都是传奇。

有专家通过数学公式计算，一粒薇甘菊种子，五年繁殖的薇甘菊数量可以达到若干若干兆株，甚至还多。我数学不行，对若干若干兆没有概念，一片模糊。他略停了停说，这么讲吧——若干若干兆株薇甘菊不仅足以播种整个地球表面，甚至可以覆盖太阳系所有行星，哪怕每株薇甘菊仅占一平方尺空间，其他任何植物也无立锥之地。何况，薇甘菊还可以无性繁殖，通过根茎传播。

——好家伙！

看，种子在我们的视野中凭借风力直上青云。

成熟的季节一到，薇甘菊的种子如同青春期的少女一般，就开始骚动不安了。如果成簇成片地飘然坠地，委实可惜，它们的目标是远方。远方在哪里？远方在前面，远方在不可知的地方。风骤起，种子展开翅膀，哗哗向着远方飞翔。

张开翅膀，随风飘逸是薇甘菊种子的特性。

不要说狂风，即便轻风微拂也足以让薇甘菊种子御风远航。

科学家能够准确计算出宇航船如何进入轨道的数据，无论航程多远，总能计算出它的运行轨迹。然而，谁能计算出薇甘菊种子的航程，计算出它最终的落脚点呢？没有。从前没有，将来也不会有。——因为种子传播的过程从来就充满着不确定性。

小时候，农村的孩子们都玩过这样的游戏——用蒲公英的种子，来预测爸爸妈妈是否还要他们。轻轻吹一口，如果一口气把种子全部吹走了，就表明爸爸妈妈不会再要自己了；如果还有一些没吹走，就表明爸爸妈妈还要自己。

蹲在荒草连天的原野上，双手托着下巴，傻傻地看蒲公英种子在空中飞翔的情景，饶有趣味。

"加拿大飞蓬从北美能够传入欧洲，在于风将种子吹越了大西洋。"——这话好像是林肯说的，作为政治家，林肯何时对种子感兴趣了，并且观察细致入微？这个无从考证，但我知道在林肯所在国家，有一个叫梭罗的人，继《瓦尔登湖》之后，又写出了一部伟大的作品。那部作品的名字叫《种子的信仰》。梭罗在这部作品中对种子有着详尽的描述。"种子犹如轻盈的精灵，即便无风，那些种子若不在空中千兜百转，决然不会翩然落地。遇上强风，更是尘埃般御风而行——就像印第安人所说的小蠓虫，须臾间不知所踪。"

　　梭罗写道："哪怕遇到丝毫震动，有些种子亦会落地，有些却高挂在纤细的树梢，久久悠荡，不肯下来，似乎在等待春风的最后邀请。"他曾经突发奇想，如果冬春两季多风季节，在他的家乡康科德的任何地方的空中架起一张大网，每天该能捕捉到多少凌空飘舞的种子啊！

　　印第安人就是通过蓟草判断天气的。一旦蓟草大量云集海面上空，预示一场狂风即将来临。尽管天空没有一丝风，每当印第安人看到蓟草冠毛颤动，树林里叶片乱抖，就会即刻把马群牛群羊群赶往避风处躲避起来。

　　可谓观草知天象呀。

　　长着翅膀的薇甘菊种子，会带给我们什么样的启示呢？

　　忽然，我想到英国史学家贡布里希说过的一句话。他说什么呢？他说："二十世纪的最大特征，就是世界人口繁殖增长的可怕速度。这是个大灾难，是一场大祸。我们根本不知道对此如何是好。"

　　我尚不清楚薇甘菊种子究竟能跋涉多远，飞跃多高，但它飘过大西洋，飘过太平洋，迅速侵入亚洲和世界各地适生地区是完全有可能的。我相信，比蒲公英种子还轻盈的薇甘菊种子飞越千山万水实在不费吹灰之力。——它能！

　　事实上，它已经来了，说来就来了。

　　或许，你已经酣然入睡，而薇甘菊种子正在路上，奔波不歇。

六、内伶仃岛的噩梦

　　在中国，香港是薇甘菊最早的落脚点，继而传入深圳，继而传入东莞，继而传入广州。跳过深圳和东莞不说，广州的薇甘菊是怎样传入的呢？话说一队工人架设高压线，从东莞一路向广州挺进。架线师傅在高压线上行走如猿猴般敏捷，或空中，或地面；或涉水，或穿越森林；或横跨农田，或跨过果园。当他们来到广州东郊时，一位工人感觉裤管里的腿有些痒痒，便跺了一下脚，裤管上的几粒细小的种子便落在了地上。刚好那片地的土壤湿乎乎的，薇甘菊便迅速生根了。仅仅跺了一下脚，薇甘菊就这样从东莞传到了广州。

有人开玩笑说，广州的麻烦是一脚跺出来的。

然而，广州的麻烦同内伶仃岛的麻烦相比，那是小巫见大巫了。

薇甘菊在内伶仃岛编织了一个巨大的"天罗地网"。岛上的动物和植物，就是那张网要捕获的"鱼"。

那张网网住了白桂木，网住了刺葵，网住了常绿阔叶林，网住了灌丛，网住了草地。

疏林树木，林缘木被薇甘菊缠绕，枝枯，茎枯，生态系统呈现逆行演替趋势，一片凄惨的景象。鸟群鲜有光顾了，猕猴惶惶逃之了。

内伶仃岛原名零丁山或伶仃山，位于珠江口伶仃洋东侧，地处深圳、珠海、香港、澳门四座城市中间。它因文天祥《过伶仃洋》"伶仃洋里叹伶仃"而闻名遐迩。

正如它的名字一样，内伶仃岛是一座孤悬海外的岛。从空中看，内伶仃岛形状既像龟，又像鱼，东距香港九公里，西距珠海三十公里，北距深圳蛇口十七公里，面积五百五十四公顷，涨潮时四百八十公里，面积比钓鱼岛大了一百一十六公顷。有人说它是蛇岛，有人说它是猴岛。

在"深挖洞，广积粮，不称霸"的年代，内伶仃岛是海防前哨，岛上是有驻军的。如今，岛上的防空洞、掩体、碉堡等废弃建筑已经被薇甘菊全部覆盖。松树本来是岛上的主要植物，但由于前些年松材线虫病的入侵，松树被迫全部砍光了。留下来的都是以常绿阔叶林为主的天然次生林，比如榕树、木麻黄、朴树、相思树、波罗蜜等，还有灌木，能叫上名字的有玉叶金花、九里香、首冠藤、酸藤果、菝葜、蛇葡萄等。然而，薇甘菊上岛之后，这些常绿的阔叶乔木和灌木几乎遭受了灭顶之灾。薇甘菊是一种灾难性的植物，它们缠绕着那些树木的躯干，并释放出毒汁，使树木吸收不到阳光或中毒窒息而枯死。岛上野生动物赖以生存的香蕉、荔枝、龙眼和野生橘都被薇甘菊覆盖绞杀，使得猕猴、穿山甲、松鼠和野兔的生存一度成为问题。岛上的野生动物，不得不泅渡过海四处寻找食物，以致闯入居民家中厨房大吃大喝，干出惹是生非的勾当。

内伶仃岛上有猕猴十六群一千二百余只，活动范围遍布岛上各个角落。岛上猕猴虽然很多，但掌控岛上生态链条顶端控制器的却不是猕猴，而是蟒蛇。岛上每年自然死亡四十只老弱病残猕猴，新生猕猴六十只左右，种群一直稳定。有人好奇，每年死亡那四十只猕猴的尸体哪儿去了？被蟒蛇吞肚子里去了。正是有了这些蟒蛇，所以内伶仃岛上从来没有发生过瘟疫及传染病。自然界真是奇妙。人参上火，人参头降火；椰子肉上火，椰子水降火；莲子上火，莲心降火。上火还是降火，自身的平衡靠自己拿捏。生在热带的椰子，应该性热，它的水反而最寒；生在沙漠的仙人掌应该性燥，它的花反而清凉。——其实，自然法则就两个字。哪两个字呢？平衡。

物无美恶，过则为灾。过多，是灾；过少，也是灾。洪涝，是灾；干旱，也是灾。多与少，是度的问题，适度，就是平衡，过了度，就会失衡，就会演变成灾害。体壮为健，心怡为康。生命在于运动,但运动过量,也会损伤健康。

休要烦言,还说内伶仃岛。在岛上,除了蟒蛇,岛上的眼镜蛇、竹叶青、金环蛇、银环蛇等剧毒蛇类的分布也十分广泛。可以说,霸道横行。蛇群的蛮霸对于岛上猕猴种群来说并非坏事。老弱病残的猕猴进了蛇腹,生存下来的都是强者。所以,岛上猕猴种群的兴旺,在很大程度上应当归功于蟒蛇。

猕猴是内伶仃岛上的标志性动物,它的生态学特征是独特的,不可替代的。猕猴的栖息活动能够清晰地反映内伶仃岛上生态系统的完整性。然而,这一切因为薇甘菊的侵入而被打破了。

薇甘菊是可怕的,哪里出现薇甘菊,哪里就会有噩梦降临。薇甘菊在生态系统中发挥着什么样的作用呢?须臾不可或缺吗?不是。生态系统中不是必须有它。它制造的麻烦和灾难远远大于它的益处。

内伶仃岛上生态系统的演替发生了可怕的逆转。在这个世界上,当善还没有醒来的时候,恶是如此地蛮横。

七、疯狂的原因

水是有源的,树是有根的,薇甘菊猖狂总是有原因的。

薇甘菊一旦侵入,就会给当地植被造成严重危害和巨大损失。薇甘菊主要危害农作物及天然次生林和人工林,对所有乔木灌木几乎都能造成危害,对低郁闭度的林分危害尤为严重。

不妨探寻一下薇甘菊猖獗的原因。国家森防总站专家常国彬多年从事薇甘菊防治研究,他把原因归纳为四条——

一曰生存能力强。薇甘菊好湿喜光,除了对土壤湿度有一定要求外，对土壤肥力、酸碱度等要求均不高，大量生长于洼地、水沟边、路旁、菜地和弃耕地，也常成片生长于海岸滩涂、红树林林缘滩地、公园、苗圃、果园、茶园，林缘及疏林地，适生环境广泛。薇甘菊的种子量大，节与节之间都能生根，叶腋也可长出新枝，生命力极强。二曰制约因子少。在原产地中南美洲，薇甘菊并不造成严重危害。薇甘菊与环境因子、生物因子之间建立了相互依存、相互制约的稳定关系。在南美洲，有多达一百六十种昆虫和菌类作为天敌控制薇甘菊生长量，使其难以形成危害。一旦侵入新的地区，薇甘菊没有了天敌，失去了有效控制它的因子，短期内，生态系统平衡又不能很快建立起来，这就给薇甘菊的疯狂提供了机会。三曰扩散途径多。薇甘菊有自然扩散和人为扩散两种方式，且二者常相互关联而演变出多种途径。薇甘菊的自然扩散就是种子随风和水流等扩散，而人为扩散则是通过运输以及人为活动等携带扩散。薇甘菊从原产地南美洲到亚洲的远距离扩散，完全可能是人为因素造成的。当薇甘菊定居之后，所产生的大量种子就为其自然扩散提供了充分的种源。四曰管理强度低。在我国，成片薇甘菊常见于被破坏的林地边缘、荒弃的农田，疏于管理的果园、茶园、苗圃、水库和沟渠及河道两侧。这些地方管理缺失或强度不够，放之任之的情况普遍，久而久之，薇甘菊便逐步泛滥成灾。

四条，就这四条，干巴巴的四条。

虽然有些枯燥和生涩，但常国彬归纳得非常准确。说一千，道一万，最重要的原因还是失去了天敌的制约，于是，它就疯狂了，它就泛滥了。

在印度和印度尼西亚，薇甘菊给茶园造成的损失难以估量。在斯里兰卡和马来西亚，由于薇甘菊的覆盖，橡胶树种子萌芽降低百分之二十七，橡胶产量在早期减产百分之二十九。在萨摩亚，由于薇甘菊入侵，使得椰子林抛荒，成年面包树死亡。

光是在广东珠江三角洲一带，每年因薇甘菊泛滥所造成的生态损失在八亿元以上。给南方诸省造成的生态损失是多少呢？这个数字恐怕更是巨大了。

——就不用我说了吧。

八、钱不是问题，问题是花了钱没解决问题

薇甘菊在深圳的情形如何？——让我们把目光投向深圳。

"薇甘菊的清理工作，就像割韭菜一样，刚割完又长出来了。"在深圳大鹏新区一处薇甘菊疫点，当地森防人员告诉我："薇甘菊的种子一旦落户一个地方，只要这个地方人流稀少，就给它提供了生长空间，它就疯狂地扎根生长。就算铲除它的根茎，也难以将它完全清除。"当地森防人员不无苦笑地耸耸肩，做了个无可奈何的手势。

大鹏新区发动了一场剿杀薇甘菊歼灭战。二〇一二年十一月，大鹏新区在薇甘菊开花结果前，组织发动辖区居民在新区境内对薇甘菊进行人工清除。新区财政专门拿出一笔款子，干这件事情。

"收购薇甘菊，每斤五元"——大鹏新区对外发出告示后，居民积极响应。

大鹏新区有薇甘菊分布面积四万余亩，严重威胁到当地森林和生态安全。大鹏半岛位于深圳市最东边，与惠州相连，与香港隔海相望，面积占深圳的六分之一。大鹏半岛有着完整的生态系统，生物多样性也很丰富，森林覆盖率达到百分之七十六，是难得的一块绿色宝

石。然而，不幸的是，这里的生态系统正在因为薇甘菊的入侵而失去平衡。——半岛四成的区域已经出现了薇甘菊的身影。

在观音山的后山山脚向山上望去，就可以看到正在开花的薇甘菊。在山脚下和山腰间像是刚刚下过一场恶雪，凶暴的白色覆盖了翠滴滴的绿色，喑哑无声，甚至连一只小鸟都未见光顾。真是令人心里恐慌呢。

眼下，正是薇甘菊开花的盛期，采摘一斤薇甘菊能卖五元钱，这可比种菜划算多了，省略了中间一切劳作过程，只采摘回来就能变成钞票。啊呀呀，那薇甘菊漫山遍野都是呢，采吧、摘吧、剪吧、割吧、薅吧、除吧……弄到篮子里就是钞票。以前，政府每年都派人来喷药，但都除不干净。现在，采摘薇甘菊可以卖钱了，居民清除薇甘菊的劲头极足，大人小孩齐出动，农田、菜地、山林、道路两旁、水库周围，四处去采摘薇甘菊，少的人家一次能采几百斤，多的人家能采上千斤。仅仅五天时间，各收购点收购的薇甘菊就超过四百多万斤。这就意味着大鹏新区财政要耗资两千多万元。大鹏新区叫苦不迭，老百姓却满心欢喜，采摘薇甘菊的积极性空前高涨。

居民不仅在大鹏新区境内采摘，还跑到临近区县采摘薇甘菊。大鹏新区发现问题后，就在本区出入境要道设关卡，拦截出境采摘人员，并明令各收购点非大鹏新区薇甘菊不得收购。

但是，薇甘菊并未贴着标签，哪个是大鹏新区的，哪个是非大鹏新区的根本无法识别。无奈，大鹏新区又贴出告示，进一步明确收购薇甘菊分为三个等级。一等级为连带完整根头部，藤长至一米，带叶，头尾捆扎，无杂草和杂物，每公斤十元；二等级是连带完整根头部，含藤、花、叶，藤长一米以上，并头尾捆扎，无杂草、杂物，每公斤五元；三等级为无断根，藤、花、叶基本完整，无杂草、杂物，每公斤两元五角。当地负责人说，居民送来的薇甘菊大部分只达到了三等的标准，鲜见一等和二等的薇甘菊。在短期利益的驱使下，居民获利心切，光顾把地表面的叶子、爬藤甚至其他植物都抓挠来了，却把最应该铲除的根留在地下了。

钱不是万能的，没有钱万万不能。问题是，花了钱，也没有解决问题。这就让花钱的人心里有些堵得慌，有点那个了。哪个？唉，还是不要说破吧。

有人建议，收购政策应该调整，重点收购根茎及地面半米以下部分，价格可以提高到每公斤三十元。他还建议，居民所交的根茎需附带拔除后位置的数码照片，并注明拔除薇甘菊地点位置及范围，所注明的位置和范围由政府有关部门即时派人去核实后建档。这样一块地儿一块地儿地拔除，一个点一个点地根治，也许会收到一定的效果。

民间还真是有琢磨事儿的人。这建议很快被部分采纳了。

看来，薇甘菊除治的关键是要把每一个细节都处理好。否则，就会往返徒劳，白忙活一场。

薇甘菊带来的麻烦岂止是花钱呀。

深圳大鹏新区的薇甘菊防治主要采用人工持续清除、特定除草剂化学防治和生物防治等方法。深圳森防站郭强说，化学除治方法收效快，作用明显，但效果受到环境、天气、施药时间、施药方式等诸多因素影响，容易产生药害，而且还会对其他植物、土壤及环境造成一定负面影响。有些化学除草剂喷施时靶标性不强，薇甘菊被灭了，薇甘菊旁边别的植物也被灭了。过量施用还会造成土壤板结，苔藓或菌类的灭绝。所以，化学除治的施用范围应尽量避开敏感植物，比如叶榕、野苎麻、马缨丹等乔木和灌木及其他菊科、十字花科、禾本科植物等。万万不能施用于农田、苗圃、花卉、菜地，也不能施用于高尔夫球场、湖泊、流溪和池塘。

郭强的话是有所指的。

去年，在除治薇甘菊时因施用化学除草剂用药过量，一家防治公司吃了一场官司。那家防治公司承包了一片荔枝园的薇甘菊除治，结果刚刚打完药，就下了一场雨，雨水把树上的药都冲下去了。白忙活一场不说，附近菜农用水沟里的水浇菜，还导致那些青菜中毒，打蔫，枯黄，烂掉。有关方面一调查，不是药的问题，是操作时没有按照规程配比，浓度太高了，而恰恰又赶上一场雨捣乱，就摊上了这场官司。

法院判决结果：防治公司赔偿菜农十三万元。

如果说人工除治和化学方法除治是治标的话，那么生物防控方法就是治本的了。生物防控方法主要是指对生物群落进行改造，引入能够遏制薇甘菊生长的生物，削弱它的疯狂势头，使其虽然存活但不构成灾害。此法适用于林地、缓坡地、丢弃地。

郭强说，薇甘菊人工除治的最佳时间是十月底至十一月初，因为这个时间是薇甘菊开花的季节，在这时容易发现哪里有薇甘菊，赶在种子成熟之前除治可以有效控制薇甘菊的再传播。人工除治的优点是安全、快速。缺点是必须投入大量的时间及人力，且需要连续清除，清除过程中容易折断根茎导致薇甘菊再次生根。清除应尽可能连根拔除，关键是清除根部，而且人工清除后应将薇甘菊的茎、根，集中起来统一烧掉，不让它有复生的可能。管住细节，不得随意堆放。防止意想不到的无端传播。

大鹏新区各个收购点的薇甘菊堆积如山，正准备集中烧掉呢。

然而，剿杀薇甘菊是一场持久的战争。有道是：野火烧不尽，春风吹又生。

故事并未停歇，一切刚刚开始。

九、口岸消息

近年来，薇甘菊潜入境内的消息不时闪烁。

二〇一一年十月五日，秦皇岛出入境检验局从一批进口巴西大豆中，截获了国家禁止入境的检疫危险性杂草种子薇甘菊。这是河北省口岸首次截获。从纬度来看，秦皇岛不可能生长薇甘菊，但秦皇岛入境的薇甘菊，就可能随着货物辗转到南方，在南方某地生根蔓延。

检疫无小事。东北有句俗话：针鼻儿大的窟窿，斗大的风。意思是说，小漏洞，可能导致大灾祸。对于检疫来说，该检疫的必须检疫，没有例外。

二〇一二年四月十九日，广西防城港检验检疫局从一批来自巴西的进口转基因大豆中，检出薇甘菊杂草籽。有关方面立即对这批大豆做了无害化处理。在哪里发现问题，就在哪里就地处置，不给薇甘菊喘息的机会。广西的陆川、北流、博白等三个县，已经发生薇甘菊疫情，涉及十四个乡镇，七十一个村级疫点。

人往高处走，财往利处聚。广东沿海及珠江三角洲是中国最富庶的地方，薇甘菊图谋已久。汕头陆云口岸频繁截获薇甘菊杂草籽。光是龙湖口岸二〇一二年就有六次。从什么货物中检验出来的呢？主要是装载晶片、电感器、钢线、绝缘漆、聚丙烯、化纤布等货物的集装箱里，还有入境货物的外包装、纸卡板、木托盘等辅助材料的缝隙中夹杂着薇甘菊杂草籽。二○一三年十一月二十五日，汕头检验检疫局在国集码头对一批加拿大木板材实施检疫时，检出杂草籽。经鉴定，此杂草籽为薇甘菊。

据口岸检疫人员介绍，那些货物多数来自日本、马来西亚、菲律宾、中国香港和中国台湾等东南亚国家和地区。发运到汕头陆运口岸的货物大都在香港仓储堆积过。货商为节约成本，反复使用木托盘、纸卡板等辅助材料，并随集装箱运输往返于世界各地，携带薇甘菊草籽，交叉感染，远距离传播的可能性极大。

二○一三年，广东省入境口岸共截获薇甘菊三十二次，全部是种子。从大豆、木薯片、松木板、铁杉木板等粮食或木板中截获八次，从装有涤纶布、电容器、铜丝、液晶显示屏、三极管、激光头和集成块等产品的集装箱中截获二十四次。货物来源为巴西、加拿大、日本、菲律宾、印度、印度尼西亚、新西兰、越南、泰国、中国台湾、中国香港等国家和地区。有关部门对检出薇甘菊的大豆、木薯片进行了定点加工，并对下脚料进行了销毁。对检出薇甘菊的集装箱进行了清洁和无害化处理，对薇甘菊种子集中收集、销毁。

口岸是国与国的通道关卡，能够截获的薇甘菊也仅仅是九牛一毛。漫长的边境线上，薇甘菊要想偷渡、潜入简直易如反掌。

就说云南德宏州吧。德宏州地处我国西南边陲，云南省西部，所辖的芒市、盈江、陇川、瑞丽、畹町均与缅甸接壤，国境线长达五百多公里，占整个中缅边界线的四分之一。德宏现有瑞丽、畹町、盈江、章凤四个口岸。有九条公路通往缅甸，有二十八个渡口与缅甸对应，有六十四条乡间小路供两方边民往来，有一条国际通信电缆和九条输电线路直通缅甸。德宏州沿边有二十四个乡镇六百多个村寨与缅甸山水相连。有二十二个边民互市点，赶圩之日，摩肩接踵，边贸兴隆。

我在瑞丽口岸边墙根上行走时，看到所谓的墙其实就是象征性的稀疏的铁栅栏。边民双手一拉，就拉出一个空隙，人一弯腰就钻过去了。两边的猪、鸡、鸭、猫、狗自由地出入，空中的鸟自由地飞翔。那边就是缅甸，某些地方的薇甘菊疯长，甚至翻过铁栅栏，向中国境内悄悄挺进。

何况，谁能说那些家畜家禽及飞鸟的身上没有薇甘菊的籽粒，谁能说它们的粪便里就没有秘密啊！

所谓边境线，有些地方仅为一条小水沟，一个田埂，甚至有的地方压根儿就无明显的"线"——"一寨两国""一家两国"，一株薇甘菊占据两国地面的现象比比皆是。在缅甸，根本就没有有害生物和无害生物一说，对薇甘菊从不除治，甚至还常被大量用于军营、战壕、单兵掩体的覆盖物。故此，缅甸边民又把薇甘菊称为"山兵藤"。

二〇〇〇年，薇甘菊从缅甸传入瑞丽。起初，当地人只是将长势郁郁葱葱开着白花的薇甘菊视为一种寻常杂草，没把它当回事。后来发现，成片成片的甘蔗林、柠檬林、香蕉园、咖啡园都被这种叫不上名字的似藤似草的植物覆盖成了山丘，造成三成至五成的减产，甚至绝收。农民着急了，扯下几根这种似藤似草的东西就去找专家鉴定。

经专家鉴定才知道，这种似藤似草的植物，就是"植物杀手"——薇甘菊。这时，薇甘菊已在瑞丽蔓延十万亩了。专家们惊出一身冷汗。

具体是怎么传进来的呢？至今无人能说清楚，也不可能说清楚。

离中缅边境不远处，一位头戴斗笠蹲在地上吸水烟袋的老人回忆，二十世纪八十年代，对面邻国缅甸种植了大量薇甘菊，用来掩护兵营和军事工事，遮盖防空洞和炮位。"那东西疯长，把哨所和哨所附近的菜田和果园都盖上了。站在这边的山上往那边看，清清楚楚。我当时就寻思，那东西会不会跑到我们这边来呀？"

那位老人的话，一语成谶。

薇甘菊没有国籍，也没有血液和肤色之分。极其轻巧且长有翅膀的薇甘菊种子飞入瑞丽是绝对可能的。这不，说来就来了。挡都挡不住。

瑞丽有了薇甘菊后就向整个德宏州蔓延，先攀缘后覆盖，用绞杀和分泌毒汁的手段，造成成片成片树木死亡。薇甘菊来势凶猛，眼下正以德宏为据点迅速向保山、临沧等八个周边州市的三十个县蔓延。

必须清醒地看到，薇甘菊给我国南方一些地区生态状况造成的重大改变，负面影响不但深远，且在一定程度上再也不可逆转。更重要的是，它们的侵害还在继续之中。肆意妄为，势如破竹。薇甘菊要建立自己的帝国吗？

这是一位老农的哀求："哦，老天，求求你们让那些该死的薇甘菊停下来吧！"

十、滇缅公路

著名的滇缅公路正在遭受薇甘菊的袭击。

事实上，早在二战时期薇甘菊就潜伏在这里了。滇缅公路与中印公路（又称"史迪威公路"）相接，历史风云，跌宕起伏，战火硝烟在这里演绎了一个又一个传奇故事。滇缅公路东起中国昆明，西至缅甸腊戌，全长一千四百五十三公里。公路始建于一九三八年春，于当年十二月初步建成通车。这是第二次世界大战时期中国西南后方的一条历时最久，运量最大的国际通道。美国的援华物资主要是通过这条公路运过来的。

滇缅公路每天都遭受日军飞机的狂轰滥炸。

当然，日军飞机每天狂轰滥炸的岂止是滇缅公路，整个太平洋战场上的盟军军事设施，都是日军飞机狂轰滥炸的目标。为了隐蔽目标，迷惑日军空中飞机侦察，那时美军在马来西亚、印度等东南亚、南亚地区，曾大量用薇甘菊做伪装，遮掩军事设施。薇甘菊障眼法有没有效果，不得而知。但在战时，薇甘菊也算英勇无畏，始终与美军相伴相随。

滇缅公路中方一侧的终点——畹町小镇，当时是中美英三国盟军的大本营，也是战略物资的集散地，每天有成百上千辆军车从这里将物资运往内地，几十万中国远征军从这里出入国境。空中，飞机轰鸣，火光闪闪；地面，车轮滚滚，战马啸啸。时而炮声隆隆，时而枪声大作，到处弥漫着呛人的硝烟。咳咳咳   ！而今天，畹町小镇附近不远的地方，薇甘菊毋庸置疑已在那里落脚，并且恣意丛生。有的玉米地、果园和甘蔗林已经被它们吞噬，正常的农事活动被它们搅乱了。这还不算，它们还觊觎着村庄，要把世代在此生活的乡亲们也赶走吗？

抗战期间，薇甘菊在哪儿呢？

薇甘菊就在这里——炮弹箱子里有薇甘菊，帐篷缝隙里有薇甘菊，车轮的轮纹里有薇甘菊，军靴靴底凹眼里有薇甘菊，马匹的鬃毛里有薇甘菊……或根，或茎，或叶，或花，或籽儿，各种各样的军事辎重，真是薇甘菊蛰伏的好地方。运输的粮食、生活食品、器械、防化用品、医疗用品，等等，甚至连骡马饲料里也可能混有薇甘菊的种子。

不过，那时薇甘菊在滇缅公路沿线还不成气候。退一步说，即便成了气候，在炮火连天的战场上，也不会有人注意到它的存在。逃命还来不及呢。抗战胜利后，记录这段历史的电影电视及文学作品中也鲜有对薇甘菊的描述。

需要提到的是，一九五〇年，这里发生的一场大地震，又成为薇甘菊传播的助推器。因为大地震引发的河水泛滥，致使薇甘菊种子四处漂泊，随处传播。

岁月如梭，光阴荏苒。

一年前，云南植物研究所几位植物专家选择木康至畹町桥段进行踏查发现，滇缅公路贯穿德宏段竟是薇甘菊分布的核心区，呈井喷式蔓延态势，不禁大吃一惊。

那里紧靠北回归线，所处纬度低，属于南亚热带季风气候。四季不明显，春温高、夏季长、秋多雨、冬极短，雨热同季，干冷同期。从气候条件看，是典型的薇甘菊适生区域。沿公路从芒市至瑞丽，随纬度降低，薇甘菊分布面积和厚度逐渐增大，距中缅边境越近，薇甘菊分布点越密集。最小的点，面积八平方米，最大的点，面积两千平方米。据观察，田边、地头、稀疏林地、河流、溪水、水沟两侧、农户院落四旁等，也就是人的活动较为频繁，但又不是很喧嚣的角落，是薇甘菊危害最严重的地方。

二〇一四年九月初，我在瑞丽参加薇甘菊防治现场会时，也专门沿滇缅公路进行了一次探访，所见薇甘菊造成的危害，确实如专家所言，令人揪心。

在松山战役旧址，我看到薇甘菊正在疯狂地向四处蔓延。当地人阿黑说，这里的薇甘菊已经除治多次，但还是没有根除。阿黑说，薇甘菊的种子在松山蛰伏很多年头了，最近几年开始冒头、作恶，并四处乱窜。他说，据分析，松山上薇甘菊最初的种子，是日军松山秀治联队从缅甸那边调防时带过来的。

抗战时，松山的战略地位非常重要。它扼滇缅公路要冲，紧靠怒江惠通桥，是滇西进入怒江东岸的交通咽喉。左右皆山，前临深谷，背连大坡，居高临下可控制怒江打黑渡以北四十里江面。一九四二年中国远征军首次入缅作战失利，滇缅公路被切断。撤退到怒江东岸的远征军与日军隔岸对峙。日军在怒江西岸及滇缅公路旁的松山修筑了坚固的防御工事。一九四四年六月四日，中国远征军向松山发起进攻，同年九月七日占领松山，并歼灭松山秀治联队。共歼敌三千余人。这是二战亚洲战场上的一次著名战役，被称为"玉碎战"。

据说，由于当时战死在掩体、碉堡里的日军太多，尸体无法处理，便就地掩埋了。奇怪的是，这里每隔若干年，就闹一次鼠疫。有人猜测，鼠疫可能与那些尸体有关。我在想，当年松山秀治修筑那些工事时是不是也撒了大量薇甘菊的种子？忽然意识到，薇甘菊怎么跟战争联系得这样紧密？它是喜欢闻火药味儿，还是喜欢闻血腥味？

明晃晃的公路路面上也出现了薇甘菊。它们是从桥梁下、地沟里或涵洞里冒出来的，气势汹汹地缠住了公路两边的电线杆、灯柱、垃圾箱、绿篱和灌木。尽管路面上的薇甘菊被呼啸而过的车辆碾成了绿泥，泥糊糊在过往的车轮下喷溅乱飞，但它们还是前赴后继地蹿上公路，就像成群的章鱼一样，缠绕并撕扯着猎物。它们疯狂的藤蔓甚至还从窗户、门缝爬进道班房里或路边居民的家中作乱。它们还会袭击哪些目标？那些餐馆、加油站、汽车修理铺、超市、工厂、学校也会遭受劫难吗？

能匍匐，能卧行，行迹无常；能蹲坐，能跳跃，变化多端；能站立，能攀缘，深谋远虑。是一条一条的绿毯子吗？草地覆盖了，灌层覆盖了，乔木覆盖了。二十余米高的大树顶端，它也能自如攀上，自下而上全部覆盖。——我惊叹不已。望着森林上空漂浮的云朵，我在想，如果给它时间，薇甘菊也可能爬上云彩，甚至把夜空的月亮拽下来呢。

它危害植物的高度由被侵害植物的高度决定。不是它敢不敢的问题，而是它想不想的问题。它是魔术？还是荒诞的"包裹"艺术？我突然想到那个叫克里斯托的"包裹"艺术家。克里斯托用匪夷所思的方式包裹山谷、海岸、大厦、桥梁和海岛，让公共建筑和自然界呈现熟悉而又陌生的浩然景观。二十世纪七十年代，克里斯托完成了三个惊世的作品——《包裹海岸》《包裹峡谷》《奔跑的栅篱》，海岸被包裹了，峡谷被包裹了，栅栏被包裹了，所用材料都是帆布、尼龙布和不同色彩的织物。克里斯托可能忽略了薇甘菊，或者压根儿对薇甘菊就没有概念，不然用那么多布和织物干吗，撒一把薇甘菊的种子不就成了吗？一九九五年《包裹帝国大厦》横空出世那天，吸引了全球五百万名游客前来观看，大厦被挤得水泄不通，盛况空前。然而，薇甘菊毕竟不是艺术，薇甘菊包裹的是绿色的生命，它带来的是无尽的灾难。

专家经过比较研究认为，薇甘菊侵害性远比紫茎泽兰、飞机草、鬼针草、五色梅等有害植物要严重得多。目前，云南省森防局正组织力量在滇缅公路受威胁区域建立阻击带和隔离区，全力剿杀薇甘菊。

十一、气味

薇甘菊有鼻子吗？不然，它怎么会闻到气味。越肮脏的地方它越喜欢去。它一定是先闻到气味，然后一下一下尺蠖般地就过去了。比如：垃圾场，它喜欢去；养鸡场，它喜欢去；养猪圈，它喜欢去；屠宰场，它喜欢去；乱坟岗，它喜欢去；沤粪池，它喜欢去；茅厕顶上，它喜欢去；破败的砖瓦窑，它喜欢去；坍塌了的蛛网纵横的老房子，它喜欢去。

总之，越是肮脏的地方，越是臭气熏天的地方，越是乱七八糟不堪入目的地方，薇甘菊越是喜欢去。

薇甘菊的心思难以揣度。它心里发酵的秘密泛着蛊惑的幽光，一旦它的能量积蓄到一定程度，就开始兴奋了，开始无法自控地传播，蔓延了。它相当地自信，它知道自己完全有能力占领那些地盘。它的毒汁对所有植物构成伤害，它到达的地方，所有的道德和逻辑都被颠覆。

薇甘菊对这个世界抱有矛盾的态度，既有情人般的缠绕依恋，百媚千娇，又有恶魔般的残酷无情，冷艳决绝。

薇甘菊有着怎样的阴谋？高处也要去的。它闻到了高处的什么气味？它盘踞、匍匐、卧行，或者缓缓抬起头来，觊觎那些大树的顶端，那些傲慢的制高点。终于，攀缘而上，就像爬树的蛇，身子缠住树干，三下两下的事情。随之，它的毒汁的液面也在上升，像亡灵起舞，哀声滔滔。很快，勃勃生机的局面开始瘫痪，从低处到高处，一幅凋败绝望的景象。那些傲慢的头颅低下来，低下来，如同霜打的茄子，抽抽巴巴，凄凄然，蜷缩一团。高处有高处的风景，然而，那却是薇甘菊的风景了。

正如诗人艾略特所言："世界即是如此的结束——不是砰的一声消失，而是悄悄耳语地淡去。"

残阳如血。秘如黄昏。

十二、外来有害生物黑名单

其实，外来生物无所不在。玉米是吧？红薯是吧？小菠菜是吧？西红柿是吧？狮子是吧？犀牛是吧？洋槐是吧？桉树是吧？……是，统统都是。但是，没有人说它们是有害生物，反而，我们从它们那里获得了益处。就说玉米和红薯吧，在今天中国人的餐桌上，它们是那样受到青睐。这些东西，或者是张骞出使西域的成果，或者是西方传教士来中国传教时带来的，或者是民间贸易的产物，或者是其他什么原因搞来的。

薇甘菊并不是入侵中国的唯一物种。福寿螺、食人鲳、水葫芦、美国白蛾，等等，外来生物在中国作恶的事件屡屡见诸报端。北京的餐馆曾经有人食用了福寿螺，产生了疾病，致使餐馆老板被告上法庭。正常情况下，福寿螺有水才能繁殖，但它在干旱的季节可以在泥中度过六至八个月的时间，即便泥中、土壤中没有水照样可以存活，遇到洪水或灌溉又能活跃起来，因此它的生态适应能力非常强。

水葫芦又叫凤眼莲，它的原产地是巴西。最初引进来就两个目的，一曰当观赏植物，因为它紫色的花特别赏心悦目；二曰给猪当饲料，它的生物量大。想不到的是，水葫芦的密闭度强，长满了水葫芦的水体就甭想长别的了。这就带来一个问题，水葫芦就像给水面罩上了一个毯子，阳光照射不到水里，水面缺乏光照，水中缺氧，慢慢地，水葫芦疯长的水域，其他水生植物就全部灭绝了。滇池就遭受过这样的生态灾难。

广西柳江是珠江的重要支流。夏季，清澈凉爽的江水每天都会吸引众多市民游泳消暑。而令人想不到的是，柳江的江中突然有一天出现了鱼咬人，鱼咬狗的事件，引发了许多人的恐慌。这种咬人的鱼叫食人鲳，也叫食人鱼。

食人鲳是文雅的叫法，叫食人鱼更通俗，我们还是叫它食人鱼吧。食人鱼，原产南美洲，长着像剃刀一样锋利的锯形牙齿，喜群居，是天生的杀手。据说，食人鱼能轻易咬断钢造的鱼钩，至于人的手指就更不在话下了。它们猎食一切可以移动的生物，将它们顷刻间撕成碎片，继而分食干净。在南美洲，一群食人鱼可以在十分钟内将一头误入河里的活牛吃得仅剩下一具白骨。当地土著人用它们的牙齿来做工具和武器。亚马孙河、圭亚那河、巴拉圭河等河流是食人鱼经常出没的场所。

酷暑天，一个叫张凯博的柳州市民正在柳江边给小狗洗澡，突然遭到三条瞪着红眼睛的鱼的攻击。其中一条大个的，死死咬住张凯博的手掌不放，他疼痛难忍，用力抓住它，并把它甩上岸。那条鱼气呼呼的，一蹦一蹦地在岸上挣扎，向人示威。张凯博定睛一看自己的手，哎呀，手掌被啃掉一块肉，已经血肉模糊了。

好家伙，食人鱼就是这么厉害。

类似的事件，柳州多有发生。在柳州，一度谈鱼色变。

柳州市政府悬赏剿杀食人鱼。——在河段内捕获的食人鱼每条奖励一千元。一时间，捕鱼高手云集柳江，捕获多少食人鱼呢？或许是另有原因吧，媒体未见报道。

中国本没有食人鱼，中国出现的食人鱼主要是一些不法商贩以观赏鱼的名义通过走私引入国内，以牟取丰厚利润。我国内河流域普遍缺少对食人鱼的自然制约因素。而亚马孙河流域的气候与中国南方许多地方的气候相似，加之食人鱼对环境的要求比较粗放，而且繁殖速度快，一旦流入自然环境，并在某一流域达到一定规模时，它们就会大量地屠杀水中生物，包括在水中活动的人，造成不可估量的损失。同样，原产于亚马孙河流域的福寿螺引入我国后，迅速在一些江河流域泛滥成灾。二十世纪初被作为观赏花卉引入中国的水葫芦，如今也正在广大水域泛滥成灾。国家为此每年至少花十亿元巨资进行打捞和清理，但成效甚微。

福寿螺未见减少。水葫芦还在水中咻咻咻地笑。

不能不说到美国白蛾。美国白蛾是对中国广大地区危害较大的一个外来物种。目前受它危害的有九个省四百七十六个县。美国白蛾的最大特点就是食性广、胃口好、食量惊人。食性广是什么意思呢？就是不挑食，凡是绿色的叶子它就往肚子里吃，树叶子、菜帮子统统都吃，但它最喜欢吃的叶子似乎还是杨树叶子。它一年能产两代，甚至三代，繁殖能力极强。据专家观察，美国白蛾交配的时间，在昆虫中不是最长的，也是较长的了——八小时至三十六小时。美国白蛾每次产卵量达八百粒以上。美国白蛾幼虫孵化后会吐丝结网，形成一个大的虫包，幼虫群居网内取食叶片，叶片被食尽后，幼虫移至树杈的其他部分结成新网继续取食叶片，把树上的叶子全部吃光，再转移到另外一棵树上。

中国是外来生物入侵最严重的国家之一。近十年来，入侵中国的外来生物至少有二十种，平均每年新增两种以上。外来生物入侵呈现出传入数量增多，频率加快，蔓延范围扩大，发生危害加剧，经济损失严重的趋势。

中国最具危险性的二十种外来有害生物黑名单——

烟粉虱	稻水象甲
苹果蠹蛾	马铃薯甲虫
桔小实蝇	松突圆蚧
椰心叶甲	红脂大小蠹
红火蚁	克氏原螯虾
松材线虫	香蕉穿孔线虫
福寿螺	紫茎泽兰
普通豚草	水葫芦
空心莲子草	互花米草
薇甘菊	加拿大一枝黄花

生物入侵涉及农田、森林、水域、湿地、草地、岛屿、城市小区等多种生态系统，对中国生态安全构成严重威胁。

专家说："生物入侵，是一场没有硝烟的战争。"因此，维护生物多样性，全力抵御外来有害生物的入侵确已刻不容缓。

十三、 鲤鱼、葛藤闹美国

当薇甘菊及美国白蛾等有害生物在中国逞凶的时候，中国有两样东西也把美国人搞得很头痛——鲤鱼和葛藤。

先说鲤鱼。因密西西比河鲤鱼泛滥成灾，奥巴马总统曾签署法案，关闭密西西比河一座水闸，阻止亚洲鲤鱼逆流而上进入五大湖（苏必利尔湖、休伦湖、密歇根湖、伊利湖、安大略湖）。同时，奥巴马把鲤鱼定性为"最危险的外来物种"。可以想象，在奥巴马的脑子里，鲤鱼就是密西西比河里的"拉登"。

三十多年前，美国南方的一些水产养殖场浮游生物和微生物大量繁殖，美国政府经过慎重考虑和多方论证，决定引进中国鲤鱼。中国鲤鱼果然有种，很快把那些水塘里的浮游生物和微生物吃光了。问题是吃光了之后怎么办？没有吃的了，不能等死啊！——那些鲤鱼也是这么想的。机会来了，一场洪水把鲤鱼们蒙头蒙脑地冲进密西西比河。它们一旦进入宽阔的水域，便开始疯狂占领河道，沿河大量产卵繁殖，一只鲤鱼产卵竟达三十万枚，有的甚至还要多。这些鲤鱼适应性超强，食量惊人，每天都要吃掉相当于自身体重一半左右的食物，能轻轻松松地长到一米多长，一百多斤重。硕大无比的中国鲤鱼沿着密西西比河逆流而上，跟美国本土鱼类争夺食物，美国本土鱼哪里是鲤鱼的对手，看到鲤鱼就哆嗦，连嘴都不敢张了，统统被打败。

饥肠辘辘的美国本土鱼类，惶惶然不可终日了。

奥巴马政府宣布，将斥资一亿美元，防止五大湖遭到亚洲鲤鱼入侵。美国政府行动了——往鲤鱼密集的水域投毒，可毒死的偏偏都是美国本土鱼类。这令美国政府很尴尬。中国鲤鱼似乎百毒不侵。

投毒不行，就用电击。

美国政府在密西西比河上游又设置了一道又一道电网。可是美国人压根就不知道，中国自古就有"鲤鱼跳龙门"的说法，那些鲤鱼跳跃的本领正没处展示呢，这下好了，嗖嗖嗖全跳过了电网，继续北上。这下美国政府黔驴技穷了——怎么办呢？怎么办呢？

对此，中国人觉得不可思议，多大点事啊！糖醋鲤鱼、剁椒鱼头、水煮鱼、麻辣鱼、冷锅鱼……吃货们在哪里？嗯？

美国五大湖保护委员会执行主任艾尔达说："目前，密西西比河大部分流域鲤鱼泛滥，令美国政府堪忧。在北美洲，还没有一种鱼类能够吃下一条成年鲤鱼。白鹈鹕和鱼鹰也派不上用场。"他说，"鲤鱼繁殖能力极强，生长速度极快，它们从本土鱼口中大量抢夺食物。我们虽然采取了一些措施，但鲤鱼入侵的势头仍然难以完全控制。"

面对鲤鱼的入侵，艾尔达坦言："我们最大的希望就是鲤鱼们不要侵入到五大湖。那里是我们最后的底线。"

然而，这也许是艾达尔及美国政府的一厢情愿。据媒体报道，鲤鱼泛滥的伊利诺斯河距离五大湖中的密歇根湖还不到九十公里。有人断言，鲤鱼通过相连的运河入侵五大湖是迟早的事了。

事实上，有渔民已经在五大湖里发现了鲤鱼的影子。

中国鲤鱼，也叫亚洲鲤鱼，是美国人对青鱼、草鱼、鳙鱼、鲢鱼、鲤鱼等原产自中国的八种淡水鱼类的统称。一般而言，鲤鱼习惯于在湖泊和河流的底部觅食，这样会造成水质混浊，降低水域质量。鳙鱼会改变藻类和其他浮游生物的聚集，甚至导致美国本土鱼类或贝类的灭绝。

当然，也有专家说，密西西比河里的鲤鱼已经变种了，应该叫北美跳鲤。美国人喜欢吃海鱼，很少吃河鱼，他们觉得河鱼土腥味重。我的一位朋友曾专门去吃过北美跳鲤，回来说，肉质比鲤鱼粗，也有嚼劲，味道还不错。他觉得不可思议，为什么美国人不吃呢？

二〇一四年九月九日，美国一个专家团专程来中国，寻求解决中国鲤鱼在美国泛滥的方法。这个专家团参观了上海水产市场和武汉水产加工厂，也品尝了红烧鲤鱼和鳙鱼头泡饼，感觉味道也很好嘛！

从他们吃鱼时的表情和认真劲儿来看，这个专家团是要为在美国多得成灾的鲤鱼寻找商业贸易的可能性。

撇下鲤鱼，再说葛藤。

同鲤鱼一样，葛藤把美国人搞得也很闹心。葛藤原产地在中国，华南华北的森林里都有这种东西。在北京，四合院的垂直绿化，葛藤也担任着重要角色，那些密密的紫藤架子已成了庭院里的一景。二十世纪四十年代，在日本召开的一次会议上，美国人看到这东西用来垂直绿化，挺好。既然是好东西，美国怎么可以没有呢？想都未想，立马就引到美国去了。哎呀，一到美国葛藤可就不怎么听话了——忒好啦！这空气、这土壤、这湿度，不就是给咱老葛准备的吗？慢慢地，葛藤就有些不乖顺了，就有些不可掌控了。它把当地的树木都绞死了，造成了当地物种的大量减少。

美国人百思不得其解，在中国那么守规矩的葛藤，为什么到了美国就野性大发呢？

是空间造就了葛藤？还是时间改变了葛藤？

空间因时间变形了。写《时间简史》的霍金说，时间是可以储存的，也是可以弯曲的。

十四、大闸蟹：德意志的烦恼

一波未平，一波又起。鲤鱼在密西西比河泛滥的问题还没解决呢，大闸蟹在德国那厢又横行霸道了。诗云：

生是青铜色，
死时丹凤红。
偏偏横行，
偏偏横行，
不管东南西北有人行。

偏偏横行，
偏偏横行。

傍晚，借着夏日残破的余晖，大群大群的大闸蟹悄悄向柏林的德国联邦国会大厦挺进。街道上行驶的汽车不经意地驶入了大闸蟹铺就的"移动着的地毯"上，噗噗噗，轮胎接连被扎破。铃铃铃，铃铃铃，柏林警局接到的报警电话不断。警察来到现场，看到那些挥舞双钳的大闸蟹，耸耸肩，也是束手无策。

大闸蟹每天能爬行十二公里。大闸蟹善挖洞穴，破坏水坝，还会搞坏捕鱼工具，吃掉网具里弱小的鱼虾。甚至，一些房屋和工业基础设施也成为它们的袭击目标。世界自然基金会的报告称，仅在德国，大闸蟹造成的损失已经高达八千万欧元。

德国大闸蟹泛滥的区域主要集中在德国的易北河和哈维尔河。易北河全长七百五十公里，每年大闸蟹都会大量集群迁徙，穿过易北河到达千里之外的北海繁衍生息。

最讨厌大闸蟹的是德国渔民。因为他们撒网捕鱼时，捕捞上来的往往不是想捕获的鳗鱼，而是张牙舞爪的大闸蟹。他们成批成批地将大闸蟹杀死，用来做肥皂或者动物饲料。也有的渔民定期向中国餐馆或者越南餐馆出售，每公斤能卖到五到八欧元。行情还算不错。

尽管中国大闸蟹的名声在德国不怎么样，但也有学者为大闸蟹辩护的。德国慕尼黑大学教授盖斯特说："中国大闸蟹入侵德国河流是全球化的产物。"他说，"这是自然界演变过程中一个正常的现象。只不过这一现象并不常见，倒使我们大惊小怪了。"

盖斯特多次来中国长江流域考察，对中国情况很熟悉。他说："大闸蟹变得具有攻击性，是因为人类不断改变它们的生存条件。在中国河道变直，堤坝和闸门阻碍了大闸蟹前往产卵区域的通道，工厂排污又严重污染了河流，加之中国人喜食大闸蟹，捕捞过度，致使大闸蟹的数量不断下降。而德国易北河和哈维尔河水质清洁，为大闸蟹提供了良好的生存条件。"

其实，大闸蟹落户德国并非近几年的事情。

一百多年前，鸦片战争后，德国人就把圆明园里的瓷器和黄浦江里的大闸蟹运到了德国。那个德国人是不是指挥八国联军火烧圆明园的瓦德西不得而知。如果赛金花在世的话，也许她知道。

大闸蟹在德国百余年的繁殖过程中，保持了纯正的品种。有人建议，中国人喜欢吃大闸蟹，把德国的大闸蟹运回国内销售，是绝对有市场的。让德国大闸蟹跟阳澄湖大闸蟹一样，成为中国人餐桌上的美味，不是很好的事情吗？正是——

> 秋风起，蟹脚痒，
>
> 舞双钳，闹柏林。
>
> 喂喂喂，看这厢，
>
> 吃货们，舌尖忙。

万|物|笔|记

十五、看法说法

据初步统计，目前我国有四百八十八种外来入侵物种，其中植物二百六十五种，动物一百七十一种，菌类微生物有二十六种……此外，还有病毒若干种。事实上，大量外来物种尚处在潜伏期，未大面积爆发而已，我们还不知道它们会不会是有害生物。外来物种的入侵危及本地物种生存，破坏生态系统，每年造成的经济损失达一千二百多亿元。在国际自然保护联盟公布的最具危害性的一百种外来有害生物物种中，我国有五十多种，其中最严重的有十一种，这十一种外来有害生物每年给我国造成的损失有六百多亿元。

对任何一个国家而言，要想彻底根治已入侵成功的外来物种是相当困难的。据美国、印度、南非向联合国提交的报告显示，这三个国家每年物种入侵造成的经济损失分别为一千五百亿美元、一千三百亿美元和八百亿美元。近年来，外来物种在非洲也迅速蔓延，已严重破坏了生物多样性和经济的发展，对生态的影响可能比估计的要大得多。有专家指出，外来生物的入侵会造成非洲生态系统的癌变，这种癌变不但造成生态和经济的巨大损失，甚至会威胁公众的健康。

外来物种引进是与生物入侵密切联系的一个概念。任何生物物种，总是先存在于某一特定地点，随后通过迁移或引入，逐渐适应迁移地或引种地的自然生存环境并逐渐扩大其生存范围。这一过程即被称为外来物种引进，简称引种。其实，正确的引种，会增加引种地区的生物多样性，也会丰富物质生活。美国于二十世纪初从中国引种大豆，种植面积现已达到四亿多亩。美国已成为世界上最大的大豆生产国和出口国。

在中国，最早从国外引种的人恐怕就是张骞了。早在公元前一百二十六年，他出使西域的时候就往回引种了。苜蓿、葡萄、蚕豆、胡萝卜、豌豆、石榴、核桃，等等，就是张骞用骆驼沿着丝绸之路驮回来的。而玉米、花生、甘薯、马铃薯、芒果、槟榔、无花果、番木瓜、夹竹桃、油棕、桉树等物种，也是在张骞之后历经几百年陆续引入中国的。

一个基因可以繁荣一个国家，一个基因可以繁荣一个民族。

如今的世界是生物经济的世界，谁拥有了丰富的生物资源，谁就占据了世界经济的制高点。

然而，引种是有风险的，一旦引种不当，就可能瓦解生态系统的功能，导致生态失衡或本地物种的减少和灭绝，危及一国的生态安全。此种负面意义的引种，即被称为外来物种的入侵了。

外来物种入侵作为全球性问题已经引起世界各国和国际组织的广泛关注。就如何引进外来物种，如何预防和控制外来物种入侵，已经制定和通过了四十多项国际公约、协议和指南。

一般来说，生物入侵要经历传播、定居、生长繁衍等几个阶段。入侵性强的物种一定是繁殖能力强，这样不仅可以提高后代存活的绝对数量，也提高了这一物种传播的概率，在入侵的几个阶段都占有优势。

在一个稳定的生态系统中，生物链条是坚固的，"一个萝卜一个坑"。因之没有空余的"坑"，外来生物就无法入侵。这就是原始森林里薇甘菊成不了气候的道理。如果某个地方恰好少了一个"萝卜"，出现了空余的"坑"，那外来物种就乘机入侵了。外来物种在新区域得以生存繁衍，不是因为入侵物种本身具有的特性所致，而是由于它们偶然到达了不具备天敌或其他生物限制的新环境，因而快速扩散造成危害或灾难。也就是说，外来生物之所以在其原产地没有什么危害，是因为在原产地有天敌或其他生物因素限制了它的灾难性爆发，而在入侵地恰恰少了这些讨厌的克星，于是这些外来生物就不失时机地为所欲为了。

专家说，外来生物入侵有一个重要的现象——时滞。就是入侵物种在一个新的环境里从定居到种群开始快速增长和迅速占领某地之间的时间延迟期，或者叫潜伏期。它们刚到一个地方不会大量繁殖，扩展领域，而是安安静静地生长，聚集能量。薇甘菊于一九一九年就在香港发现了，为何这几年才在珠三角大爆发呢？这就是薇甘菊的时滞现象。

时滞产生的原因很复杂，至今难有合理的解释。也许，当初种群太小，没有引起人的注意，但种群是一直增长的，增长的数量在未突破临界点前是不会大规模爆发的。它在潜伏期，储存能量，等待时机的变化。一旦条件具备，它就发威逞能，为害作乱了。

也有专家批评说，生物入侵最根本的原因是人类的活动。是人类的活动把这些物种带到了它们不应该出现的地方。说它们入侵，是不公平的，它们在地球上有了人类之前就已经存在了，它们是地球史的一部分。扩张和蔓延是它们的本性。所谓有害，是它们只是出现在了错误的地方，而造成错误的原因恰恰是人。是人类的欲望和贪婪，直接或间接地导致了生态系统和生物多样性的一片哀鸣。

需要声讨的是我们人类自己，不是薇甘菊。

不是吗？

十六、除害

在中国人的记忆中，最著名的除害运动就是二十世纪五十年代的除"四害"了。毛泽东亲自把老鼠、苍蝇、蚊子和麻雀定为"四害"，号召全国人民用十余年的时间，打一场人民战争，在一切可能的地方，把"四害"彻底消灭。

一九五八年春节刚过，在全国各地的城市和乡村先后掀起了消灭麻雀的高潮。运动不再局限于青少年范围，而是男女老幼全出动。北京、上海等大城市，更是几百万人停下手上的工作，同时上街。在打麻雀的方法上，除以前用过的网拉、毁巢、毒饵诱杀等适用于单兵或小团体的办法外，还创造出了一些适用于大兵团作战的方法。从平地到屋顶、树梢，大家各守一块地儿，或敲盆打桶，或持竿乱打，不让麻雀有片刻休息的可能，使其心力交瘁，疲劳而死。或者被赶到某一有毒饵或埋伏有火枪队的地方，晚上，再掏鸟窝除掉残留的麻雀及鸟蛋——这被总结为"轰""毒""打""掏"四部曲。

在这场"宁可错杀一千，不可放过一个"的对麻雀大屠杀运动中，有鸟类学家郑作新昧心的鼓噪，也有著名科学家钱学森、华罗庚上街讨伐的身影。

据统计，从一九五八年一月至一九五八年十二月，全国共消灭麻雀二十一亿只。然而，想不到的是，一九五九年春天，虫害在全国大爆发。毛泽东这才意识到，打麻雀可能打错了，就在一次会议上说："麻雀不要打了，代之以臭虫。"

从此，消灭麻雀运动才算正式停止下来。

古典文学中，武松打虎该是著名的除害经典故事了。景阳冈上的老虎被唤作"吊睛白额大虫"，因吃了很多人，此大虫就成了害虫。那大虫凶猛异常，即便强人也不敢随便上山造次的，这就恰恰成就了武松。武松打虎先是用哨棒，哨棒打断了，就用拳头。也就是说武松是用哨棒和拳头把"吊睛白额大虫"打死的。

哨棒和拳头是武松打虎的工具，叫武器也行。不过，清理薇甘菊用哨棒和拳头恐怕不行。

用什么呢？武松那个年代肯定还没有的东西——什么呢？除草剂。用喷雾器噗噗噗一喷，除草剂就与薇甘菊亲密地接触去了。

用除草剂灭杀和控制薇甘菊管用吗？当然。但是管多大用，是不是彻底管用，那还得看用的是什么除草剂。

目前，我国应用面积较大的除草剂有森草净、草甘膦、灭薇净和紫薇清。这几种除草剂各有优劣，各有千秋。草甘膦杀死薇甘菊幼苗效果不错，但不能根治，也就是对薇甘菊的根部奈何不得，尽管茎和叶枯萎了，但过段时间根部的新芽又萌发了。灭薇净既能杀茎，也能杀根，但药效的劲儿不够，对幼苗有作用，对壮年的薇甘菊不行。森草净劲儿倒是猛，但毒性也大，杀死薇甘菊的同时把相伴的生物也杀死了，有关部门已经明令禁止使用了。紫薇清是一种复合制剂，靶标明确，有出色的选择性和内吸性，能根除薇甘菊，同时对其他生物也不构成伤害。

比较来看，紫薇清是目前比较理想的除草剂。

人工清理是没有办法的办法。那些茶园、果园、菜园及农田周边的薇甘菊除治，多半靠人的双手清理。在云南瑞丽一片林子里，林农把清理出来的薇甘菊全都堆到一张塑料布上。

我问：为什么呢？

答：薇甘菊生长速度太快，如果清理出来的薇甘菊随便丢弃地上，用不了一会儿，就会噌噌生根，噌噌长出芽芽。

瞧瞧，这生猛的劲头。嚯！

十七、天敌：菟丝子 血桐 幌伞枫

大鱼吃小鱼，小鱼吃虾米，虾米吃泥巴。其实，天敌就是自然界中一种生物克制或压制另一种生物繁衍的关系。比如，草的天敌就是食草动物，食草动物的天敌是食肉动物。人呢？人是所有动物和植物的天敌。因为人类为了自己的生存和发展，每天都在糟蹋着地球，糟蹋着大自然，对所有动物和植物都构成威胁。人的天敌呢？恐怕就是自己了。

研究人员发现，菟丝子可以寄生到薇甘菊上，薇甘菊蔓延到哪里，菟丝子的网就布到哪里。薇甘菊不是缠树吗？它就缠薇甘菊，直至把它缠死。

一种生物的天敌也可能有很多种，很多个。

野兔的天敌就有很多个，鹰、狐狸、狼，爱吃肉的猛禽和爱吃肉的猛兽都是它的天敌。为了生存，野兔怎么办？一靠大量繁殖，它的繁殖数量惊人，在量上取胜；二靠拼命逃避，一有风吹草动，它迅速做出反应，远离危险。

青蛙的天敌是蛇。但有时救自己命的也是天敌。这是澳大利亚摄影家抓拍到的一个镜头——布里斯班山洪暴发，慌乱间，一只青蛙跳上一条巨蟒的脊背，尽管蟒蛇的脊背光滑至极，青蛙还是死死抓住了那恐怖的斑纹，借以渡过湍流和旋涡，逃出巨浪席卷的洪水。

突然降临的灾难，让青蛙忘记了巨蟒是它的天敌。天敌用自己的身体为青蛙提供了逃难的工具。此时，青蛙与蟒蛇是什么关系？天敌已经不存在了，滔天的洪水才是它们共同的天敌。

在自然面前，人常常感到困惑。保护了可爱的海獭，就保护不了稀有的鲍鱼，因为海獭每天要吃七只鲍鱼。保护了麋鹿，就保护不了草原，因为麋鹿可以把草吃光，到了冬天，还是一群群地饿死。

有媒体报道，美国西部的橡树平原已经严重退化了，各种植物、动物和微生物的关系发生了倾斜。什么原因呢？美国专家说，是多年没有发生火灾造成的，那里的人们太努力防火了。由于没有天然的火灾定期清理，外来生物大踏步入侵，使得本地生物反倒处在弱势地位了。在这个意义上说，火灾是谁的天敌呢？

天敌不是简单的吃与被吃的关系。天敌既包括捕食关系，也包括竞争关系。同为杂草的菟丝子寄生在薇甘菊上，致使薇甘菊丧失营养而死亡。而菟丝子呢？菟丝子会不会疯长呢？通过观察，不会。因为薇甘菊枯萎后，菟丝子所需的营养没了，用不了多长时间自己也会一声叹息，而与这个世界拜拜了。

菟丝子，虽然也是一种寄生植物，但本身的细胞中没有叶绿体，它利用爬藤状构造攀附在其他植物上，并且从接触宿主的部位伸出尖刺，戳入寄主直达韧皮，汲取养分。薇甘菊一被菟丝子缠住，厄运就算降临了。我小时候就见过这东西，黄豆地里多的是。黄色的，像小姑娘头上扎辫子的猴皮筋那么细，东拉西扯的，蛛网一样罩在黄豆秧上，把黄豆缠得喘气都费劲，蔫巴巴的，没办法。

不过，广东省森防站站长谢伟忠告诉我，薇甘菊有"假死"现象。菟丝子对薇甘菊的抑制时间，只有一个月左右，因为菟丝子的生长时间短，生长期一过，被缠住的薇甘菊就会挣开"枷锁"，很快又恢复了体力。而菟丝子的尸体反而成了它的肥料了。

瞧瞧，多么悲壮的菟丝子呀。

菟丝子的名字还真是与兔子有关。说是从前有个伙计给土豪家养兔子，土豪立下规矩，如果死一只兔子，就要扣掉他四分之一的工钱（这土豪一定是宋朝的土豪，有一套，懂管理，不问过程，要结果。难怪嘛！宋朝经济发达总是有原因的呀。原因找到了——就是那个朝代的土豪有管理的头脑。所以，宋朝才有清明上河图的盛况）。有一天，伙计搬东西时不慎把一只兔子脊骨给弄伤了。伙计担心土豪知道，就悄悄把那只兔子扔进豆地里。过了一段时间，他发现那只兔子并没有死，而且伤还痊愈了，长得又肥又胖。伙计欢喜无比。能不欢喜吗？——四分之一的工钱不用扣了。伙计用心观察，发现，原来兔子是吃一种缠在豆秧上的黄丝藤才很快康复的。恰好，那段时间，伙计老爹的腰也扭伤了，他就用这东西给老爹熬汤喝，老爹的腰也很快就好了。他又试了几个人，结果都有效果。他断定，黄丝藤可治腰伤病。伙计一想，我给土豪养兔子，有什么出息呀，我还不如自己去当赤脚医生，用黄丝藤给人治腰伤，多高尚的事呀。于是，他就去当赤脚医生了。后来，他把这黄丝藤干脆就叫兔丝子了。李时珍知道了这件事，说，既然是草药，那就在兔字头上加个草吧——这样《本草纲目》里就有了这味药——菟丝子。

菟丝子的种子和全草都是中药呢，火旺，阳强。有什么作用呢？——固本。人体的本就是肾。菟丝子入药，可补肾，治腰伤，治阳痿遗精。——这是指对男人。治血崩带下，治习惯性流产。——这是指对女人。《神农本草经》都有记载。菟丝子，看起来柔软如丝，但骨子里坚硬刚强。正是靠着这种柔软与刚强的特性，它才能在一定程度上把薇甘菊制服。光柔软不成，薇甘菊也柔软；光刚强不成，薇甘菊也刚强。但是，把二者搅和在一起再较量，薇甘菊就不如它了。

　　然而，就耐性和持久的韧劲而言，薇甘菊还是强过菟丝子。因为薇甘菊是多年生植物，即草即藤。而菟丝子是一年生植物，即草非藤。所以，准确地说，菟丝子对薇甘菊的遏制还只是有限度地遏制。

　　专家意外发现，在我国南方有两种土著树种——血桐和幌伞枫也可以有效遏制薇甘菊蔓延。血桐，又称象耳树。不是像人耳朵的树，是像大象耳朵的树。当血桐树的树干表皮受损时，流出的树液及髓心，经氧化后会变成血红色，像流出的血一样。而它的叶子颇像大象的耳朵。血桐木材性情柔顺，不燥，不烈。早年间，火柴及火柴盒就是用它做的。血桐的根、干、树皮、绿叶及穗亦可入药，止血止咳并有催吐的功效。若是醉酒了，用血桐叶子煮水，喝下去，立马就可呕吐，把肚子里该吐出来的秽物统统吐出来了。据观察，薇甘菊特别畏惧血桐，它从不敢攀爬和覆盖血桐。血桐身上藏着能够使薇甘菊致命的武器吗？至今是个谜。

　　另一土著树种幌伞枫能够分泌一种化学物质来抑制薇甘菊生长，是已经很清楚的了。那种化学物质叫什么呢？我一时还真是说不清楚了。总之，一物降一物吧。

　　幌伞枫，又名幸福树、富贵树、鸭脚木、广散枫、大蛇药，别名一长串。幌伞枫，在广东、云南、广西、福建四省常见。山民被蛇咬伤了，用幌伞枫的根、树皮煎成的蛇药就派上用场了。性味苦、凉，清热解毒，活血消肿，止痛。我想，既然能治蛇咬之伤，那么幌伞枫的毒性就一定比毒蛇的毒更强，所谓以毒攻毒嘛。否则，怎么攻啊！

　　也有人把幌伞枫当观赏树的。因之幌伞枫树冠圆整，形如罗伞（就是皇帝出行时打着的黄罗伞），羽叶巨大，如同鸭脚，叶片茂密，在庭院可孤植，也可片植。冬季圣诞节前后，多置放在商场、饭店、宾馆和一些家庭中做圣诞树装饰。树上再挂一些小灯笼、巧克力、糖果、小彩色气球之类，装点节日气氛，却也浓浓。深圳机场办票大厅里有多棵盆栽幌伞枫，颇有富贵之气。我在惠东县行走时，所住的宾馆大堂里也摆放着两盆幌伞枫。

从外表看，幌伞枫很温和，哪知道它的内里有那么强的毒呢？

在广东，很多地方通过种植菟丝子、血桐和幌伞枫，并配合施用生物农药，剿杀薇甘菊收到了一定效果。

十八、薇甘菊能吃吗？

有人在网上戏说薇甘菊。说什么叫薇甘菊呢？我们得从舔菊的习惯去追溯。试想，如果当初没有人舔，谁又会知道它是微甘的呢？当然，此"微"不是彼"薇"也。但嚼过薇甘菊的人说，回味确实微甘，淡淡的微甘。

这就引出我憋了很久的一个问题：薇甘菊人能吃吗？

在回答人能不能吃之前，先回答猪能不能吃。答案是肯定的——猪吃薇甘菊。

二〇一四年十月二十二日下午十五时至十五时三十分，海南临高县多文镇美山村村头水渠边。一头黑猪在吃薇甘菊。

那黑猪个头不小，浑身滚圆，腰部下垂，尾巴打了一个卷了，一摇，一摇，再一摇。它抬头看看我们，见没什么危险，就接着吃，咯吱咯吱咯吱。它吃的薇甘菊都是蔓尖尖和花骨朵部分，老茎和根部它是不理的。

我们一行人站在桥上注意观察。

那头黑猪吃累了，就去水渠里拱泥，打了几个滚儿，懒懒地站起来，用力抖了抖，身上的泥点点就都甩到薇甘菊的叶子上了。薇甘菊像是触了电，簌簌一阵动，就静了。黑猪接着吃，咯吱咯吱咯吱。也许，猪就是为吃而活着，为活着而吃。

这个偶遇的发现，令我们兴奋不已——薇甘菊可以吃，至少猪可以吃。

当地朋友说：哇，想不到猪吃薇甘菊。

我说：猪吃，说明薇甘菊没什么毒。但是，人吃薇甘菊还是要慎重。

当地朋友说：我们会留心观察那头猪的情况。包括它的健康和生活习性，将来宰杀时也要看看它的肉质怎么样。

我说：据专家说，薇甘菊不含蛋白质，但含的纤维丰富。

当地朋友说：这不正好可以做减肥食品吗？女士们一定喜欢。

我说：人们对吃薇甘菊还是有心理障碍的。

当地朋友说：我们机关的食堂可以先做几道菜试试。比如：爆炒薇甘菊、蒜蓉薇甘菊、水煮薇甘菊、干炸薇甘菊，等等。

我说：那一定是新闻了。你们要好好宣传一下。

临高乳猪闻名遐迩。多文镇美山村就是著名的临高乳猪产地之一。临高乳猪以烧烤的味道最佳。据说，烤一只乳猪四五个小时，烤出来的乳猪全身焦黄，油光可鉴，散发着浓郁的香味。用箸夹一块蘸白糖，入口，轻轻一嚼，咔哧一声脆响，肉细、骨酥，满口香啊！不过，我不得其解的是，为什么要蘸白糖呢？也许，海南人喜欢甜，就像北京人喜欢咸，吃烤鸭一定要蘸甜面酱一样吧。有意思的是，当地还有早餐吃蒸乳猪的习俗，以姜泥蒜泥佐食，味美不腻。

我在想，临高乳猪与薇甘菊是什么关系呢？如果吃薇甘菊的乳猪，烤（蒸）出来的肉质更加特别，味道更加美妙，那么或许我们就间接找到了薇甘菊可以利用的一条途径。乳猪吃薇甘菊，我们吃乳猪。

其实，自然界中可以食用的植物还真是不少。比如，槐花、荷花、桃花、杏花、菊花、玫瑰花等，都可以做成美味可口的菜肴、糕点、饮料、茶、酒及其他食品。北京稻香村的月饼名气那么大，其秘密就在于月饼的馅里放进了各色不同的花蕊和花瓣，那种独特的口感和味道就出来了。

花朵是什么？花朵就是植物的生殖器。最有营养的东西都在那里边呢。花朵里边的维生素高于新鲜水果，蛋白质也远胜于肉类食品。特别是盛开时的花朵，因为含有大量花粉，其营养价值更胜一筹。实验表明，花粉中含有上百种物质，包括二十二种氨基酸，十四种维生素和其他微量元素，具有强身健体的作用。有的花朵还有药用价值。芙蓉花可以清肺凉血、去热解毒；栀子花清肝明目、清热凉血；百合花可以润肺止咳、宁心安神；桃花治疗水肿、脚气、心腹痛、脓包疮和头癣；玉兰花可以治疗头风、鼻塞不通、高血压；杜鹃花则是哮喘咳嗽的克星。总之，即便不治病，经常食用花卉食品，美容养颜是肯定的了。

李时珍没见过薇甘菊，更没去过中美南美那些国家，不然《本草纲目》就是另一种写法了。不过，《本草纲目》中记载的，也不一定就是我们本土的植物。曼陀罗就是一例。我在深圳植物园见过曼陀罗。它应该是一种灌木，叶子肥大，稀疏，其貌不扬。它的花是黄色的，像是老式留声机的喇叭。在海南的一个村庄也见过曼陀罗。它的果是圆球状的，球面上凸起好多包包。当地把行为不正常的人叫"加罗"，意思是那人吃了曼陀罗的果。在西方，教徒与上帝对话之前，要先吃曼陀罗的果，产生幻觉，才能与上帝沟通呢。据说，曼陀罗种子是玄奘去天国（天国即天竺，今印度）留学取经时带回来的。曼陀罗的花与火麻子泡酒，涂在要做手术的部位，再做手术，患者就不痛了——曼陀罗有麻醉的作用。施耐庵的《水浒传》对这东西也有记述。在母夜叉孙二娘开店的故事中，说孙二娘经常往酒里下蒙汗药麻醉住店的人，然后扛到人肉案板上，大卸八块，用人肉蒸包子。花和尚鲁智深和行者武松就因喝了下了蒙汗药的酒而险些丧命。其实，那蒙汗药的主要成分便是曼陀罗，可见曼陀罗进入中国至少也有二百多年了。

薇甘菊是有害的植物，但薇甘菊能入蒙汗药吗？我在云南瑞丽的山林里曾经拽了几根薇甘菊，放在嘴里嚼了嚼，除了味微甘，似乎没什么其他特别的味道了，一两个时辰后也没找到云里雾里，如入仙境的感觉。

但是，有毒的植物是确实存在的。比如，蓖麻籽，它可能是所有植物中毒性最强的。在我的记忆中，老家村庄的房前屋后就生长着很多蓖麻。谁家的鸡啦鸭啦腿脚骨折了，就摘几片蓖麻叶子捣成糊糊再放些酒，给骨折的鸡啦鸭啦包扎上，十天半月就痊愈了。蓖麻籽是用于榨油的。在那个年代，物资紧缺，润滑油更是紧缺中的紧缺物资了。所以，政府就号召家家户户种蓖麻，用蓖麻油来补充润滑油的不足。当听到老牛拉着的木轴辘轳车发出吱嘎吱嘎的叫声时，爹就说，车轴辘涩了，该膏油了。于是，爹就拿起装有蓖麻油的小铁皮壶，把尖尖的壶嘴对准车轴咕咕挤出几滴，老牛拉着车再走时，车轴就润滑了，车轴辘就不再吱嘎吱嘎地叫了。我和小伙伴们曾摘过许多蓖麻籽儿，去掉外面那层长着毛刺的硬壳，里面是饱满的籽粒，用细柳条串成串，然后把串弯过来，对接成一个圆环，用火柴点燃后，拿一根棍子挑着，耍着玩儿。那圆环就是一团燃烧着的跳动着蓝色火苗的光圈，光圈还不时发出砰砰的脆响。——那是燃烧的蓖麻籽儿在高温作用下爆裂的声音。

不过，我们从来没吃过蓖麻籽，不是不想吃，而是它散发着一股奇怪的味道，令我们没有胃口，也没有想法。幸亏没吃过，不然早就玩完了。

蓖麻籽有剧毒，我是后来才知道的。

据说，即使是一个体格健壮的成年人，吃上两颗蓖麻籽，也许就会被毒死。蓖麻籽里面含有一种有毒的物质叫蓖麻蛋白。这种物质可以妨碍细胞产生蛋白质，在没有蛋白质的情况下，细胞会死亡。这样，就会导致人体机能受到破坏，最终导致死亡。居心不良的人可以用它来杀人，无论是吸入，还是注射，只要使人摄入了五百毫克以上的蓖麻毒素，一准一命呜呼了。

蓖麻也是个外来的种，是张骞出使西域时从阿拉伯国家用骆驼驮回来的。遥遥几千里路途，驮点啥不行，驮那玩意误食中毒了怎么办？可是，张骞有张骞的考虑。一则那东西出油率高，可用于老百姓点灯照明；二则可从蓖麻油中提炼出润滑油，派别的用场。别的用场是什么用场？也许，张骞当时也不是十分清楚，但是他毕竟是有眼光的人，有眼光的人就是能看到别人看不到的地方，能预知将来可能发生的事情。后来的历史证明，张骞果然是眼光的人。西汉以后，不仅民用的马车牛车驴车的车轱辘用上了蓖麻油（润滑油），就是今天在天空中翱翔的飞机也用上了蓖麻油（润滑油）。

其实，外来物种，也不一定就有害，有害无害都是相对的。菟丝子虽对寄主有害，但它是一味中药。我们对薇甘菊的研究和了解还远远不够，比如，薇甘菊能否入药，能否做工业原料等，都需要科学家们做出回答。

剿杀薇甘菊不是立竿见影的事情。专家们心里清楚，像赶走日本鬼子那样把薇甘菊从中国的土地上彻底赶走，是不可能的。而是把薇甘菊的危害程度控制到最低，使这个"植物杀手"逐渐失去侵害性，回归为一种普通的外来物种。专家认为，外来物种侵害性并非天生就有的，也不是一成不变的。有些物种在原生地没有入侵性，引到其他地域后却打破了原有的生态平衡，改变了当地的生态状况，就给它造成了入侵的机会和可能。

薇甘菊防控专家许少嫦说："外来物种中具有入侵性的，也就仅有千分之一。大多是听话的，可控制的。"她说，"和我们生活息息相关的西瓜原产于非洲，小麦、黄瓜、姜原产于印度，玉米、红薯、马铃薯、花生、草莓、南瓜、辣椒、西红柿原产于南美洲，它们都是外来植物，但它们都有益无害。目前，对薇甘菊的研究还很不够，对它的生物学特性、它的脾气秉性还不十分了解。用科学的方法把有害生物变成无害生物是我们努力的目标。"

人是自然的一部分，从自然角度来看，应当平等对待自然的每一个分子。入侵是由人类做出的社会学定义。一旦人类的利益受到侵害，即给对方定义为入侵，定性为有害。于是，就采取措施反击，甚至赶尽杀绝。实际上，每一个生物体都有生存的权利，人类应该给予合理的空间，底线是不伤害人类的利益。

换个角度看，人不就是薇甘菊吗？人的内心布满自私和贪婪的霉斑。河流污染、空气雾霾、生态破坏、社会风气的每况愈下不都是人类自身造成的吗？人类作为单一的物种，把自然一块一块地蚕食之后，建造了一座一座的高楼，然后稠密地聚居在一起，在文明的夜幕中争斗、冲突、杀戮，以灭绝万物为乐。

对外来有害生物应当用科学方法管控，用生物控制生物，也许是最有效的办法。因为每一种生物在复杂的生态链条上都有自己的生态位置，相互依存又相互竞争。通过竞争，外来入侵生物必然会被有效控制。问题是——我们要找到那个比它更厉害的竞争对手。

十九、美的遐想

如果地球上没有植物，人类面临的现实只有一个，那就是死亡。从生存基础来说，植物为我们人类提供了氧气和食物。植物利用本身的光合作用，吸入二氧化碳，呼出氧气，作为人类的我们恰恰相反，要吸入氧气，呼出二氧化碳。若是没有了植物，就意味着没有了氧气，没有了氧气，相信我们谁也不会生存下去。同时，人类也直接或者间接地以植物为食，失去了植物，就等于是失去了面包、大米、蔬菜、肉和奶，没有了这些东西，人类就会慢慢饿死。

但是，没有薇甘菊，人类可能不会饿死。

一种植物对于地球生命来说，是不是不可或缺呢？艾斯利说："小小一片花瓣，却可以改变地球面貌。"——这大概就是说的薇甘菊吧。

黑格尔说，存在就是合理的。每一种生物都有其存在的价值。我们应当把薇甘菊的价值通过科学的方法挖掘出来，为人类所用。比如，薇甘菊有"一分钟生长一英里"的神奇速度，它的速生基因能否挖掘出来，用于其他生长得慢的植物？再有，既然薇甘菊生长如此之快，生物量又特别巨大，能否作为沼气开发，用于农村新能源呢？能否作为纸浆，用于造纸呢？等等。

倏忽间，由薇甘菊想到非洲丛林里的黑猩猩。由黑猩猩想起一个人。她是一个黄头发蓝眼睛的奇女子。她叫古道尔。古道尔为了破解生命的密码，就不远万里从伦敦跑到非洲的坦桑尼亚观察猩猩。她发现，黑猩猩居然懂得把草秆插到白蚂蚁的洞中，再拉出来，吃爬在上面的白蚂蚁。吧唧吧唧吧唧。香。美味。

其实，借助工具猎食，是动物的本能，也是植物的本能。薇甘菊既把身边的植物当成了工具，也当成了食物。

一种动物，也可能是另一种动物的工具。据说，早先云南的原始森林里有一种鸟叫令鸟，它的叫声特别令人恐惧。要是在夜晚听到了，就会吓得不敢睡觉。令鸟与老虎如影相随，老虎捕食后牙缝里会塞满肉丝，它就会在太阳下张大嘴巴，让令鸟把它的牙缝里塞的肉剔得干干净净。如果说令鸟是老虎的牙签的话，那么老虎就是令鸟的餐馆了。而此时，老虎正眯着眼，趴在树下美美地睡觉。令鸟呢，就站在老虎的脊背上，东张西望，放哨。

老虎是森林里的王，它的额头上就写着那个"王"字呢。

薇甘菊要称王吗？即便是王，也是个流寇王，草大王，而不是统领天下的王。有今天，没明天，人人痛说它的坏、它的恶，它似乎比任何植物都有危机感和紧迫感。似乎冥冥中它感觉到自己的气数就要到头了。就像薇甘菊一样的人，不抓紧时机，政策就要变了，时机就要过去了。因而，富要暴富，财要横财。一切没来得及改变之前，先颠覆已经存在的。一头是赢，一头是输。赢也好，输也罢，结果都是一个死。好吧，那就索性疯狂一把，让死来个痛快。

摸一摸薇甘菊的茎吧，灵动婉转，像是一节一节的旋律。它能以完美的弧线匍匐在地，也能站立起来，如倒置的绳索，展示螺旋之妙。它的身体柔软到不可思议的程度，就像情意绵绵的水波。薇甘菊是孤独的，因为它不允许它的存在处有别的东西存活。要，就要全部，对于琐碎的部分，它不屑一顾。

蛇捕食猎物，是囫囵吞下的，从不咀嚼，靠胃酸黏液让猎物在腹腔里一点一点消化。

薇甘菊就是植物里的蛇。

薇甘菊的目标是整体囫囵吞下，无论这个目标多么微小脆弱，它都不会放过；无论这个目标多么强大坚固，它都不会惧怕动摇。

薇甘菊的性格也许不是贪婪，而是一种极致忘我。

我们怎样对待自然，自然就怎样对待我们。自然是一面镜子，能够照出我们的灵魂，照出龌龊和丑陋。当然，也能照出善良和温暖。

薇甘菊具有持久的生命力吗？我们不知道它何时出现在地球上，但却知道它注定不能很快消亡。上帝说，欲使其消亡，先让它疯狂。它的触须伸张到哪里是个尽头呢？既然不能很快消亡，那么为何如此疯狂呢？

就个体生命而言，薇甘菊是美的。然而，薇甘菊在创造了美的同时，也在制造着灾难。美到极致的东西，一定要有迅速凋零的美，才会使种子获得永生。绝美的凋落，在那近乎疯狂的日子，是为了贪婪发疯？还是为了传种而狂？我真是搞不明白。如果一种东西发了疯，就是千年的火山爆发了。死，是为了更美的复生。不妨可以说，有的时候，毁灭就是永远。那花朵虽然仅仅是几天的惊艳，但可以让薇甘菊生了死，死了又生，生生与死死轮回交织。

生态问题是个世界问题，不必为薇甘菊的猖狂和气势汹汹而滋生悲观情绪，一个时代总要接续另一个时代。这个时代，问题重重，麻烦多多，未来是不可知的——但是未来不见得就是世界末日。历史的尽头还远着呢。何况，尽头往往就是源头。

关于历史，只有一项通则可以绝对成立，那就是只要有人类，历史就会继续下去。生态问题是描述人类生存状况的基本尺度，生态问题说到底是人的问题。人心如何，自然便如何。

陀思妥耶夫斯基说："世界，将由美来拯救。"

一人问智者："智慧哪里来？"智者说："精确的判断力。"再问："精确的判断力哪里来？"智者："经验。"再问："经验哪里来？"智者说："错误的判断。"

有消息说，吉他手小白和"小山口百惠"已经结婚。婚后不久，双双就到薇甘菊故乡巴西旅行去了。十个月后归来，"小山口百惠"生下一个大眼睛囡囡。小白给小囡囡取名：薇甘菊。

吉他手小白从不认为薇甘菊是有害生物。他以自己的方式固执地表达这种看法。因为，薇甘菊见证了他们的爱情。

事实上，科学家发现，研究某一物种如同跟某一类人相处一样，了解越透彻越容易相处，也就越容易发现对方的价值。了解了一切，也就原谅了一切。用眼睛欣赏自然，用大脑思考自然，用心灵感知自然，就会发现美无处不在，无所不在。

也许，到了那一天，我们再来看薇甘菊，它可能就不那么讨厌了，"植物杀手"的帽子也可能摘掉了，代之的是讴歌和赞美。

想起了纪伯伦的那句话："美，可以使我们返璞归真——大自然，那里原本就是我们的起源。"

文冠果

文冠果，一度得宠，举国种之。也一度失宠，被连根刨掉。它承载了重大的历史事件，被赋予了太多的政治暗示和影射。如今，它回归到了常态，稳健平静，并且以至尊的气度和坚韧的精神，在这片土地上生生不息。

——题记

一

该有一把年纪了吧——那棵古树虬枝错落，怪影参差。远看，若赤脚老龙盘踞树干；近观，又似黑鳞巨蟒翘首云端。有道是：谁将黑墨洒树梢，疑似群鸦落树顶。——用施耐庵的语言描述那棵树也许最接近准确了。冷风飕飕地割着面，刘书田禁不住缩了缩脖子，然后弯腰用镐头刨出地里半截白萝卜，扔进筐里。他直起腰，觑了一眼那棵古树，把镐头戳在墙角。

刘段寨被彻底遗忘了。如果不是那棵古树，没人会把刘段寨当回事的。——因为，它不过是华北大平原上一个点儿，没有轰动一时的新闻发生。经过的人，不会留意。不经过的人，就更不会留意了。

刘段寨现有一百一十九户人家，四百九十五口人。其他活物，诸如鸡鸭猪狗驴马牛羊之类，没人数过，估计要比人口多得多。地呢，九百七十七亩，种啥长啥。啥也不种，就长草。疯长。虽说地不算活物，但所有活物都是从地里生长出来的呢。

树，也是地里长出的活物。村民刘书田家那棵古树，树龄超过二百年了。此树年年开花，年年结果。刘书田不知其为何树，刘书田问爸爸，爸爸摇摇头。问爷爷，当时一脸皱纹，眼皮耷拉，一张嘴巴就露出只剩下一颗牙齿的爷爷正在眯眼看树上一只鸟，爷爷呜噜了一句，刘书田却没听清。刘书田的爷爷活了八十三岁，临咽气前指了指那棵树，呜噜呜噜又说了几句，可是刘书田还是没听清楚。或许，不是刘书田没听清楚，而是爷爷压根儿就说不清楚呢。

后来，县里招商引资，刘书田打死都不会想到这事跟土里刨食的自己搭上什么关系。随着一个叫李高英的老板落户刘段寨村西，刘书田和那棵古树的命运也就彻底改变了。

李高英是一位专门从事文冠果种植的企业家，生产经营的"华耀"文冠果油和文冠果茶，近年在中国北方广大地区声名鹊起。李高英的文冠果种植基地——润升生态园离刘书田家仅仅九百米。刘书田到李高英的润升生态园打工时才知晓，自己家的那棵古树叫文冠果。因为润升生态园里种的那些树，开的花，结的果，跟他家里那棵一模一样。

县林业局来专家鉴定，果然是文冠果。

之前，刘书田家的厨房排烟口正对着那棵古树，长年累月把树干熏得乌黑乌黑了。专家建议，对此树要采取保护措施，厨房排烟口要移走，树体要用木栅栏围起来，要定期给它施肥浇水。刘书田瞪大眼睛听得仔细，日后对这棵古树照料得也格外仔细。

那些老房子破败了，还可以重修，可这棵古树要是没了，却是无法复制的。事实上，对这棵古树李高英比刘书田还上心。他隔三岔五就过来看看，也不言语。心里想什么呢？无人知。

二

一个初冬的早晨，我去看了那棵古树。

村路，七拐八拐，把我们懵懵懂懂地引向了刘书田家，引向了那棵树。那棵树的树干表皮坚硬无比，如钢赛铁。树干并不通直，先左旋后右旋，然后左右摇摆着直直向上，再分成三个杈子，一个杈子向着东南，一个杈子向着东北，一个杈子向着西南，在空中的某个部位又收拢了，向着一起聚集，然后又各自随意地抛出弧线。黑色的已经炸裂了的果子挂在树梢，在瑟瑟的风中，显得有些冷清。其中一段侧枝已经干枯了，一只僵死的蝉趴在上面，与时间融为一体了。

此树谁人栽？据说，刘大观也。当然，尚须进一步考证。刘大观何人？清代诗人、学者，曾任山西布政使（相当于现在的省财政厅厅长），兼任晋、陕、豫三省盐务官。刘大观的出生地距此十公里，谓之邱北镇。刘大观退休后，客居济源，纂修《济源县志》。相当于县志主编吧。

刘大观一生敬仰段干木。段干木又是谁？——段干木是战国著名贤士，才华横溢，但一生却从不为官。段干木本名李克，封于段，为干木大夫，故称段干木。他本人出生于山西运城安邑镇，但他的故里（老家，祖籍）是今天的河北邱县刘段寨。此说确凿是有物证的。据县志记载，清朝乾隆年间，在郝段寨（后又分出刘段寨）一座废弃寺庙的东墙里发现了一块碑，碑上刻着五个字：段干木故里。

当时，段干木的许多同学都出任了魏国的高官，只有他是个闲人。魏文侯的弟弟魏成子极力向魏文侯推举段干木做宰相。魏文侯月夜登门拜访，段干木遵从"不为臣不见诸侯"的古训，越墙逃跑，避之。

魏文侯求贤若渴，每过段干木家门，扶轼致敬，以示其诚。终于，魏文侯的举动感动了段干木，后得以相见。二人彻夜长谈"立倦而不敢息"。所谈均为国家大政方略，如此如此，这般这般。其间，车夫不解，问其故，魏文侯曰："我富于势，干木富于义。"成语"干木富义"，即源于此。后来，秦国欲伐魏国，出兵至阳狐。有人劝秦王说："魏君礼贤下士，有段干木辅佐朝政，国人上下团结一致，万万不可轻举妄动。"秦王遂停止对魏国用兵。魏文侯在位五十余年，首霸中原，开创了历史上最辉煌的时代，这与段干木的辅佐安邦有很大关系。段干木原是驴马交易市场上的经纪人，后求学拜师子夏。子夏是谁？孔子的学生。也就是说段干木是孔子的再传弟子。或许，在"学而优则仕"的中国传统文化中，段干木是一个另类了。

刘大观从段干木的出生地移植来一棵文冠果栽于此地，一定是另有原因，别具深意的。或者是惺惺相惜，或者是出于对传统文化中另类风景的尊重，或者是什么其他原因。

树，承载着一个人对另一个人的敬仰和怀念。

树，承载着久远年代里的故事和传说。

三

文冠果，因其果皮在欲裂未裂之时，三瓣或四瓣的外形酷似旧时文官的官帽，故而得名。

作为重要的木本油料植物，文冠果有"北方油茶"之称，为落叶小乔木或灌木，产于我国北方干旱和半干旱地区，耐严寒，耐干旱，耐瘠薄。它为深根性树种，主根深长，侧根发达。作为食用油，文冠果油的品质甚好，常温下油品清亮、淡黄色、透明、无杂质、气味芳香。

著名蒙医池松泉被誉为"文冠果郎中"。他有六代行医经验，医术在内蒙古草原及晋北、辽西等北方地区闻名遐迩。他炮制的多味蒙药，劲儿猛、威力强、效果好。其中的秘密之一，就是将文冠果油的某些成分巧妙入药了。

文冠果专家乔洪志告诉我，文冠果油有降血脂降血压的功效。他说，文冠果油是目前已知主要食用油中唯一含有神经酸的油脂。就此而言，大豆油、花生油、菜籽油、玉米油，甚至橄榄油都不能同文冠果油相比。神经酸是什么东西？我问乔洪志。他说，神经酸是能够改善血液微循环的东西，通络化栓，可消减血管内的各种栓子，具有恢复神经末梢活性，促进神经细胞生长和发育功能，能预防心脑血管疾病、糖尿病和老年痴呆症等疾病的发生。还能提高记忆力，促进婴幼儿大脑发育，使其更聪明。我与乔洪志相识多年，在我印象中，他面部两侧原有一些密密密麻麻的褐色斑点。我忽然注意到，褐色斑点怎么少多了呢？乔洪志说，这就是文冠果油的功效了。我笑了，说，看来神经酸真是个好东西。

二十世纪七十年代，五颜六色的票证是无数中国家庭的"重要财产"。票证承载着生活的风风雨雨，印记着老百姓的辛酸与无奈。买粮要粮票，买布要布票，买肉要肉票……甚至，买火柴也要票。食用油凭油票每人每月只供应四两。这点油当然是不够吃了。不够吃怎么办？买肉炼油来补充。肉也是需要凭票供应的——每人每月半斤。于是，肥膘肉成了那个年代最抢手的肉。肥膘肉以指论等级。一指膘的肉最差；二指膘的中下等；三指膘的，算是中等；四指膘的，算是好肉；一巴掌宽的肥膘肉，那才是最好的肉呢。如果谁家能买到这样的肉，全家人会兴奋很多天。

肥膘肉炼油，那感觉一个字：美。

"美"字的构成是"羊"和"大"。羊大为美。实际上，大就是肥。肥者，脂多也。脂多者，油大也。长期以来，中国人饮食以多放油为味美，以多放油为慷慨。可是，当无油可放时，整个社会就变得相当糟糕了。

其实，食用油就是脂肪。什么东西适合榨油，什么东西不能，很大程度上取决于脂肪含量。最初的食用油都是动物油，被称为"膏"或"脂"。中国先秦时期的手工艺著作《考工记》的注释中有："脂者，牛羊属；膏者，豕属。"也就是说，牛羊油称为脂，所以美玉得名羊脂白玉，猪油称为膏。

植物油的出现跟后来的人口增多有很大关系。北魏的《齐民要术》记录了五种油料作物：芝麻、大麻、芜菁、荏子和乌桕。宋代则增加了红蓝花、苍耳子、杏仁、桐子、油菜籽和大豆。明代的《天工开物》记载了茶子，即油茶籽——"茶子每石得油一十五斤。油味似猪脂，甚美。其枯可种火及毒鱼用。"石是早先的重量单位，一石为五百斤，现在很少用了。除油茶籽外，《天工开物》还增加了萝卜籽、白菜籽、苏麻、苋菜籽、蓖麻籽、冬青籽和樟树籽可用于榨油。清代又增加了向日葵和花生。而榨油的作物，用得最多的是芝麻、大豆、油菜籽和花生。

在我国北方农村，老百姓的食用油主要还是猪油。猪油，民间又称"荤油""大油"。有作家写道:"它是那么美味,它雪白,凝固而微微动荡。它几乎涵盖过全中国,基本上是目前最主要的动物油。它穷一油之力,与品种繁多的植物油们抗衡。"中国旧式家庭中,几乎家家都有猪油罐。

猪油罐中猪油的多少,是一个家庭日子过得是否富足的标志。

我父亲是个木匠,常外出做工(那时,还没有"打工"这个词)。临出门前,母亲总要往一个玻璃罐头瓶子里装两勺猪油,外加一瓶炒盐豆,给父亲带上。母亲说,干木匠活儿耗力气,光吃窝头啃咸菜疙瘩不行。父亲埋头整理着锛凿斧锯,不言语。

我在旁边看着那玻璃罐头瓶子里的白生生的猪油,馋涎欲滴。那时饥肠辘辘的我,只有七八岁。母亲便将猪油中的油滋了(油渣)剜出几粒,放进我的嘴里。我咂巴着,啊呀呀!那实在是人间最美最美的美味啊!

说起来可笑,幼年时,我除了知道猪油是食用油外,根本不知道还有大豆油、菜籽油、花生油、芝麻油和胡麻油,更不要说茶油和文冠果油了。

事实上,食用油带有明显的地域性,产什么油吃什么油,当地土著的油料作物左右着人们的吃油习惯。东北人除了吃猪油,吃得多的便是大豆油了。大豆是一种原产我国的农作物,全世界的大豆都是由我国直接或间接传播出去的。它在中国种了五千年,极其普遍。随着清朝对东北的开禁,"闯关东"好汉们把大豆的种子带到了关外,于是,黑土地上"遍地都是大豆高粱"。山东、河南、河北人多半吃花生油。安徽、浙江、四川、重庆、江苏人主要吃菜籽油。湖南、江西、贵州和广西等地的人吃茶油多些。而湘、川、鄂、黔四省的交界处，是土家、苗、侗等少数民族聚居区。那一带山林产品丰富，也盛产茶油。土家、苗、侗人主要是吃茶油。

油是动力之源，能量之本。过有品质的生活，吃有品质的油，已经不是什么奢侈的事情了。然而，文冠果油在油品中的确处于至尊的地位，不是寻常人家顿顿可以吃的。如果说吃文冠果油是一种奢侈的话，那么健康就是最大的奢侈了。因为，食用油的问题既关乎个体生命的健康，也关乎民族未来的命运。

四

古代典籍中，对文冠果的记述多有闪烁。

明代陈淏子（又名扶摇）所著《花镜》中载："文冠果，树高丈余，皮粗多礓砑，木理甚细，叶似榆而尖长，周围锯齿纹深，春开小白花，成穗，每瓣中微凹，有细红筋贯之……（仁）大如指顶，去皮而其食仁，甚清美。如每日常浇，或雨水多，则实成者多，若遇旱年，则实秕小而无成矣。"在书中，陈淏子对文冠果的果实形态及其内部构造也作了详尽的描述，他写道："蒂下有小青托，落花结实，大者如拳。一实中数隔，间以白膜，仁与马槟榔无二，裹以白软皮。"

无法绕开徐光启。他在《农政全书》中写道："文冠花，生郑州南荒野间，陕西人呼为崖木瓜，树高丈许，叶似榆树叶而狭小，又似山茱萸叶亦细短。开花仿佛似藤花而色白，穗长四五寸。结实状似枳谷而三瓣，中有子二十余颗，如肥皂角子。子中瓤如栗子，味微淡，又似米面，味甘可食。其花味甜，其叶味苦。"

旧时，北方寺庙院落里常广植文冠果。这是因为，喇嘛教视文冠果为神树。寺庙里的喇嘛用文冠果油点长明灯，以示佛光普照，神灯长明。文冠果油燃劲儿足，燃烧充分，灯光明亮，可长燃不灭。且油烟小，不熏神像，异常干净。作为食用油，它还是喇嘛、道长、方丈等高级僧侣的专用品。

——笃！——笃！——笃！寺庙里，小和尚手拿木槌敲击的木鱼，也是用文冠果木制成的。文冠果木鱼声音浑厚，不脆，不尖，不刁，不软，能抚慰内心的冲动和不安。正是求佛者内心所需要的。

北方农村，老人的烟袋杆也有用文冠果木制作的。严冬季节，老人们坐在炕上，围着火盆，叼着长杆烟袋，吧唧吧唧吸上几口，在烟雾缭绕中，拉着家长里短。舒坦。

早年间，乡间用文冠果木制成木老虎玩具更是常见。一根红头绳，一端系在木老虎的脖子上，另一端系在小娃娃的腰上。据说，文冠果木老虎有驱鬼辟邪的功能。小娃娃如有头痛发烧的情况，就将小老虎放锅里用水煮，煮过的水再给小娃娃喝下去，不消两个时辰，就会退烧，头痛减轻。也许，这就是民间对文冠果药用价值的朴素认识吧。

文冠果的名字吉祥，有官运亨通的寓意。晋西北，农家喜欢把文冠果栽在窑洞的脑畔上，秋季，文冠果的果实成熟时，果子就会落下来——讨个"文官入院了""文曲星降临了"的好彩头。

在古代文官制度中，官员穿什么颜色的官袍是有规矩的。依据什么呢？——按照文冠果开花变色的次序穿袍，以此区分官阶的大小。《苕溪渔隐丛话》记载："贡士举院，其地本广勇故营也，有文官花一株，花初开白，次绿次绯次紫，故名文官花。花枯经年，及更为举院，花再生。今栏槛当庭，尤为茂盛。"

宋代，文官着袍，等级最低的着白袍，次着绿袍，再着红袍，官阶最大的才着紫袍。可见，当时文官穿袍的等级正是依据文冠果花色的变化而晋级的。

白绿红紫——次序一点不能乱。

<h1 style="text-align:center">五</h1>

二十世纪七十年代，文冠果与政治紧紧地连在了一起。

当时的林业部当然要讲政治。经专家论证后，很快选择不同干旱和半干旱条件的地区，如陕北志丹、辽西建平、内蒙古赤峰培育种植。此外，河北张家口地区、甘肃河西走廊、青海温水流域、新疆石河子、山东济宁和莱芜及黑龙江西部地区也引种成功。全国种植文冠果面积最大的一片在内蒙古赤峰翁牛特旗，有十几万亩。翁牛特旗的北大庙有一棵三百年的文冠果古树，至今枝繁叶茂，每年都产果实二三十公斤。据说，最初是庙里的喇嘛种植的。赤峰的古树专家张书理曾用微信发来那棵树的照片，我看后感慨不已。在那个年代，翁牛特旗出产的文冠果籽粒几乎全部被当作种子销往了全国各地。至二十世纪七十年代末，全国文冠果种植总面积已达七十万亩。当时，一部科教电视短片《文冠果》风靡全国。一九七二年，尼克松总统访华。毛泽东宴请尼克松时的几款家庭菜，就是厨师专门用翁牛特旗的文冠油烹制的。那几款菜是：煎牛排、红烧鱼尾、干煸豌豆、菠菜炒鸡蛋、清蒸鸡汤。

尼克松及其夫人食用后，甚欢喜。

尼克松访华结束时，作为国礼，毛泽东还特意送给他两株文冠果树苗。回国后，尼克松把那两株文冠果树苗栽在了美国的什么地方？

活了吗？如今长势怎样？不得而知。

文冠果有"千花一果"之说。什么意思呢？——从生物学特性上看，文冠果虽然开花很多，但受孕的花却数量极少。因此，果实的产量也就低了。

文冠果树上结的果子很像棉桃，掰开果皮，里面全是种子，用手一捏就能挤出油来，一斤果仁能榨出六两油之多。与大豆、花生等油料比较一下就清楚了——一斤大豆能榨出二两油，一斤花生能榨出四两油。如果把果仁串在一起烧的话，一点火就会迅速燃烧起来，可见文冠果果仁所含的油实在是多。不过，西北人习惯称其为木瓜，也叫崖木瓜。文冠果不与粮食作物争地，在土地瘠薄的山区，甚至石头缝里也能顽强地生长。文冠果结果早，收益长。一般三年就挂果了，十年左右就进入盛果期了，二三百年的文冠果照样结果。故此，北方老百姓称其为"铁杆庄稼"。

文冠果怎么栽培呢？通常，在立冬前，先把种子在水里浸泡一下，让种子吸收一定的水分。然后把泡过的种子和湿沙土拌在一起。挖一个一米深的坑，把与湿沙土拌和好的种子放进坑里再用湿沙土埋起来，低温培育胚芽。次年春天，把种子挖出来，让阳光照射，进行高温催芽。

几天后，文冠果就都咧嘴萌发出新芽了。此时就可以播种了。一般来说，先播种育苗，然后再移栽造林。

近些年，文冠果产业为农民脱贫致富发挥着越来越重要的助力作用。中国扶贫发展中心主任陈武明说，退耕还林助力精准扶贫，关键是要选准一个好的树种。在北方贫困地区，大力发展文冠果等木本油料是贫困地区新的经济增长点，也是提高财政收入和增加农民收入的新途径。国家粮食局研究员丁声俊撰文说，发展文冠果等木本油料是保障国家粮油安全，优化食用油结构的好项目，具有良好的经济效益和广阔的产业化发展前景。陕北佳县的朋友辛耀峰告诉我，黄河岸边的佳县将在未来五年内全力打造文冠果和油用牡丹十万亩基地，采用文冠果与牡丹套种的模式，确保"上面一桶油，下面一桶油"。我听了辛耀峰这番话颇有些兴奋！——佳县可是那个叫李有源的农民放声歌唱《东方红》的地方啊！

目前，我国食用植物油消费量每年超过三千万吨，而国产只能解决一千万吨，六成以上需要进口。对于缺油比缺粮还严重的中国来说，大力发展文冠果没有任何错也没有必要横加指责，不能以人诠树。在这个地球上我们种树了吗？种了几棵？文冠果恰恰像一面镜子，它照出了一些人内心的龌龊和卑鄙。

因为时代的扭曲，文冠果被赋予了许多特别的政治意味。在历史的暗处，文冠果里藏匿着多少不为人知的政治暗示和影射呀！

六

李高英，一九六九年九月十五日出生，农人的后代。属鸡，却是木命。有人跟他开玩笑说，木命就是种树的命。他有些腼腆地摸摸自己的头发，只是笑，不言语。事实上，他已经在邯郸邱县和其他一些地方种了几千亩文冠果了。他还要去内蒙古、山西、陕西、青海、甘肃等地去种。生命不息，种树不止。

他的眼光好远——他要把刘段寨那棵文冠果古树好好保护起来，还要打造一处人文森林公园。事实上，他已经在生态园里建起一座文冠果文化展览馆，里面展出的文冠果实物、产品、图片和视频资料，几乎是应有尽有。移步观看，仿佛在时空中穿行，文冠果的前世今生，沉浮荣辱，一一在眼前得到呈现。李高英要让润升生态园和段干木故里及其文冠果文化，通过开展生态旅游活动产生更大的社会效益。

那棵文冠果古树的根，就是刘段寨的根。古树的年轮里，有乡愁，有记忆，有故事。无文冠果古树，无段干木，则无刘段寨的底气和自信。

在文冠果古树下凝望刘段寨，就是凝望中国呀！

李高英信心满满。在中国，他的名字注定要与"文冠果"三个字连在一起了。

此君话少，你问他四五句，他答一两句。你问他一两句，他干脆就没话了。不过，可以肯定的是，他是一个有大格局、大目标、大境界的人。喝酒时酒风也实在，一仰脖儿一缸子，一仰脖儿一缸子。即便喝高了，也从不说一些气壮山河的话。可是，他不经意说过的一句话，让我至今难以忘记。他说，文冠果的魂儿附在他的魂儿里了。——我的双眼审视着他，试图找出他身上文冠果的基因。他是为文冠果而生的吗？

深冬的一天，李高英面带微笑地出现在我的面前。他不说话，而是闷头煮茶。茶煮好后，让我喝，我品了品，味道还真是很特别。他终于开腔了，说，这是他研制的一款文冠果茶，并已申报了三项国家专利，具有与文冠果油同等的功效。我慢慢端起杯子，又喝了一口，顿时胃里暖暖的了，接着，心里也暖暖的了。嗯，好茶！

其实，文冠果就是文冠果，它不过就是北方的一种木本油料植物，它的价值却被李高英开发出来了。然而，文冠果毕竟有自己的生命节律，有自己的生存法则。你希望它流行，它不见得流行。你把它连根刨掉，可它的根却偏偏活着。你希望它幻灭、消失，它却四处流传，生生不息。或许，它留给我们的不仅仅是一声叹息。

文冠果更以一种坚韧的精神活着。活在大地上，也活在人的心里。

它之所以要生发出精神，是因为它需要精神的肯定和升华。成熟的季节一到，文冠果就表现出勾魂儿的魅力。它的开裂正好呈现出一个完整文官官帽的形状。当然，如果你仇官的话，也可以不这样去理解，而是把它想象成女人旗袍的开衩，目光一点一点上移，黑色的珍珠一粒抱着一粒，粒粒饱满。它故意不去遮蔽，而是让你看到里面隐隐约约的秘密，有娇俏挑逗的意思呢——也许，这就是文冠果的可人之处了。

文冠果，一度得宠，举国种之。也一度失宠，被连根刨掉。

惨局虽然不忍卒睹，但光荣并未消歇——从最高处跌落到最低处，还是那么稳健平静，开花结果，四时不变。能风光无限，也能承受冷眼相待，唾弃谩骂。文冠果，在木本油料群体中，散发着不一样的气质，温和却有力量，谦卑却有内涵。

文冠果仿佛在大地上画了一个平面的圆，冥冥中，似乎在昭示着一种历史的回归，给我们留下了长长的思索。文冠果修炼了几千年，平和地面对逆境，坦然地面对现状，不急不躁，它终将变得更坚韧更强大。不是吗？

乌梁素海

　　物与物关系的后面，从来都是人与人
的关系。

　　乌梁素海还有救吗？

　　乌梁素海的未来，取决于我们今天的
认识和行动。

　　它，或者彻底死掉，或者绝处逢生。

　　　　　　　　　　　　　　——题记

一

　　张长龙从混浊的水里起出空空的网具，望着黄藻疯长的乌梁素海两眼发呆。——鲤鱼没了，草鱼没了，鲇鱼没了，鲢鱼没了，胖头鱼没了，白条鱼没了，王八没了……甚至连顽皮的泥鳅也少见了。张长龙摘掉网眼上的水草，甩了甩上面的水，然后把湿漉漉的散发着腥臭味儿的网具架到木杆上晒起来。唉，如今十天半月也用不上一次网了。他蹲在海子边上，掏出枣木杆儿的白铁烟袋装上几丝圐圙布伦的烟叶子，点燃，吧唧吧唧吧唧，吸上几口，一缕一缕的青烟便向芦苇丛里慢慢散去，散去。栖在芦苇叶上的蚊子们被烟熏得喘不过气来，纷纷逃窜。这几年，乌梁素海里蚊子的个头倒是越来越大了。张长龙心里想，蚊子要是变成鱼就好了。别的鱼没了也就没了，可鲤鱼要是没了，那乌梁素海还是乌梁素海吗？

二十世纪八十年代之前，乌梁素海每年产鱼都在500多万公斤以上，光是黄河鲤鱼就占到一半还多哩。往事不堪回首喽！他蹲在架着网具的木杆旁边，眼睛眯成一条线，想着心事。吧唧，吧唧吧唧，吧唧吧唧吧唧，吸了几口烟，吐出一个又一个烟圈圈。咳了咳，用粗糙的拇指压了压白铁烟袋锅子里的烟丝，嘴里便哼出了小曲，小曲的调子满是怅然的味道——

> 乌梁素海的芦苇　一眼望不到边
> 金黄金黄的大鲤鱼　惊动了呼市包头
> 临河陕坝　海勃湾乌达　石嘴山宁夏
> 十个轮轮大卡车一趟一趟地拉

唉，这唱词写的都是早先的乌梁素海了。如今，连一条鲤鱼也捕不到了。鲤鱼是乌梁素海的标志性鱼类，也是反映乌梁素海生态变化的"晴雨表"。如果鲤鱼没了，那乌梁素海一定是出了问题。令张长龙不解的是，鲤鱼虽然没了，可野鸭子、黑鹳、鹈鹕、白琵鹭、红颈滨鹬，还有漂亮的疣鼻天鹅每年春天还是照常飞来，产蛋孵化，繁殖后代。莫非，那些鸟类及漂亮的疣鼻天鹅有极强的抗污染能力？——这是个问题。大大的问号，日里夜里挂在张长龙的心尖尖上哩。猛然间，那个问号仿佛拉直了。他心里打了个激灵，似乎意识到了什么。什么呢？乌梁素海的鱼没了，接下来没了的不会是鸟吧？不会是他心尖尖的鸟——疣鼻天鹅吧？不会的，不会的，断断不会。然而，一个声音却问道：怎么就不会呢？

我不相信——我不相信——我不相信。张长龙讨厌一切与疣鼻天鹅有关的谶语。无论怎样，只要他听到空中滴落的那沙哑的鸣叫，只要他看到水中的那漂浮着的倩影，便有一种酥酥的感觉，整个人就兴奋起来了。因之疣鼻天鹅，张长龙的每天多了一分牵挂，也多了一分盼头。

乌梁素海何时能够一天比一天好起来呢？问天？问地？还是问自己？张长龙自己也说不清楚了。

二

乌梁素海在哪里？

看看地图就清楚了。黄河流到了河套段不是呈"几"字形吗？"几"字最上方的"一"横处的左端偏里的地方，就是乌梁素海了。

乌梁素海，蒙古语，意为"盛产红柳的地方"。我到乌梁素海时，曾留心观察，却没有发现一棵红柳，芦苇倒是多极了，吃了药一般疯长。乌梁素海是黄河改道的杰作，黄河先是在北边流淌了，不知哪一天却来了脾气，呼地拉了个弧线，往南移了许多。这一移不要紧，在造就了沃野良田的同时，却也丢弃了许多东西，鱼啦虾啦王八啦就不必说了，其中最大的一件东西就是乌梁素海了。好家伙！最初的乌梁素海阔气得很啊！有100多万亩水面，汪洋一片，甩手无边啊！

黄河真是犟脾气，把这么大的海子说丢弃就丢弃了，从来没有回头寻找过，也从来没有后悔叹过气。是死是活，乌梁素海全凭自己挣蹦了。不过，一切存在必有它的道理。内蒙古河套灌区管理局党委书记秦景和告诉我，乌梁素海是黄河流域最大的淡水湖，也是地球上同一纬度最大的自然湿地。乌梁素海对于调节我国内陆气候发挥着重要作用。它的西边，是嚣张的乌兰布和沙漠，有了乌梁素海便如同有了一道绿色屏障，把肆虐的风沙挡在一边。它的东边是高高隆起的阴山，正是因为有了乌梁素海的滋润，阴山的绿色才那么的葱茏。它的北边，是羊群漂浮的乌拉特草原，正是因为乌梁素海的哺育，草原上的牧歌才格外地悠扬。

然而，偌大的海子里，活蹦乱跳的大鲤鱼怎么说没就没了呢？

张长龙把那杆枣木杆儿的白铁烟袋掖到裤腰里，蹲在海子边上，把手指头伸进水里，却不见手指头。水，黑红黑红的，浑啊！

——唉，乌梁素海一定是出了问题。

三

张长龙，现年58岁，属蛇的，小名叫小龙。鱼是离不开水的，龙呢？——龙当然离不开海呀！在属相中，民间有蛇便是小龙之说。小龙也是龙啊！

张长龙现任乌梁素海湿地保护区编外管护员。

张长龙的老家在白洋淀，白洋淀曾是雁翎队打游击的地方。抗日战争时期，在白洋淀的芦苇荡中，雁翎队用"大抬杆"（联排鸟铳）把日本鬼子打得吱哇乱叫，屁滚尿流。张长龙打小就爱听父亲讲那些雁翎队打鬼子的故事。过瘾。

1955年，乌梁素海成立了渔场，当地蒙古族牧民，不识水性，不吃鱼，更不用说会打鱼了。于是就从白洋淀迁来一批能打鱼的把式，作为渔场的骨干。那批把式中就有张长龙的父亲，父亲身后那个像泥鳅一样的小家伙就是他——张长龙。那时他仅仅三岁，整天赤条条的，在海子里翻着水花，嘴里噗噗噗地吹着水汽，摸鱼掏鸟蛋，却也乐趣无穷。张长龙天生就是水命，离了水他就没有力气，浑身打不起精神。他还特别能潜水，嘴里叼根苇管，隔一会儿，咕嘟咕嘟冒一串泡泡，再隔一会儿，咕嘟咕嘟又冒一串泡泡……在水下潜上个把时辰不成问题。

刚来渔场时，这里只有七户人家，都是在乌梁素海周边草场放牧的蒙古族牧民。那时的乌梁素海里水鸟和鱼多得超出想象。多到什么程度呢？水鸟多得飞起来遮天蔽日，落到海子里见不到水面。鱼呢？那就更多了——套马杆插在水里，生生不倒——鱼多呀，把套马杆挤得立在水里了。瞧瞧，那阵势，那情形。啧啧啧！大鱼也多得是，一九六九年那年，张长龙还捕过一条两米多长的大鲤鱼呢！手抠着鱼鳃把鱼背在身上，鱼尾巴像墩布一样在地上扫来扫去的。啊呀，乌梁素海的鲤鱼就是好吃，舀海子里的水炖鲤鱼，那是河套一带远近闻名的美味。王八也多，大的王八有脸盆那么大。捕鱼要用"箔旋"布阵，俗称迷魂阵。张长龙是布阵的高手，布完阵，只消掏出枣木杆儿的白铁烟袋，装上一锅子圈圙布伦烟叶子，吧唧吧唧吧唧，吸上几口，吧唧吧唧吧唧，再吸上几口，就可收鱼了。冬天用冰穿打冰眼下网捕鱼，那场面也很壮观。鱼冻得直挺挺的，装到驮子上，用骆驼运到包头去卖，换回布匹、盐巴、陈醋、白酒和砖茶。餐餐有鱼虾吃，顿顿有酒喝。那日子，那时光，美得很呢！

早年间，除了捕鱼，张长龙还在海子里猎雁、猎野鸭、掏鸟蛋。父亲从白洋淀带来的那把曾打过日本鬼子的老鸟铳，到了张长龙手里威力不减当年，不过，那把鸟铳的枪口对准的不是烧杀掳抢的日本鬼子，而是振翅飞翔的天鹅、大雁和野鸭。他的枪法极准，百步之内，一枪一个"眼对穿"。说到那段历史，张长龙的话便格外少了，只是吞吞吐吐地说了一句，他的左耳就是猎雁时被鸟铳轰轰的巨响震聋的。他说，这是报应。后来，他的鸟铳被公安部门收缴了，人也险些被带走。现在他的上衣口袋里揣着助听器，双耳戴着耳麦，听力倒也无碍。我几乎不用太大的声音讲话，他也能听到。

一个人的出现，令他改变了自己的活法。

那个人是一位鸟类学家，叫邢莲莲。二十一世纪初期，作为内蒙古大学教授的邢莲莲带着研究生来乌梁素海搞鸟类调查，请张长龙当向导。邢教授学识渊博，待人谦和。在接触的过程中，张长龙跟她学到了许多鸟类知识，知道了自己过去猎鸟掏鸟蛋是错误的，鸟类是人类的朋友。从此，他成了乌梁素海湿地保护区一个不拿工资的编外管护员。他划着一条小木船整天出没于芦苇荡中，发现猎鸟掏鸟蛋的不法分子，或者上前制止不法行为，或者没收猎具将盗猎者扭送到森林公安派出所，接受处理。起初，人们以为他是"吃官饭"的管护员，惧他三分。后来知道了，他不过是个编外的管闲事的人，并无执法权，便不再把他当回事了。那些混混们还笑嘻嘻地送给他一个外号：鸟长。

鸟长鸟长鸟长。这两个字用河套话说出来并不怎么好听，何况，张长龙知道，那些混混们给他起这个外号心里是啥意思。可是，张长龙一点也不生气，鸟长就鸟长，鸟长也是官啊！

鸟长？——哎，是我。

鸟长吗？——哎哎！是我，我是鸟长。张长龙笑嘻嘻地答应着。

鸟长是什么级别的官呢？股级？科级？县团级？还是司局级？张长龙的脑子里莫非注进水了吧。鸟长管的不是鸟，是管打鸟主意的人哩。管人？呸！呸呸！有那么容易吗？那些戴大檐帽挎六四手枪，屁股后面挂着明晃晃手铐的警察管人都管不住，就凭你那点儿打鱼摸虾识鸟的本事，还能管住人？张长龙，你回家照照镜子吧。家里要是没镜子，你就一猛子扎到海子里呛几口水，清醒清醒吧！

四

真是灌进水了。

张长龙不但不清醒，脑子里的水反而灌得越来越多。他把家里的十几亩苇滩交给儿子照看，自己一头钻进芦苇荡，不见了踪影。

张长龙在芦苇荡里搭了个窝棚，安营扎寨了。他每天都划着小船，在海子上巡护……机警的眼睛瞪得大大的，神出鬼没的样子就像当年白洋淀里的雁翎队员。只是孤单单的，手里缺少壮胆的家什。唉，要是那杆老鸟铳还在手里就好了。

幸亏，裤腰里还掖着枣木杆儿的白铁烟袋。乏了，掏出圆圈布伦烟叶子，装进白铁烟袋锅子里，点燃，吧唧吧唧吧唧，吸上几口。累了，掏出圆圈布伦烟叶子，装进白铁烟袋锅子里，点燃，吧唧吧唧吧唧，吸上几口。困了，掏出圆圈布伦烟叶子，装进白铁烟袋锅子里，点燃，吧唧吧唧吧唧，吸上几口……三伏天，芦苇荡里的蚊子巨多，却没有一只敢叮鸟长张长龙的。他的那杆枣木杆儿的白铁烟袋是他驱蚊的秘密武器。未及近前，蚊子们早被白铁烟袋锅子里散出的那股烟袋油子味儿熏晕了。

——哗哗哗。——哗哗哗。一片水域里，一对疣鼻天鹅正在觅食。瞧瞧，那白净的羽毛，长长的脖颈，在水面上形成的弧线多美呀！张长龙赶紧按灭白铁烟袋锅子里的烟，泊了木船，猫在芦苇丛后面静静观察。

张长龙从邢莲莲教授那里得知，疣鼻天鹅又名哑声天鹅。它的叫声沙哑，并不尖厉。疣者，就是鼻端凸起的肉球球，所以，疣鼻天鹅也叫瘤鼻天鹅。这种天鹅体形大，个体重，有"游禽之王"之说。它的特征鲜明，嘴是赤红色的，在水中游动时，脖子常常弯成"S"形。在天鹅中，要数疣鼻天鹅最美了。远远看去，在水面上漂浮的疣鼻天鹅如同身披洁白婚纱、涂着红唇的新娘。据说，俄罗斯芭蕾舞《天鹅湖》中模仿天鹅的舞步，其艺术灵感就源于疣鼻天鹅戏水的场面哩。

——哗哗哗。——哗哗哗。两只天鹅互相追逐着，水面上溅出无数水点。水波跟着水波，一圈一圈向四周扩散着。可惜，那些水点和水波有些污浊，黏稠稠的。水面归于平静，疣鼻天鹅用自己长长的喙清理着羽毛上的污渍。

忽然，两只疣鼻天鹅警觉起来，伸长脖子向芦苇丛中打量着什么。张长龙定睛一看，在离自己几米远的苇丛后面探出黑洞洞的枪口，正向天鹅瞄准呢。说时迟，那时快，张长龙从木船上一跃而起，扑向那个持枪人。"嗵！""嗵！"——枪口对着天空响了。"扑啦啦——"两只疣鼻天鹅飞走了。

干什么！你？是湖匪吗？我不是湖匪，我是鸟长，不准你打鸟。

那个持枪人是有来头的，是旗里某个部门的头头。他是专门开着一辆越野车来打猎的。不想，却让张长龙坏了兴致。他说，我是某某单位的什么什么长，想吃天鹅肉，你走开，别碍事。张长龙说，你别打天鹅的主意，我不管你是什么什么长。要吃天鹅肉也行，可你必须先吃我的肉。那位头头说，你找死吗？张长龙笑了，说，是啊！就是想找死，不然你怎么能吃到我的肉呢？那位头头咔咔两下又装上了子弹，拿枪对准他的额头。那是一支双筒猎枪，枪筒锃亮锃亮的，透着寒气。张长龙拿出那杆枣木杆儿的白铁烟袋，不紧不慢地装上一锅子圈圐布伦烟叶子，点燃，吧唧吧唧吧唧，吸上几口，噗地把烟吐出来，说，你们这些什么什么长，开着公家的车，拿着公家的薪水，却不干公家人该干的正经事，打鸟猎雁，捕杀天鹅，祸害野生动物，这是违法的啊！我的老鸟铳都被收缴了，你的双筒猎枪是哪来的？你有持枪证吗？告诉你吧，你的车号我已记下了，别看你现在耀武扬威，过些天就会有人找你了。

终于，双筒猎枪的枪口从他的额头无力地移开了。持枪人立刻变成一副笑脸，笑嘻嘻地说，逗你玩呢。别当真呀！——呵呵呵！

张长龙的额头上留下一个圆圆的印儿。

张长龙告诉我，其实那些当官儿的并不可怕，只要你抓住他的软肋，他一准就软了。张长龙说，最难对付的倒是那些投毒的人，因为很难现场抓到他们。

那年秋天，张长龙在巡护时，发现有人在芦苇荡中投毒，毒死了不少野鸭。投毒者藏在苇丛中不露面，根本抓不到。怎么办？张长龙心生一计：假扮渔民在海子里撒网捕鱼（他本来就是渔民），然后故意把船摇进芦苇荡，捡拾被毒死的野鸭。投毒者在苇丛后面露露头，缩回去了。再露露头，又缩回去了。张长龙瞥了一眼，不言语。他弯腰捡起一只野鸭子，扔进木船里，嘴里叨叨着，说，晚上红烧野鸭子肉，可得美美喝几壶啊！弯腰，再捡；再弯腰，再捡；……数了数，整整三十只野鸭子。他假装心满意足了。他躺在船头，掏出圈圐布伦烟叶子，装进白铁烟袋锅子里，点燃，吧唧吧唧吧唧，吸了几口，一缕一缕的青烟向芦苇荡里散去，散去。他知道，那些投毒的家伙就在附近的芦苇丛中猫着呢。仰躺着的他，跷起二郎腿，嘴里哼出了酸曲——

　　　小妹妹和哥哥脸对脸　双身身挨住肩并肩
　　　这样的情景你说倩不倩　你说倩不倩
　　　红圪丹丹嘴唇粉圪蛋蛋脸　好像一朵花
　　　巧个嘟嘟小嘴说的奴话话　亲死哥哥咱
　　　细皮皮嫩肉肉水灵灵的眼　说话带笑脸
　　　年轻人看见妹妹心里就甜　不知该怎间
　　　久旱的庄禾苗苗秆瘦叶子稀　就缺一池水
　　　哥哥我白明黑夜睡着梦中想　怀中抱着你

　　哼完酸曲，他用力吧唧几口烟，吧唧吧唧吧唧，然后将白铁烟袋锅子里的烟灰在船帮上磕了磕，烟灰就纷纷落进海子里了。他把那杆枣木杆儿的白铁烟袋掖到裤腰里，嘴里说道，收工喽！就要划船往回去。终于，苇丛中的人憋不住了，呼呼呼呼地站出来了。——好家伙！齐刷刷四个。

　　哪里走！是你的野鸭子吗？你就敢拿走！不是我的，可也不是你们的呀！无主的野鸭子我怎么不敢拿走？嗨！狗日的！还真不把自己当外人了。怎么不是我们的——是我们刚刚毒死的！好！有种！再说一遍！

　　——是我们刚刚毒死的！野鸭子是我们的。狗日的，你还要抢不成？

行！我要的就是这句话。你们的野鸭子，我还给你们，不过不能在这儿给，你们得跟我去个地方啦！哪儿呀？——森林公安派出所。四个家伙，眼里闪着凶狠的光，向他围拢来，并噌噌蹿到他的船上，抢夺野鸭子。张长龙未等那四个家伙站稳，用脚使劲一晃，就把他们晃进水里。扑通！扑通！扑通！扑通！接着，他掏出那杆枣木杆儿的白铁烟袋，一个一个敲他们的脑壳——叫你们投毒！叫你们投毒！四个家伙在水里哇哇哇乱叫。

这时，保护区管护站站长杨军带领几个管护队员及时赶来，那几个家伙乖乖就擒。从此，在乌梁素海，鸟长张长龙的名字令盗猎分子闻风丧胆。报纸、电台、电视台的记者纷纷来采访他，张长龙成了远近闻名的名人。许多专家来乌梁素海考察鸟类，许多摄影家来乌梁素海拍片子，都指名请张长龙做向导。考虑到张长龙没有工资，家庭生活也比较困难，于是，乌梁素海湿地保护区管理局作出决定，允许张长龙做向导每天收费100块钱。不过，保护区管理局局长岳继雄告诉我，他挣的那点钱大部分都买药给疣鼻天鹅及其他生病的鸟治病了。唉，这个鸟长啊！

狗日的，不让我们猎鸟掏鸟蛋，他却做向导赚钱——把他扔进海子里喂王八！盗猎分子放出话来。张长龙闻知，哈哈哈乐了。要是乌梁素海还有王八就好啦！

一个燥热的中午，乌梁素海上空旋飞着的天鹅突然哀鸣起来。原来芦荡深处，升起一股浓浓的烟——张长龙的窝棚被人点着了。腾腾腾，一把火，眨眼间便把苇草和香蒲搭成的窝棚烧得精光。好险啊！当时张长龙若不是在海子上巡护，或许真被烧成灰了。张长龙未被吓退，他割了些芦苇和香蒲，又把窝棚搭起来了。

有我张长龙喘气，你们就别想打乌梁素海的主意。——张长龙咬咬牙，说。

唉，乌梁素海一定是出了问题。

打乌梁素海主意的人，个个憋得都快疯了。

五

我是在一只游艇上见到张长龙的。

他的皮肤黝黑黝黑的，小平头，脸上满是皱纹，像是陈年的核桃一样。他穿一件灰色的短袖T恤衫，口袋里放着个助听器，裤腰里掖着那杆枣木杆儿的白铁烟袋，眼神中隐隐地透出一种忧郁。

这几年，张长龙是越来越不开心了。他的不开心源于乌梁素海的水。乌梁素海的水质是越来越差了，由于工业废水、农业废水（农药、化肥含氨氮、汞和高锰酸钾的指数严重超标）和生活污水的涌入，乌梁素海迅速富营养化，淤泥越积越厚，芦苇不断疯长，黄藻不断疯长，水域面积缩小，海子的底儿抬升，平均水深已经不足一米了。这是怎么啦？——张长龙自言自语，乌梁素海一定是出了问题。

乌梁素海要成为死海吗？在他的记忆中，乌梁素海的水是流动的。它接纳了上游灌区浇灌农作物排下来的水后，经过自身的生物净化，又排到黄河里了。如今，乌梁素海的水怎么就不流动了呢？酷暑的天气里，海子的水面上还弥漫着一股股隐隐的腥臭味儿。唉——乌梁素海一定是出了问题。是的，采访过程中，我的确闻到一股腥臭味儿。同时，我还惊讶地发现，在我想象中那一望无际的碧绿湖水，实际上已经被污染成黑红黑红的颜色，湖面上偶尔还能看见漂浮的小小的死鱼。那小小的鱼，是鲫鱼，长不过一寸。当地人，或者知情人，是从来不吃这种鱼的。张长龙说，乌梁素海仅有这种小鲫鱼了。张长龙说，怕是用不了多长时间，连这种小鲫鱼也要绝迹了。

说话间，游艇已经驶入一处相对宽阔的水域。

只见海子的深处，生长着团团簇簇，如丝如绵的黄藻绿苔，像是一张巨大的海绵覆盖并充塞着水面。如果不是按照事先割出的水道穿行，游艇的螺旋桨怕是早被黄藻绿苔裹住了。当我们乘坐的游艇在水道的汊子里拐弯折返时，螺旋桨所搅起的那夹杂着黑色淤泥的层层黑浪，散发出一股股酸腐刺鼻的腥臭味儿。——活水变成死水喽！

唉，乌梁素海一定是出了问题。

活水变成死水的原因是什么？乌梁素海湿地保护区管理局局长岳继雄说，活水变死水的主要原因是利益驱动。一些外地商人承包租赁了乌梁素海周边的芦苇滩地，大面积经营芦苇。为了让那些芦苇长得更好，卖更多的钱，那些苇商们就雇人筑起一道一道的土坝，把水放进来，却不放水流出去。特别是乌梁素海的下梢，都被这样的土坝一道一道地分割了，本来是流动的活水，都成了死水，芦苇在死水里疯长，生活在死水中的疣鼻天鹅和野鸭、大雁等水禽却不断地出现死亡现象。虽然政府发文明令不准筑坝，保护区的管护队员也多次现场制止，但由于权属等复杂的原因，苇商雇人筑土坝的行为仍然屡禁不止。

那纵横交错的土坝割断了乌梁素海的喉咙，它能喝水，但无法下咽啊！退一步说，它能咀嚼，但不能让有效的营养保证肌体的健康啊！

张长龙一看到那些土坝，心里就来气。月黑天，他曾偷偷用铁锹把那些土坝掘开一个一个的口子，让水流动起来，可用不了多长时间，那些口子就又被合上了。他之所以恨那些土坝，是因为土坝里疯长的芦苇阻挡了疣鼻天鹅的起跑飞行。疣鼻天鹅的体重接近鸟类飞行的重量极限。小型的鸟类，只要展开翅膀，双腿用力一蹬，就能很快飞向高空。而疣鼻天鹅却不行，它个头太大，必须有120米以上的跑道并且通过"九蹬十八刨"，才能产生足够的起飞速度，飞翔起来。

天鹅喜欢在芦苇荡中觅食，可如果芦苇荡太过茂密，没有一定的水域空间，没有"九蹬十八刨"的助跑距离，那么一旦遇有紧急情况，往往就会给它们带来致命的灾难。

美，常常是面临着危险的啊！

六

这是法国作家布封笔下的天鹅——"天鹅的身形丰腴，线条优美，晶莹洁白，散发着我们欣赏优雅和美丽时感到的那种畅快和迷醉。它的要求很少，只要求宁静和自由。它是水禽中的王。"

乌梁素海是我国著名的"天鹅之乡"。

野生疣鼻天鹅目前在我国仅有1000多只，而在乌梁素海就有600多只。每年3月末，这些疣鼻天鹅就会准时由南方迁徙到这里。鸟长张长龙掰着手指头说，3月12日到，一天都不差，年年如此。天鹅真是有灵性的鸟呀！4月底，它们开始在芦苇丛中筑巢，接着就下蛋孵化后代了。

在船头，在芦苇荡中，在窝棚里，在瞭望塔上……张长龙记下了十几本"疣鼻天鹅观察记录"，每年都要绘制一张"疣鼻天鹅巢位图"。他把保护区内有多少鸟巢，在什么部位，每个巢中有多少枚蛋，孵化出多少雏鸟，甚至连上一年孵化出的天鹅今年有多少返回来，哪些是第几代成鸟等都详尽地记录下来。邢莲莲教授说，这些观察记录具有重要的科学价值，是研究疣鼻天鹅生活习性及与乌梁素海生态演变关系的第一手资料。我在乌梁素海采访时，翻看过那些浸着水渍，卷着边边的"观察记录"，内心油然生出一种崇高的敬意。

疣鼻天鹅喜食水草，特别是龙须眼子菜和孤尾藻等水沉水草。张长龙观察发现，一只疣鼻天鹅一天可以吃掉方圆2平方米内的15公斤水草。假如一只疣鼻天鹅在乌梁素海一年觅食200天，那么就会有400平方米3000公斤的水草被连根吃掉。一只疣鼻天鹅就吃掉这么多水草，那600只呢？——疣鼻天鹅是净化乌梁素海的神鸟啊！

疣鼻天鹅的巢是用苇叶苇茎和苇茬子筑起来的，层层叠叠的，远远看去就像一个一个的柴堆。如果水面上升，天鹅就用自己灵巧的嘴，咬断附近的芦苇，选择合适的材料，再把巢加高。疣鼻天鹅的蛋个头很大，一般一巢有5到8枚。鸟类学专著说，疣鼻天鹅产蛋最多在9枚。可据鸟长张长龙长期观察，乌梁素海的疣鼻天鹅最多可以产蛋12枚。瞧瞧，生生比专著上记载的多出3枚。

疣鼻天鹅巢中的蛋上常常覆盖着一层细密的羽毛，孵化期的蛋最需要的是一定的温度，三十四度是孵蛋最适宜的温度。在孵化期，疣鼻天鹅对水质的反应也特别敏感，水中富营养过猛及其难闻的气味最容易导致孵化失败。即便幼鸟勉强出生也多半是畸形，活不了多长时间就一个一个地夭折了。

张长龙看在眼里，急在心上，上火呀！嘴上起了个大泡泡。怎么办呢？呀呀呀！——怎么办呢？

那天，在乌梁素海疣鼻天鹅核心繁殖区——苏圪尔的芦苇荡中，张长龙掏出那杆枣木杆儿的白铁烟袋，装上一锅子圐圙布伦烟叶子，吧唧吧唧吧唧，吸上几口，吧唧吧唧吧唧，再吸上几口，终于想出了一个办法。什么办法？用"漂白粉"净化水质。

他把白铁烟袋锅子里的烟灰一磕，就急急地去找保护区管护站站长杨军。哪知，杨军也正为这事犯愁呢。张长龙把自己的想法如此一说，杨军听后，一拍大腿，说了一个字：行。杨军立即向保护区管理局打了个报告，申请经费购买"漂白粉"。保护区管理局局长岳继雄全力支持，次日就把一笔款子批下来了。张长龙主动要求参与投放"漂白粉"的任务。酷暑天，装在船上的漂白粉气味异常难闻，张长龙被呛得差点背过气去。为了减少这种气味对天鹅的影响，必须用最短的时间，在3平方公里5000亩水面范围，完成一次投放10吨"漂白粉"的任务。啊呀呀呀！每次完成任务时，大汗淋漓的张长龙累得几乎瘫在船上。

然而，当朝霞映在乌梁素海局部净化了的水面上时，望着那宁静安然的疣鼻天鹅，张长龙感到无比的幸福。尽管净化了的仅仅是苏垞尔这块小小的水域。

连续三年，经过"漂白粉"的消毒净化，苏垞尔水域的天鹅幼鸟没有出现一只死亡现象。

天鹅守护着蛋，守护着幼鸟。张长龙守护着天鹅。

疣鼻天鹅的孵蛋时间一般在32天左右，母鹅每天除了觅食三两个小时外，其他时间都是静静地卧在巢中孵蛋。当小天鹅破壳出生的时候，母鹅几乎耗尽身上的能量，精疲力竭了。而张长龙一颗揪着的心，才稍稍放下来。这时，他也几乎精疲力竭了，甚至连碰一下那杆枣木杆儿白铁烟袋的力气都没有了。

冬天，疣鼻天鹅不在乌梁素海的那些日子，张长龙是落寞而惆怅的。

唉，乌梁素海一定是出了问题。

乌梁素海冬天结的冰也是黑红黑红的了，那冰有一米多厚，几乎冻绝底了。海子里即使还有大鲤鱼也不能活了，缺氧。一片肃杀凄凉的景象。

疣鼻天鹅去了哪里？飞到南方的某个地方越冬去了。张长龙的心也跟着飞走了——疣鼻天鹅在哪里，张长龙的心就在哪里。

嘎嘎——！嘎嘎嘎——！这是多么伤感的鸣叫啊！这伤感的声音总是在张长龙的心里回荡。并且，日里夜里折磨着他。

布封说："在所有临终时深深感动我们的动物中，只有天鹅在弥留之际还在唱歌，用它的和鸣作为它最后叹息的序曲。天鹅发出如此温和、如此动人的音调，是在它行将断气的时候，向生命作凄凉而深情的告别。那是令人悲恸的挽歌啊！——低沉哀怨，如泣如诉。甚至在晨曦初露，或者风平浪静的时候，我们还能真真切切地听到。"

或许，有一天，天鹅真的就不来了。

<h2 align="center">七</h2>

现在的乌梁素海不是早先的乌梁素海喽！

路德维尔在他的《尼罗河传》里说："朝代来了，使用了它，又过去了，但是，它，尼罗河——那土地之父却留了下来。"乌梁素海曾经是那么的富庶和美丽，养育了世世代代的乌梁素海人，今天它自己却出了问题。它的问题，不是它自己的问题，而是我们的问题，正是我们无休无止地滥用水，污染水，不尊重水，不节约水，才导致了水的问题，乃至乌梁素海的问题一天比一天严重。

其实，出现问题的湖泊不仅仅是乌梁素海。

1972年，罗布泊干涸。1992年，居延海干涸。2005年，滇池全湖出现富营养化，严重污染。2007年，太湖蓝藻爆发成灾，引发一场震动社会的水危机。令人忧心的报道，一个接一个。洞庭湖、巢湖、鄱阳湖的生态系统也遭到了不同程度的破坏。这是怎么了？江河湖泊的气数已尽？还是这个世界疯了？……

物与物关系的后面，从来都是人与人的关系。

乌梁素海还有救吗？

乌梁素海的未来，取决于我们今天的认识和行动。

它，或者彻底死掉，或者绝处逢生。

然而，在这个春天，天鹅还是来了。

因为它们知道，有一个人日里夜里盼着它们归来呢！

嘎嘎——！嘎嘎嘎——！天鹅的叫声从空中滴落下来，张长龙蹲在船头把助听器对准天空。他听到了那熟悉的声音，老伙计们，终于把你们等来了。他故意不看空中，眼睛眯成一条线——

眼前的乌梁素海仿佛又变成早先的那个美丽的乌梁素海了。鲤鱼、鲢鱼、草鱼、胖头鱼、白条鱼在海子里自由自在地游着，偶尔大个的鲤鱼啪地跃出水面，划出一个漂亮的弧线，又潜入水底了。王八和泥鳅最喜欢在沼泽地里拱来拱去，那里有它们爱吃的蚯蚓和浮游生物。牧人的套马杆插在水里，晃几晃，就立住了——不是它不倒，是鱼多得挤得它倒不了。

红荷白荷粉荷静静地开着，煞是好看。栖在开着米粒般白花的菱角叶子上的青蛙呱呱叫着，把睡莲也唤醒了。蜻蜓赶来凑热闹了，三三两两的，这个落下去，那个飞起来。芦苇照旧是茂盛的，如墙如帏。芦苇边上是草滩，如毡如毯的草滩，直铺到阴山脚下，直铺到土默川边边，直铺到乌兰布和沙漠腹地，直铺到乌拉特草原。

在芦苇荡中间是一片开阔的水域。野鸭子嬉戏着，溅起一串串的水花。接着，呼啸飞起，在海子的上空盘旋两圈，就似暴雨一般，啪啪啪地砸到乌梁素海的另一边去了。

嘎嘎——！嘎嘎嘎——！天鹅，疣鼻天鹅出场了，这是乌梁素海真正的主角。它是那么的优雅和美丽，令我们的视觉畅快而迷醉。

——乌梁素海本该是这样的啊！

鸟道

来不过九月九，飞不过三月三。

——巍山民谚

一

当鸟醒来的时候，森林就醒了。

这是一个寒凉的早晨，我带着一支小分队在巍山的林子中穿行，深一脚，浅一脚，沿着意外横生的林间小道。我们是清晨从管护站出发的。出发时未见天气异常，走着走着，忽然就下起雨，接着就雾气弥漫了。

细雨和浓雾打湿了衣衫，发梢及鬓角有水向下滴落，也不知是汗水，还是雨水。七拐八拐，湿漉漉的林间小道归入一条蜿蜒的湿漉漉的古道。虽然脚步沉重，但脚下的古道却令我们兴奋，那是当年徐霞客走过的路，那是当年驮着普洱茶的马帮走过的路。磨光的石头路面上，泛着幽幽的光，深深的臼形马蹄窝里尽是传奇。

古道旁边是高大的松树，间或，经年的松针和破了壳的松果，跌满路面。松树下的蘑菇和菌子很多，松鼠在树上窜来窜去。松林里弥漫着一种松脂、腐殖层和菌子混合的气息，令人神清气爽。我随手摘下一枚松针，用手搓了搓，然后放在鼻孔前，尽情地吸着那浓郁的松香的气味，倏忽间，那种感觉又勾起了我记忆深处的某种东西。

是啊，现代文明夺走了我们对气味的敏感性。我们适应了汽车的尾气，适应了工业废气，反而对泥土的气味，草木的气味渐渐生疏了，我们对时令变化的感觉越来越迟钝了。

变幻莫测的古道总是在前面故意丢下一些诱惑，把我们往高处引。行走相当艰难。说是在行走，实际上是在攀爬一座高山。只不过，一切都被这座猛恶的林子遮挡了，视线之内全是高高低低的树木。森林是以华山松为主的针叶林，树龄约在三十年之上了。间有旱冬瓜阔叶树，也有楠竹、箭竹、野山茶、厚皮香等竹子和灌木，灌丛中毛蕨菜多得很。一丛一丛，密不透风。密林深处，偶有惊悚的鸟叫传来，弄得人心里一颤一颤的。

这是险象环生的一段茶马古道，垭口，古称隆庆关。

康熙年间的《蒙化府志》（古时，巍山被称为蒙化）记载："隆庆关在府城东，高出云表，西有沙塘哨，望城郭如聚，东有石佛哨，西山如峡，八郡咽喉。"这段文字寥寥数语，却把隆庆关的地理位置，险要程度及所处的地位和所起的作用，描绘得清清楚楚。

"猛恶"一词用在这里一点不过。据说，旧时，这里黑魆魆的大树后面常有剪径客跳出，干些杀人越货的勾当。马帮掉队的，往往就成了剪径客的目标。剪径客瞄准的毕竟只是单个的货物，一般来说，舍点钱财，对整个马帮来说并无大碍。可是，如果遇上了一绺子杀人不眨眼的土匪的话，可就没那么简单了。货物和钱财被洗劫不说，整个马帮被屠戮也是说不准的事。

在巍山，隆庆关是凶险的代名词，就像武松未除害之前大虫出没的景阳冈。

向导告诉我，从前，在巍山，人跟人吵架吵得不可开交，或者做事发横寸步不让的时候，就会有人说："你狠就到隆庆关站起嘛！"

向导是管护站的一名护林员，彝族汉子，绰号"野猫"。每天在山林里巡护，"野猫"熟悉这里的一草一木。他身穿迷彩服，头戴迷彩帽，黝黑的脸膛透着憨厚和纯朴。"野猫"家住在山下的村里，小时候就是捕鸟的高手，后来看了一部电影，就醒悟了，就再也不干捕鸟的勾当了。

我问："那部电影叫什么？"

"野猫"说："是一部纪录片叫《迁徙的鸟》，好像是一个法国人拍的。"

我说："对，导演叫雅克贝汉。那部电影我也喜欢。"

"野猫"说："噗噗噗！"他用双手做着鸟飞翔时翅膀扇动的动作说，"电影里的空气像是被鸟切开了一样。"

我说："是啊，雅克贝汉是一位了不起的大导演。"忽然间，树干上的爪痕引起我的注意，"林子里都有什么动物？"

"野猫"说："豹子、林麝、野猪常在林子里出没，猞猁爬树最厉害。"

一听向导"野猫"说林子里有豹子、野猪，大家就有些紧张，眼睛不由自主地就往两边的树丛里打探，唯恐跳出一匹豹子或者别的什么猛兽，把自己叼走，脚步便有些急促了。

尽管队伍阵形有些散乱，人人腰酸腿软，汗水横流，但没一个人掉队。我们目标明确，信念坚定，什么也动摇不了前行的脚步。经过艰难的攀爬，及至晌午时分，我们到达了目的地——准确地说是登临了目的地，那是一个神秘的所在，令我瞪大惊诧的眼睛。

二

那是一座奇崛的垭口。

海拔两千六百米，远看垭口高过云表，两端陡峭，隘口处可谓一夫当道，万夫莫过。右侧是一座破败的石坊，名曰"路神庙"，庙旁边赫然矗立着一块长条石碑，碑上刻着四个大字：鸟道雄关。

所立石碑距今已有五百年的历史了。"野猫"说，碑宽五尺一，高二尺一，厚三寸。他的粗糙的手指就是标尺，那碑已被他量过无数遍了。据说，那四个字为明万历年间某位文人题写，可惜，其姓名已无从查考了。估计，也不是等闲之辈。"野猫"指着石臼状的深深的马蹄窝说，当年出关进关的马帮，马蹄必踩这个蹄窝，不踩，马匹就过不去。我仔细看了看，还真是——不难想象，当年马帮行走至此是何等谨慎和小心呀。

史料载道，这里是昆明由弥渡进入巍山，直通滇南而达缅甸的古道关隘。历史上，此处是滇西古驿道的必经之路，商贾、脚夫、货郎、马帮通过此关进入蒙化（巍山），往思茅，去西双版纳。往西呢，也可抵保山，达芒市、瑞丽而后入缅甸。

南诏时期，唐朝派出的官吏，就是从此关入南诏的。明代徐霞客也是过此关入蒙化的。"鸟道雄关"所在的山唤作达鹰山，这是前些年改的名，原名叫打鹰山。

有专家考证，这是地球上，迄今发现的最早的有明确文字记载的鸟道。此处既是古代马帮通行的地面道路，也是候鸟通行的空中道路，是人道与鸟道的巧合，是一个空间与另一个空间的相叠。

巍山县林业局局长危有信告诉我，每到中秋时节，有成千上万只候鸟从这里经过，越过哀牢山脉，到缅甸、印度、马来西亚半岛等地去越冬了。危有信说，每年飞经这里的候鸟有数百种，常见的有天鹅、鹭鸶、长嘴滨鹬、白鹤、海鸥、大雁、黄莺、斑鸠、画眉、喜鹊、鹦鹉、海雕等。他说，能叫上名字的，只是一少部分，更多的是叫不出名字呢。

日本鸟类专家尾崎清明来此考察后惊叹："我从事鸟类研究工作多年，到过世界上许多国家，从未见过如此奇观。"

碑上的字为繁体字。"鸟"字颇有意味，头上的一撇被刻意雕成了一只鸟和一把刀的形状。繁体字的"鳥"，下面应该有四个"点"的笔画，但碑上的"鳥"字只有三个"点"。也许，这是古人在提醒后人，要注意保护鸟，否则，鸟会越来越少吧。

候鸟迁徙是一种自然现象。当地民谚曰："来不过九月九，飞不过三月三。"

候鸟的迁徙是一场生命的拼搏和延续。迁徙呈现了鸟类坚定的意志。候鸟的迁徙虽危机重重，但却数千年经久不衰。为了履行那个归来的承诺，候鸟坚持飞向那遥远而危险的历程。飞翔，飞翔，飞翔，不停地飞翔，只有一个目标——为生存而献出生命。当春天来了的时候，候鸟们开始展翅启程，飞往北极出生地，有些是不舍昼夜的急行军，有些则是分阶段的，一程又一程，朝遥远的目的地奋力疾飞。

候鸟以太阳和星星来辨别方向，对地球磁场如同罗盘般敏感，始终如一地在不同纬度间穿梭飞行。它们经历着时间和空间的演进，它们看着花开花落，经历着生老病死，它们俯瞰着地球，呼吸着地球每一寸肌肤散发出来的气息。

它们生命的全部意义就在于飞翔和迁徙。

飞翔在体现候鸟生命存在的同时，也给了它们生命的目标，不畏严寒，不畏风暴，无论白天还是黑夜，永不停歇，即便是短暂的歇歇脚，也是为了更好地前行。沿途的美景不重要，重要的是目标和承诺。从寒冷的南极到炎热的沙漠，从深邃的低谷到万米高空，候鸟在迁徙的过程中，面对各种艰难环境和人类的贪婪，表现出了惊人的勇气、胆略、智慧和情感。

经过千辛万苦，到达目的地之后，候鸟便筑巢产卵，哺育后代，延续生命。不久，小鸟诞生了，随着时间的推移，新生命将跟随父母进行一生中的第一次迁徙。幼鸟才刚刚学会飞行，就要启程前往热带地区，没有预习也无须探路，便能惊人地抵达数千里外的目的地。

迁徙是候鸟关于回归的承诺，而它们却要付出几乎是生命的代价。

周而复始，矢志不渝。

那个永恒的主题还在继续——迁徙，迁徙，迁徙。

鸟类自身虽然拥有看清云层活动的锐利的"气象眼"，但风暴和浓雾等糟糕的天气现象，常常干扰它的分辨力，使得航向选择发生局部错乱，往往被光源所吸引而迷失方向。

中秋节前后，"鸟道雄关"常出现"鸟吊山"的奇景。

由于"鸟道雄关"特殊的地理位置，使得冷暖气流在此交会，形成浓雾缭绕现象。夜晚，雾气更是浓重，甚至遮住了月亮星辰。"湿漉漉的，空气中都是水。"候鸟至此，分不清路线，不得不停留下来。所有的鸟都涌向那个狭窄的隘口，它们互相碰撞，发出各种婉转凄切的叫声。此时，当地村民用竹竿击打，不消两三个时辰，即可捕获一两麻袋的鸟，俗称"打雾露雀"。

鸟类趋光现象，至今科学家没有给出合理的解释。

不单单是"鸟道雄关"，在整个哀牢山地区，"鸟扑光"的事情屡屡发生。据说，二十世纪七十年代，一猎人在山中打猎，夜宿山林，生火取暖时，突然间有大量鸟俯冲下来，扑入火堆，活活烧死。猎人认为这是凶兆。他不知所措，惶惶然，逃下山去。

一九五八年，大理北边鸟吊山脚下有一座木棚失火，恰好那是一个无月有雾的夜晚，熊熊大火映红了夜空。霎时，引来无数的鸟，鸟群在火光附近扑棱飞翔。赶来救火的人，这才猛然想起，这座山为什么叫鸟吊山了。从此，每年秋天都有人来燃篝火打鸟，曾有人创造了一夜打的鸟装了八麻袋的纪录。人背不动，是用四匹骡子驮下山的。

我在哀牢山走动时，一位司机告诉我，二十年前，他开"解放牌"大卡车跑运输，翻越一个叫金山垭口的地方，停车解手，卡车的大灯开着，一片雪亮。他背对卡车解手，噗噗噗，痛快至极。就在他习惯性地抖了抖最后几滴时，听到哐哐一阵乱响，待他转过身来看时，见车灯前撞死的鸟已经堆成了一堆。

他足足装了一麻袋，运到县城送朋友了。

当然，用竹竿击打，致使鸟雀直接毙命之法过于残忍，更多的则是布网于鸟堂或者鸟场之上，张网捕鸟。

早年间，当地农民在鸟岭上，掘出很多坑，坑口用树枝和茅草遮挡，坑底铺之以树叶或者干草，人藏在坑里，眼睛透过坑口的掩盖物看着空中。坑口之上是一张张网，网前是点燃的松明子或干柴堆，也有点煤气灯、电瓶灯的。夜里，雾气弥漫，看不到星星了，鸟会产生一种错觉，把火光或者灯光当成黑夜里的光明通道，就纷纷扑来。坑里的人呢，就蹲着，守网待鸟。鸟扑进网里，就有来无回了。

那坑不叫坑，它有一个文雅的名字，叫鸟堂。而把山顶树木砍掉暴露出的林间空地，并且可以张网捕鸟的地方，则叫打鸟场。在南方的很多地方，田是田，地是地，鸟堂是鸟堂，打鸟场是打鸟场。土改时期，当地有分田分地分鸟堂分打鸟场之说，也就是说，鸟堂、打鸟场与田和地一样，都是革命的果实，是农民赖以生存的生产资料。田和地是可以继承的，鸟堂和打鸟场也是可以继承的。

在鸟堂里、在打鸟场上张网捕鸟是流传已久的民间传统。

一九八八年之前，一些村民一辈子就靠捕鸟为生，一个鸟堂或一个打鸟场就可以养活一家人。"鸟无主，谁捕谁有"，"鸟是天子送来的礼"，村民把捕鸟看成如同采野果、采菌子一样寻常。

一位老人回忆说："早先，捕鸟之前，乡间有祭天的习俗。听祖辈人说，只有参加了祭天仪式，给上天磕了头的人才能有资格捕鸟。"

打开云南老地图就可看到，茶马古道沿线光是叫"鸟岭""打雀山""打鹰山""鸟吊山"的地名就有三十多处。据粗略估算，早年间，每年被捕获的候鸟都有不菲的数量。

年复一年，亘古不变。

直至《野生动物保护法》颁布，村民像挨了一记闷棍，被敲醒了。捕鸟成了犯法的事情，再也不能捕鸟了。鸟堂、打鸟场被渐渐废弃了。

荒草和苔藓，从废弃的鸟堂里百无聊赖地长出来了。

灌木和芭茅，从废弃的打鸟场上肆意妄为地长出来了。

三

一个秋日的黄昏，当雅克贝汉注视着一群叫不出名字的候鸟戛然划过巴黎上空的时候，他忽然想飞。他说："在人类的梦想里，总有一个自由的梦想——像鸟一样自由飞翔的梦想。"我们这些早已在灵魂上折断了翅膀的鸟儿，在某个早晨或午夜，在登上飞机或走出地铁的一瞬间，是否也有一种久违的冲动呢？

每年，全球有数十亿只候鸟在繁殖地与越冬地之间飞翔迁徙。迁徙距离最远的可达两万公里，是地球上最壮观的景象。

候鸟迁徙往往沿着一条固定的路线飞翔。那条固定的路线通常又被称为"候鸟迁徙通道"，简称"鸟道"。

地球上共有八条鸟道，其中就有三条经过中国。一条为东线，来自西伯利亚的候鸟沿大陆海岸线南下，至菲律宾和澳大利亚，以躲过寒冷的冬天。一条为西线，候鸟穿越四川盆地、哀牢山山脉和青藏高原山口，进入南亚次大陆和云贵高原越冬。一条为中线，来自蒙古中东部草原的候鸟经内蒙古克什克腾旗沿太行山、吕梁山越过秦岭，经罗霄山脉与雪峰山脉之间的天然通道，往南方或南半球越冬。

鸟在水上飞，

鸟在山上飞，

鸟在树上飞，

鸟在风里飞，

鸟在云里飞，

鸟在梦里飞。

"鸟道雄关"仅仅为西线鸟道上的一个节点，而这个节点却有着至关重要的意义——它是整个西线鸟道的"喉结"。

喉结通畅，鸟道才能通畅；如果喉结出了问题，就有可能导致候鸟迁徙发生大的灾难。后果难以想象。

雅克贝汉说："人总是在改变，而鸟却从来不。"鸟的眼睛长在两侧，它们实际上看不到前进的方向，但它们飞往目标的信念从未动摇过。人类的眼睛长在前方，但却常常处在迷茫中，找不到前进的方向。

四

浓雾，渐渐被我们甩到了身后，留给了稠密的森林。

从"鸟道雄关"下到管护站，由于出汗过多，口渴得要命。危有信差人找来刚刚采下来的新茶，用火塘上白铁壶里烧得滚烫的山泉水，为每人泡上满满一杯绿茶。我们顾不得斯文了，端起杯子就喝，结果被烫得够呛。有人噗地一下喷出来，咳咳咳，咳嗽不已。

我说，不急不急，茶要慢慢品才行呢！

危有信向我介绍说，"鸟道雄关"位于哀牢山北段的五里坡林场境内，这绿茶就是林场的茶园自产的，是原生态的高山云雾茶。我复端起杯子，先闻，后品，再饮……呀呀呀，果然是好茶呀！

在管护站的屋檐下，我们坐在木墩上，围着一张木桌开了一个小型座谈会。

危有信说："管护站于多年前就组建了护林队，队长叫黄学智，一九六二年生，属虎的。队员除了今天为大家带路的'野猫'，还有六位，他们都在山林里执勤巡护，晚上才能回到管护站。他们的名字分别叫李友平、李家彪、字兴城、李如祥、字朝家、徐礼兵。他们多数是山下村民，自愿爱鸟护鸟，才被招聘来的。工资不高，每月工资才八百元，由县上财政统一解决。"

我说："工资的确不高，应该增加一些。护林员也要养家。"危有信讲话还是带有一些当地口音的，我担心记错，就叫他把护林员们的名字写在一张纸片上。当危有信把写好名字的纸片递给我时，我惊讶地发现，危有信的字写得工整、稳健，是标准的行楷呢。

候鸟迁徙季节，队长黄学智和队员们干脆在山顶搭上帐篷，昼夜巡护。让当地村民改变或者彻底放弃传统的捕鸟习惯是一件很难的事情。许多村民农闲时出去打工，候鸟回迁的季节，就追随着候鸟的翅膀回来布置机关了。捕鸟机关被护林员拆除后，就伺机报复。护林员到村里办事遭村民围攻或者追打是常有的事。有的护林员家里的稻田被投了除草剂，导致秋天颗粒无收。甚至，有人往护林员家里抛砖头，砸玻璃。

队长黄学智，眼神里透着机警。他个子不高，长得敦敦实实。他穿的那件汗渍斑斑的红马甲，边角都被剐破挂花了。一看就是个老山里通。他从事护林工作已经有三十七年了。在巡山时曾被兽夹夹中，险些失去一条腿。为了救治一只受伤的鸟，他爬树误碰了马蜂窝，结果马蜂群起而攻之。他跳下树逃跑，而发怒了的蜂群并不放过他，疯狂追赶，情急之际，他一头扎进一个水塘里，才算躲过一劫。护林护鸟工作，实际上还是做人的工作，把人看住。黄学智经常提上酒，拎上腊肉，到那些老猎手家里喝酒，与他们交朋友。一边喝酒，一边讲解有关国家法律规定，苦口婆心地劝他们以后不再打鸟。就这样，许多捕鸟人转变成了护鸟人。

一九九七年九月，国际鸟类研究会议在巍山召开。美国、英国、法国、印度、越南、泰国、印度尼西亚等国家和地区的四十多位鸟类专家参加了会议。会议期间，鸟类专家们还专门到鸟道雄关开展了科学考察活动，并环志候鸟八十八个品种两千五百多只鸟。

"都是为小鸟而来吗？"——那些蓝眼睛黄头发白皮肤黑皮肤，操着难以听懂的各国语言的外国专家的到来，令巍山人瞪大惊诧的眼睛。随着外电的报道，"鸟道雄关"一夜之间世界皆知了。

然而，捕鸟人并没有因为"鸟道雄关"的闻名遐迩而收手。

二〇〇九年十月，某日凌晨，危有信正在沉睡，一阵急促的电话铃声把他吵醒，是护林员打来的。说"鸟道雄关"附近的山上有人捕鸟，人数众多。护林员制止无效，请求派森林公安干警出警。冒着细雨和大雾，危有信带领森林公安干警急速赶到现场。好家伙，护林员被围住了，数十束手电筒的亮光照彻夜空。旁边是"咻！——咻！——咻！"不绝于耳的用竹竿打鸟的声响。

危有信命令森林公安干警分两路包抄，说时迟，那时快，有五名捕鸟人被当场擒住，其余捕鸟人见势不妙，呼啦啦消失在夜幕中。现场泥泞不堪，追捕过程有一名干警摔倒，造成腿部受伤。

这次行动收缴了一批竹竿和死鸟，还有数件雨衣、灯具等物。经询问才知晓捕鸟人都是石佛哨村人。危有信陷入沉思，宣传的力度不可谓不大，打击的力度不可谓不小，可为何捕鸟的事情还屡屡发生呢？

次日，危有信带领鸟类环志人员来到石佛哨村，把夜里收缴的竹竿、雨衣、灯具等一应放在村委会的木桌上，让村主任通知村民来认领。可是两三个时辰过去了，没有一个人来。村民以为，这是来抓人的。偶尔，有几个孩子在门口缩头缩脑地张望。危有信把几个小孩叫进屋，问他们都叫什么名字。说话间，环志人员取出鸟环给随身带来的鸟戴上，然后让每个小家伙摸一摸。危有信说每只小鸟都能吃很多虫子，虫子少了，才能多收粮食。

"打鸟好不好？"危有信问。

"不好！"几个小家伙异口同声地回答。

小家伙们一双双天真的眼睛看着那只小鸟。"来，你们把它放飞了吧。"孩子们手捧着那只小鸟来到院子里，危有信说大家一起倒数五个数："五、四、三、二、一，飞吧！"小鸟呼啦啦飞走了。大家热烈鼓掌！

"回家告诉妈妈，不让爸爸打鸟好不好！"

"好！"孩子们蹦蹦跳跳地离开村委会，回家去了。

到底有没有效果呢？危有信接连几个夜晚上山查访，"鸟道雄关"静悄悄的，一片安宁。

五

"鸟群高声的啼叫激活了漆黑的夜空，那震耳的歌声形成阵阵气流，我在薄雾渐消的黎明，听到了这种吟唱。"——这是奥尔森描述的夜晚美国苏必利尔荒原上的鸟鸣。

然而，在中国云南的哀牢山，我分明也听到了类似的鸟鸣。尽管相隔万里之遥，但对于鸟的翅膀来说，距离从来就不是问题。

如果说奥尔森从古朴的荒野中找到了一种抵御外界诱惑的定力，一种与天地万物融为一体的安宁的话，那么我在哀牢山鸟鸣中时而哀婉，时而欢愉的调子里，却感受到了某种复杂的无法准确描述的东西。这就促使我更冷静地思考人与自然到底是一种怎样的关系呢？人该承担起怎样的使命和责任呢？

危有信告诉我，已将"鸟道雄关"申报自然保护区，保护的对象就是此处的山林及飞经这里的候鸟。巍山县政府颁布了禁捕令，严禁在"鸟道雄关"捕鸟，违者按法律惩处。然而，举凡天下事，从来堵不如疏。可是，如何疏呢？危有信说，准备在"鸟道雄关"建一个观鸟台，开展有组织的观鸟活动。通过观鸟活动拉动乡村生态旅游。山下村民可以搞一些"农家乐"，为观鸟者和游客提供餐饮和住宿服务。让村民参与保护和服务，让村民在保护和服务中获得收益。

"变被动保护为主动保护"，危有信的眼睛眨了几眨，说，"当保护候鸟也能使村民的腰包鼓起来，也能买上小汽车，也能盖上新房子的时候，谁还会冒着触犯法律的风险捕鸟呢？"

我无法判定"鸟道雄关"的未来，因为未来不仅仅取决于今天的认识，还有行动和坚守。不过，鸟的翅膀与生态文明的脚步相伴相随，是可以肯定的了。还是让未来告诉未来吧。

尽管地球表面被人类糟蹋得面目全非，但在天空中，鸟类仍然是主角，无论是雪鹅、野鸭，还是大雁，都有自己的尊严。雅克贝汉说："对我而言，唯一重要的东西就是美好的情感。"还用问吗？雅克贝汉的美好情感一定在空中，那飞翔的翅膀，已经永留在他的梦里，永留在他的心间。然而，对鸟来说，鸟不会等任何人，它的目标是远方。

——稍纵即逝。

——稍纵——即逝。

在巍山走动的日子里，我常常被一种淡淡的幽香所吸引，所陶醉。原来，那是幽兰的芳香。巍山人养兰之风始于唐代南诏时期，民间一直有养元旦兰、素馨兰、朱砂兰的传统。朱砂兰被尊为明清的贡品，被称为"圣品兰"。随意走进某个村落，推开半掩的院门，满院的清香就会扑鼻而来，让你无法闪避。

我想，爱兰花的人，也一定热爱生活，热爱生命吧。

由幽兰我又想到了候鸟。是的，当"鸟道"与"人道"相遇之后，人性深处的东西——善，或者恶，就淋漓尽致地呈现出来了。

候鸟，为了生存而艰难迁徙的历程，也许，并没有大开大阖的戏剧情节，跌宕起伏的个体命运，有的只是鸟的悲切与顽强，欢乐与不幸。飞翔，飞翔，飞翔。鸟的羽翼在风中闪动，我们似乎能够触摸到风的颗粒了。然而，看得越清楚，内心便越是凄凉了。为鸟？为我们人类自己？此时，这种复杂的心境，连我自己也说不清楚了。或许，今日鸟类的命运，就是明日人类的命运。

在巍山，在巍山的"鸟道雄关"，跟随着候鸟飞翔的翅膀，我渐渐发现，与自然之间的接触，与动物之间的感情交流，其实对人类来说始终是一种需要。它让我们感受到生命存在的奇迹，感受到生物之间奇妙的感应和联系。

飞吧！飞吧！飞吧！

——候鸟。

从大开发到大禁伐

> 绿水青山就是金山银山，冰天雪地也
> 是金山银山。如果说当年开发林区是共和
> 国生存的需要，那么今天林区大禁伐则是
> 绿色发展的必然选择。
>
> ——题记

一

突如其来的震颤中，伐木人的日子瞬间断了。一声令下，林区全面大禁伐开始了。斧锯入库，再也听不到吼声震天的伐木号子了。在大禁伐的过程中，林区的生产方式和生活方式正在发生着深刻的变化。

黑龙江省绥棱林业局。弯腰塌背苦着茅草的板泥房子不见了；里倒外斜横七竖八的木障子不见了；垃圾满地、污秽不堪的道路不见了。取而代之的，是一座座格调别致的楼群，常青的绿篱以及斑马线分明的路面。文化广场、图书馆、电子书屋、吴宝三文学馆、孔子学堂、道德坊、幼儿艺术中心、民俗一条街，现代城市所具有的一切，林区应有尽有。不仅如此，林区与林区人，更拥有属于自己的荣耀、尊严、快乐和幸福。

一个现象或许能说明点什么——近五年来，绥棱林区外来定居人口净增两万一千人。人往高处走，水往低处流。人也一定往利处去，

往好处聚。那些年,人们纷纷逃离林区,一度出现"空壳"现象。如今,人口流向发生逆转,林区又一次成为创业者逐梦的热土。

其实,绥棱林业局仅仅是现代林区的一个缩影。

我国重点国有林区有一百三十五个林业局,主要分布在东北、内蒙古及西南的广大山区。国有林区作为我国最大的森林资源后备培育基地和木材、林产品供应基地,一直承担着国家商品材供应任务。新中国成立以来,累计为国家提供木材十几亿立方米。有人形象地比喻说,这些木材累积起来可以架一座地球通往火星的桥——那是一座多么壮观的桥啊!

2016年5月23日,习近平总书记来到黑龙江省伊春林区调研。

伊春素有"红松故乡"的美誉。总书记十分关心林区大禁伐后,林区产业转型发展和职工安置情况。在上甘岭林业局,他实地查看了天然林保护情况,还走进林场职工家里,同林业职工拉家常,了解转岗就业和生活状况。习近平说,林区转型发展既要保护好生态,也要保障好民生。他说,生态就是资源,生态就是生产力。在友好林业局蓝莓园里,他说:"要高度重视研究市场规律,充分调研国内外蓝莓产业发展现状,防止在产业发展如火如荼的时候市场趋于饱和,影响可持续发展。一定要把蓝莓技术问题解决好,一定要培训,一定要办班,要实行科学管理。园区除了蓝莓种植,还可以种植蓝靛果、北方猕猴桃等品种,要打开思路,不要单打一,要注重多元化发展。"

殷殷嘱托,绵绵厚望。林区焕发出了活力和生机。仅仅一年的时间,伊春林区一批转产项目就取得了突破性进展。总投资五亿元的高锶矿泉水项目,主体工程已经封顶,厂房内部装修正在进行中。黑木耳全产业链项目生产线已经开始试生产。红松全产业链项目已经完成各项基础设施建设。湛蓝的天空下，蓝莓园里充满了生命的律动。自然法则与经济法则在这里相互叠加，并且生成出许多意外和惊喜。蓝莓种植面积稳步扩大。用蓝莓作原料已生产出冰酒、红酒、白兰地及饮料等系列产品。此外，丰园、丰林和广川果业等多家蓝莓加工企业也相继投产，产品销路甚旺。

不过就是矿泉水吗？不过就是黑木耳吗？不过就是蓝莓果吗？然而，时间会改变很多东西。林区人也开始学会用生态眼光和市场经济思维来看待林区事物了。

那句话常常在林区人的耳畔响起——"既要绿水青山，又要金山银山。宁要绿水青山，不要金山银山，因为绿水青山就是金山银山。"

二

大兴安岭。山那边是岭，岭那边是山，山岭相加，岭山相叠，裹山盖岭的林子甩手无边。老舍先生说，大兴安岭的名字叫得响亮、悦耳，听着亲切、舒服，有兴国安邦之意——这不是老舍先生的原话，但意思是这个意思。老舍曾于1961年应乌兰夫之邀前往大兴安岭采风，乌兰夫是时任内蒙古自治区政府主席。

新中国成立之初，周恩来总理就叮嘱乌兰夫："应特别提醒你们注意，不能把采伐木材当成财政任务去抓，而应科学合理地去采伐，即护林育林的长远打算去采伐。"受周恩来总理的嘱托，乌兰夫给大兴安岭定下一条规矩："左手砍，右手栽"。那时还没有生态建设这个词，用现在的话说，就是采伐与造林并重。可惜，由于当时国家建设急需木材，大兴安岭人战冰雪，斗严寒，砍树的速度远快于栽树的进度，在"顺山倒"的号子声中，留下了一个又一个遗憾。

林与水的关系从来说不清楚，也不用说就清楚。

大兴安岭是额尔古纳河、嫩江、黑龙江的水源涵养地，是嫩江和额尔古纳河两大水系779条大小河流的发源地。以大兴安岭山脉为界形成两大水系，岭东的甘河、诺敏河、绰尔河等流入嫩江；岭西的海拉尔河、根河、激流河等汇入额尔古纳河。林区水量甚大，土质也十分优良，弯腰抠一捧，用力攥一攥，几乎能攥出油来，那是松针及森林腐殖层演化成的灰色土和黑钙土，劲儿冲得很，长出的东西也富有阳刚之气。

大兴安岭及东北林区还是我国独有的寒温带明亮针叶林天然生物基因库。如果没有这几片森林，就没有额尔古纳河、黑龙江、嫩江、松花江、乌苏里江和绥芬河的一脉脉清水。

可以说，正是大兴安岭、小兴安岭、张广才岭、老爷岭、完达山和长白山的森林生态系统，构筑了我国北方生态屏障，维护了"东北大粮仓"的粮食生产的安全。

中国人都知道，在祖国的北部和东北部有大兴安岭、小兴安岭和长白山。20世纪80年代之前，一列列满载木材的火车，呼啸着驶出茫茫林海，驶向四面八方。那时大小兴安岭和长白山林区的木材生产是新中国的主要财政来源。从抗美援朝，到国民经济恢复以至第一个五年计划的实施几乎都是由"大木头"支撑起来的。整个"一五"期间，"大木头"产值占同期全国工农业总产值的一半以上。"大木头"的利税额曾名列全国前三位，林区为新生共和国的国有资产的原始积累作出了巨大贡献。

新中国成立初期，国家建设急需木材。从林区调运枕木给铁道交通部门是一项军事任务，林区工人夜以继日地用带锯赶制枕木，支援铁路建设。恢复交通所需电柱从林区调运，恢复煤炭生产采矿所需的坑木由林区供应。还有军工用材，如枪托、手榴弹柄、军工箱等均由林区承担制作和调运任务。此外，林区还承担了恢复公路交通和工业民用建筑所需木材调运任务。

抗美援朝战争中，作为主要木材生产基地的大小兴安岭和长白山林区，保证了抗美援朝前线的木材需求。据不完全统计，抗美援朝期间，光是大兴安岭林区调运出的枕木、方材以及柱木、原木，总计有不下十万立方米的木材运往朝鲜战场。1959年，国庆"十大工程"建设在共和国往事中占据着重要一页（国庆"十大工程"是人民大会堂、革命历史博物馆、军事博物馆、钓鱼台国宾馆、农业展览馆、北京火车站、中国美术馆、北京展览馆、工人体育场、民族文化宫）。"十大工程"的建设从设计到竣工均用了不到十个月的时间。历史博物馆和人民大会堂的建设是由周恩来总理亲自抓的，他提出，历史博物馆和人民大会堂要互相呼应。著名建筑设计师张开济先生曾参与了当年的设计，回忆说："人民大会堂的柱子是圆的，历史博物馆的柱子是方的，这些木料都是从大小兴安岭林区和长白山林区调运来的。"

20世纪60年代，中国援建坦赞（坦桑尼亚、赞比亚）铁路，所用的大部分枕木同样来自大小兴安岭林区和长白山林区。1976年9月，大兴安岭林区还接受了建设毛主席纪念堂木材供应任务。接到通知后，大兴安岭林区迅速组织力量，由乌尔旗汉、图里河、伊图里河、阿尔山、绰尔等为主的林业局，调运了以落叶松和樟子松为主要材种的木材，保证了毛主席纪念堂建设。

三

小兴安岭。绥棱林业局有一个林区文化博物馆，里面陈列着当年伐木人使用过的工具。博物馆的造型颇有创意，室内墙上挂着马灯、饭盒、皮袄、皮裤、狗皮帽子、手闷子；桌上放着摇把子电话、卡尺、板斧、快马子、油锯；地上摆着爬犁、冰车、扳钩、压角子、抬杠。这些老物件，让老一代伐木人的形象再次明晰起来。

说到伐木人，不能不提到锯。

锯是伐木人力量的延伸和放大。林区开发初期，伐木人采取的依然是原始的作业方式——使用"二人抬"的大肚子锯采伐。大肚子锯俗称"快马子"，是从俄国西伯利亚林区传入我国北方林区的。直至1951年，林区才开始推广弯把子锯采伐。这种锯，一个人操作，使用灵活、携带方便，效率提高了不少。伐木时人可以坐在地上或是单腿跪在地上，既降低了伐根的高度，节约了资源，又可控制树倒的方向，比"二人抬"的大肚子锯相对安全。1953年，中国首次从苏联引进了"哈林"油锯，从此大小兴安岭林区和长白山林区步入机械化采伐木材的时期。

当时，林区的道路很少，运材则多是采取水运和马拉爬犁冰道运材等方式。冰道马拉爬犁运材，一次载量五立方米，相当于马拉四轮车"连楂滚"运材的五倍。冰道一般在秋天修建，先将地刨平，道两侧推起围堰，待入冬下雪冻实即可。沿途设若干个养护点，点内有水井，养护工负责冰道积雪与冰沫的清除，每天用水浇一遍冰道，使之平整光滑，这一职业有些类似于今天的养路工。后又陆续使用铁、木轨双滑杠集材、人力串坡集材、人力拉爬犁集材、畜力集材等方式。集材时，往往根据山势、地貌、坡度大小、集材距离远近而灵活采用最适宜的方式。将伐区内的原木运到楞场后，把分散的原木按树种、材长、粗细归成若干个垛叫归楞。归楞全部靠人力作业，一般由四人或六人一组抬一根原木，遇到特大原木时临时组合为八个人抬，使用工具有肩杠、卡钩、扳钩、压角子等。随着科技的进步，林区后来陆续有了机械化程度较高的油锯采伐、拖拉机集材、绞盘机归楞、装车、森铁火车运输、汽车运输等采、造、集、装、运、归的全新的工艺流程。

当年，伐木人的生产和生活条件是非常艰苦的。由于劳动强度大，汗水把羊皮袄、棉袄、棉裤、毡疙瘩和靰鞡都湿透了，又没有换的穿。所以，收工后常常是十几个人围着铁炉子，身子脱得精光挤在一起烘烤衣裤和靰鞡，那味道又酸又臭。除此之外，吃住问题给伐木工人带来了更加严酷的考验，他们住的地方是工棚、地窖，睡的是小杆搭成的大通铺；吃的水是用麻袋装着的冰块或雪块化成的，窝头、冻白菜汤是家常便饭，大米白面等细粮很少。食堂师傅做菜的方法极为简单，将冻白菜、大头菜就冻切碎放入锅里，添水、放盐，待煮熟后，再在菜汤里放入一勺豆油，俗称"后老婆油"。这还不是人们顿顿都能吃上的，蔬菜供应紧张时，连咸菜疙瘩、大酱都吃不上，吃饭只能就盐水。

1961年，时任国家主席刘少奇来到林区，仔细询问了林区人的生产和生活情况，当听说林区吃蔬菜困难，部分职工患浮肿病时，当即吩咐各林业局要办农场种菜，并指示粮油部门供应林区工人和居民每人每月一斤黄豆。工人们都激动地说，这是刘主席送给我们的"营养豆"。此"营养豆"一直供应到粮油市场放开——"粮食供应本"作废为止。遵照刘少奇主席的指示，各林业局纷纷搞起种植业和养殖业，不同程度地缓解了人们吃菜难的难题。

也是在这次视察中，针对林业职工大多单身，家属都在外地这一现状，刘少奇主席说："你们是林业生产的主人，要把家属接来，在林区安家落户，因为林区的社会主义建设需要你们。"在刘少奇主席的直接过问下，各个林业局把将家属接到林区列入重要的议事日程，开始建房、造屋，改善居住条件。家属们来了，有一些家属又将自己的姐妹、亲戚和朋友也带来了。一些单身汉又回到自己的老家，娶回了媳妇。从此，林区便逐渐热闹，红火起来。

林区人多了，就得需要吃饭、穿衣，于是粮店、商店便应运而生。有了孩子，自然得办教育，于是又有了学校。校舍是大地窖，一年级、二年级、三年级都在地窖里上课，桌椅都是用木板搭的，三个年级一个老师轮流上课。人吃五谷杂粮哪能没有个头疼脑热的，于是又有了医院。当初，医院的设备也相当简单，草药多半是医生们自己上山采来的。就这样一点点地发展，林区就形成了企业办社会的格局。

其实，与其说企业办社会，不如说"大木头"办社会更准确。因为林区办一切事情，都取决于采伐了多少"大木头"。

采伐并不等于毁林，因为森林本身就有一个自然更新的过程。但采伐如不加以控制，不按照森林固有的法则进行，那么就有可能导致乱砍滥伐，甚至毁灭性的破坏。

20世纪80年代初期，中国的现代化建设开始起步，对木材的需求量极大。1978年到1985年，是新中国成立后木材消耗量最大的时段。大兴安岭林区日渐消瘦了，小兴安岭林区日渐消瘦了，长白山林区日渐消瘦了。林子越来越稀，林区似乎大大伤了元气，像个重症病人整日里气喘吁吁。其实，何止大小兴安岭和长白山林区呀，四川林区、粤北林区、闽西林区、滇黔林区、湘西林区和赣南林区均频频告急。真正了解林区内情的，还是林区人自己。可他们心中的隐痛有多少人知晓呢？随着天然林保护工程的实施，随着大禁伐的一声令下，几十万伐木工人将手中油锯变成了种树的锹镐。

习近平总书记说："广大林业职工当年从事伐木，支援国家建设，为国家做出了重要贡献。现在时代不同了，我们要对有限森林资源实行保护。当年砍是必要的，现在护更是必要的。"

真是"我是革命一块砖，哪里需要哪里搬"呀。国家需要木材时，就当砍树英雄；国家需要生态保护时，就当种树英雄。在"林老大"眼里，国家利益从来都是高于一切的呀！

四

当年，森林小火车一响黄金万两。今天，绿水青山就是金山银山，冰天雪地也是金山银山。时间是有方向的。时间的方向永远不可倒转，时间的方向永远向前。

"当森林全部封禁，停止一切采伐之后，林区的替代产业找到了吗？"2017年7月18日，在绥棱参加黑龙江省林区文化建设座谈会期间，我曾向黑龙江省森工总局党委书记李坤提出这个问题。

李坤慢条斯理地回答："可以肯定地说，我们找到了，但不是全部。"我问："什么产业？""旅游，全域生态旅游。全域生态旅游是黑龙江林区替代产业的发展方向。"李坤说，"大禁伐既是挑战，也是机遇。黑龙江林区拥有丰富的旅游资源，大森林、大冰雪、大湿地、大湖泊，还有过去少有人迹的荒野正在成为一处处生态旅游的胜地。"

什么是旅游？旅游就是寻找差异。近五年来，黑龙江林区生态旅游闻名遐迩。亚布力、汤旺河、镜泊湖、威虎山、雪乡、凤凰山、柴河等著名景区每天都有大量游客前来观光。林区生态旅游产业集合带初步形成。仅是2016年，林区就接待游客九千万人次，实现产值五十亿元，创造了少有的经济增长奇迹。

"除了全域生态旅游，还有什么？"

"还有就是……"李坤刚要说，却又停顿了，他说，"还是先不说了吧。等我们完全找到之后再告诉你吧！"

受爱默生和梭罗的影响，一个叫缪尔的人，于1901年写出了一本曾影响了美国总统的书——《我们的国家公园》。他在书中写道："森林公园的作用，不仅仅是作为木材与灌溉河流的源泉，它还是生命的源泉。"他进一步写道，"森林作为用材林，它们的价值并不大，然而作为鸟和蜜蜂的牧场，作为灌溉农田的水源的涵养地，作为人们可以迅速避开灰尘、热浪与焦虑的世外桃源，它们的价值是不可估量的。"这位被后人称为美国国家公园之父的缪尔，蓝眼睛、鬈发、长胡子，面相跟恩格斯很相像。他说："我用尽浑身解数来展示国家森林公园的美丽、壮观与万能的用途，就是要号召人们来保护它们，在保护的同时，来欣赏它们，享受它们，使它们得到可持续的合理利用，并将它们深藏心中。"

李坤的嘴巴一向很紧，没有看准的事情，轻易不说。不过，林区的全域生态旅游，是他早就看准的事情了。

人类的终极目标是什么？我们是不顾一切地奔向毁灭，还是诗意地踱向未来？这个问题不需要我们每个人做出回答，却需要每个人都进行思考。在这个几乎一切都可以速成的时代，我们忽略了树尖上的四季变化，忘记了田野中还有蛙鸣，森林中还有鸟语。我们的脚步应该慢下来，我们的心应该静下来。

森林是一个生态系统概念，绝不仅仅是我们所看到的那些树。在森林群落中包含着许多生物群体，它们各自占有一定的空间和时间格局，通过生存竞争，吸收阳光和水分，相生相克，捕食与被捕食，寄生与被寄生，既相互依赖，又相互制约，构成了一个稳定平衡的生态系统。

最早把森林视为生态系统的，是德国林学家穆勒。1911年，穆勒说："森林是个有机体，其稳定性与严格的连续性是森林的自然本质。"

在李坤眼里，林区的每一棵树，每一朵花，都是神圣的。

一个健康的国家，必然是一个绿色繁茂的国家。

绿色不仅代表生命、象征活力、预示健康，更是一种信仰、一种文化、一种文明。一个国家经济社会发展要与生态容量相适应，不能以损害和降低生态承载能力和服务功能为代价，不能以危害和牺牲人的健康及其幸福为代价。

林区如何改革？怎样改革？这个问题不是我能回答的。但我能回答的是，改革不能解决所有的问题，而要解决林区的问题，必须将改革进行到底。

绥棱林业局党委书记邓士君说："我每天所做的一切，都是为了让这片森林生长得更好，为了让守护这片森林的人生活得更安宁、更有尊严、更感到快乐和幸福。"

林区的未来取决于什么？除了国家政策的扶持和对外部环境因素

的适应，归根结底取决于林区人自己内在的动力，取决于林区中的一草一木焕发出的生机。俄罗斯著名导演塔可夫斯基说："今天的时代与以往不同的是，我们所期冀的未来已经直接呈现于我们面前。它的将来会怎样，完全取决于我们今天怎样做。"

忽然又想起另一句话："极端的绝望与极端的幸福之间，只隔着一片震颤的叶子。"

那片叶子的背后是什么？我分明看到，那片叶子背后是林区人的奋进、追求和渴望，以及生生不息的精神。

塞罕坝时间

要广泛开展国土绿化行动，每人植几棵，每年植几片，年年岁岁，日积月累，祖国大地绿色就会不断多起来，山川面貌就会不断美起来，人民生活质量就会不断高起来。

——习近平

塞罕坝。——啥意思？

在这里，既有森林的壮阔，也有森林的细微，更有森林的饱满和丰沛。森林的里边是森林，森林的那边还是森林。有人说，塞罕坝的森林是翡翠。也有人说，塞罕坝的森林是绿肺。好嘛！说起塞罕坝就一定带着森林吗？当然。可是，塞罕坝，塞罕坝，塞罕坝是啥意思？

森林，塞罕坝的森林真美。美得令人心醉。

换个角度看，或许印象更清晰。——绿，深绿，翠绿，墨绿。卫星云图显示，塞罕坝这片人工林海，不就是一只墨绿色的展翅翱翔的雄鹰吗？112万亩，三代人，一件事，用了整整55年的时间。种树种树种树。磨出了多少老茧，磨坏了多少锹镐，数也数不清。此间，有抱怨与绝望，有荣耀与悲伤，有坚韧与抗争，有寂寞与欢乐，有荒谬与智慧，有灵魂与激情……然而，故事从未停歇，每天都是开始。这片林海负载着塞罕坝三代人的希望和梦想。这片林海是塞罕坝之根本，没有了这片林海，塞罕坝就没有了今天，也没有了未来。

然而，时光倒转回去，早先的塞罕坝却是一片蛮荒之地，甚至被称作坝上的"青藏高原"——天高风冷水硬人横。

话说20世纪60年代初，风沙紧逼北京城。每逢春秋时节，小伙子戴风镜，姑娘戴口罩是北京街头的常态。一入冬，西北风嗷嗷叫，风沙肆虐，沙粒子砸在面上生疼生疼。怎么回事？林业部不是管造林的吗？有没有什么办法呀？

北京风沙脾气暴跟塞罕坝啥关系？问风风不理睬，照刮；问沙沙不言语，照砸。还是问问脚步吧——脚步丈量的结果：浑善达克沙地与北京的直线距离仅有180公里，平均海拔1000多米，而北京的平均海拔仅40多米。有专家形象地说："如果这个沙源阻挡不住，就相当于站在屋顶上向院子里扬沙子。"——必须把沙子挡住。塞罕坝恰好处在那个能挡沙子的特殊地理位置上。怎么个特殊呀？这么说吧，如果说内蒙古浑善达克沙地与北京所处的华北平原之间隔着一道门的话，那么塞罕坝就是那道门的门闩。

门闩起啥作用？人人家里都有门，出门进门，进门出门，门闩起啥作用还用我说吗？

事实上，早先的早先，塞罕坝也是草木葳蕤，獐狍野鹿出没之地。塞罕坝属于木兰围场范围。《围场厅志》记载：此地"落叶松万株成林，望之如一线，游骑蚁行，寸人豆马，不足拟之"。康熙曾多次带领将士来此围猎，还即兴留下过一些诗句。"鹿鸣秋草盛，人喜菊花香；日暮帷宫近，风高暑气藏。"看来，康熙当时的心情不错。

然而，曾几何时，随着清王朝的没落，秋狝的弛废，大批流民涌入，肆意垦荒，断了塞罕坝的根，致使塞罕坝元气大伤。后又几经军阀匪寇劫掠，反复折腾，森林荡然无存，塞罕坝一片肃杀凄凉。

去的去了，是因为来的来了。从此，沙魔长驱直入。那道门闩也闩不住了。何况，那道门闩本来就已经破败，被丢在一边了。

塞罕坝，塞罕坝，塞罕坝是啥意思？

——这微弱的发问，早被滚烫的大漠蒸发了。

风雪弥漫中，一个健壮的身影出现在塞罕坝。

1961年，为了破解风沙南侵的困境，时任林业部国营林场管理总局副局长的刘琨，率专家组来到塞罕坝，他要用自己的眼睛看看那道门闩究竟是怎么回事。他眉头紧锁，视野里"尘沙飞舞烂石滚，无林无草无牛羊"。他在塞罕坝荒凉的高岭台地上考察了三天，没有找到那道门，当然也就没有找到那道门闩。但是，他却拿到了第一手珍贵的资料。回去后经过专家们的反复论证，最后得出结论：塞罕坝上可以种树，可以竖起一道绿色的屏障，阻挡风沙的南侵。

也就是说，没有门可以安上一道门，没有门闩可以安上一道门闩。

1962年，塞罕坝机械林场正式成立，承德专署农业局局长王尚海被任命为第一任场长。随后，林业部工程师张启恩带着妻儿来了，王尚海的爱人带着5个孩子来了，由全国18个省市的369人组成的林场第一支建设大军来了，河北承德农专的53名毕业生来了，承德二中刚刚毕业的陈延娴等6名女高中生来了，一批新毕业的大学生来了。他，她，她们和他们用自己的青春和热血在这片荒野上开始书写动人的传奇故事。

塞罕坝，塞罕坝，塞罕坝是啥意思？

然而，建场之初，塞罕坝地区生活条件非常之差。没有房屋可居住，就搭马架子，盖窝棚，挖地窨子解决住宿问题。严寒的冬天，马架子和窝棚被厚厚的积雪压塌是常有的事，而地窨子阴冷潮湿，住在里面一点都不浪漫。那时的塞罕坝，完全落在寂静里。只有暗夜包围着的地窨子里，时而传出几声长长的叹息。

食物更是严重短缺。当地有一句谚语："坝上的庄稼——山药蛋。"当时在坝上能够生长的农作物很少，只能种植一些适应高寒地区生长的白菜、土豆和莜麦等。坝上气候不适宜种小麦、玉米等粮食作物，种不成西红柿、豆角等蔬菜，苹果、梨、桃等更是想都甭想了。

种啥吃啥。有啥吃啥。当初在塞罕坝，莜面最通常的吃法：把水烧开，把干面直接往锅里撒，一边撒一边搅拌。搅拌熟了，外表成球状，黑乎乎的，俗称"驴粪蛋儿"。大家开玩笑说，总吃"驴粪蛋儿"也不是事呀，人都快成"驴粪蛋儿"了，换换样儿吧。于是，伙房师傅也真费了一番心思。清水煮土豆白菜，莜面窝头。清水煮土豆白菜，莜面卷儿。清水煮土豆白菜，莜面片儿。到底是该哭？还是该笑？

塞罕坝，塞罕坝，塞罕坝是啥意思？

——也许，白菜土豆莜面"驴粪蛋儿"知道。也许，苦寒的日子知道。

站在坝上放眼望，路在哪儿呢？

前望不见，后望不见。左望不见，右望不见。原来，路被移动的沙漠吞噬了。

当时，塞罕坝的交通条件极其不便，只有一条蜿蜿蜒蜒的土路，一头连着围场县城，一头连着遥远的内蒙古高原。路况相当差，去趟一百公里外的围场县城，有时要走两三天的时间。此地偏僻、高寒的地理环境自不必说了，单是没有电，没有自来水的不便，就足够考验这些年轻人了。更不要说没有娱乐设施，业余生活的单调、枯燥和无味。好在若是冬天，白日里在冰天雪地里干活，夜晚就守着炉火，在煤油灯微弱的光亮中听着段子。烧的什么？干透的牛粪饼。炉火噗噗地燃着，加一块牛粪饼，再加一块牛粪饼。噗噗。炉面上，往往烤几个土豆。听得入神，土豆烤煳是常有的事。而讲段子不是谁都能讲的，往往就是那个干体力活儿最差，却读书最多戴着瓶底般眼镜的人。

不过，说他们的生活枯燥乏味也不全对。因之那些牛粪饼和那些段子，寒凉枯寂的夜晚温暖而生动了。

他们也写打油诗。

> 渴饮沟河水，饥食黑莜面；
>
> 白天忙作业，夜宿草窝边；
>
> 劲风扬飞沙，严霜镶被边；
>
> 雨雪来查铺，鸟兽绕我眠；
>
> 老天虽无情，也怕铁打汉；
>
> 满山栽上树，看你变不变。

当年的马架子宿舍门前，还有这样一副对联：

> 一日三餐有味无味无所谓，
>
> 爬冰卧雪冷乎冻乎不在乎。

　　"无所谓""不在乎"，这些饱含着眼泪和痛苦的词句，表现了塞罕坝人一种乐观的精神。然而，塞罕坝虽然来了很多人，但塞罕坝还是缺人。不缺男人缺女人，最缺的是姑娘。

　　当地有一句顺口溜："塞罕坝真荒凉，又有兔子又有狼，就是没有大姑娘。"

　　当时林场新来的那批大学生除个别人年龄小，绝大多数都进入到了谈婚论嫁的年龄。可是在这闭塞的荒原上，年轻人到哪里寻觅自己的另一半呢？

　　新来大学生的个人问题一时成了这个寒冷荒原上的热点问题。好嘛！这些有知识有文化的年轻人怎么可以没有对象呢？坝上有个叫棋盘山的古镇是个牲畜交易集散地，是一个人流、物流、信息流集中的地方。一个偶然的机会，林场技术员张凤元和镇上姑娘隋莲芝谈上了恋爱。"塞罕坝居然来了那么多新毕业的大学生！"镇上人一嚷嚷，一传俩，俩传三，后来又互相介绍，便有不少的年轻人不惜遥遥路途开始交往，结婚成家了。一时间，塞罕坝的小伙子们很多都成了棋盘山的女婿。

　　人们便打趣儿说，棋盘山成了老丈人"窝子"。没过两年，这个老丈人"窝子"又成了姥爷"窝子"——娃娃出生，女人带着刚会说话的娃娃回娘家。娃娃奶声奶气地唤一声姥爷，镇子里满街探出喜滋滋的脑袋。

　　人在哪里，哪里就有生活的逻辑和意义。生活虽然艰苦，但苦中也有爱情，也有快乐，也有幸福。绿色需要坚韧，需要劳作，需要不懈的努力；绿色需要空间的分布，也需要时间的积累。绿色的面积在一寸一寸扩展着，增长着，延伸着。

让我们向当年的英雄们致敬!

塞罕坝的第一代建设者,现在大都已经退休或者故去。当年,他们是怀着革命理想和远大抱负来到这里的,他们对自然和社会的认识,自然与现在的年轻人不同。冰雪和荒野中曾经有过他们的血汗与悲壮,豪情与困苦,坚忍与疲惫。他们对塞罕坝的眷恋之情是现在的年轻人所无法理解的。然而,在无可抗拒的命运面前,生命在这里显得如此无助而茫然。

他们的眼神多半是忧郁的。然而,同他们谈起塞罕坝,谈起当年的事情,他们的眼神里却又闪烁出兴奋的光芒。近年来,他们的思乡之情越来越浓烈,然而,省亲之后他们又多半打消了返乡的念头。因为,家乡的人早已把他们视为塞罕坝人,家乡的土地上已没了他们可耕的田,可以生存的空间。

塞罕坝,塞罕坝,塞罕坝是啥意思?

——河有源,树有根。源在塞罕坝,根在塞罕坝。

不要以为种树那么容易。不就是挖个坑,种棵苗吗?其实,种活一棵树不比养活一个孩子简单。种树是个技术活儿。

头两年,塞罕坝人从东北地区调来的绿化苗木种下的树,都死了。有诗为证:"天低云淡,坝上塞罕,一夜风雪满山川;两年种树全死完,壮志难实现,不如下坝换新天。"不都是英雄,也有人卷起行李悄悄溜走了。

溜走,总是有原因的。然而,留下来的不需要理由。可是,如果连树都种不活,那留下来还有什么意义?

必须搞清树死的原因?原来,外来的苗木水土不服,抗性太弱。

要想在塞罕坝地区种树成功，必须自己育苗，育适应当地土质和环境生长的苗木。塞罕坝人开始进行技术攻关。首先攻克了在高寒地区育苗这一关，继而在塞罕坝地区育苗获得成功。之后，又改造了苏联进口的种树机，将它由原来只能在平坦地方种树的性能，改造成了塞罕坝地区山地、丘陵地照样能种树。由此，用机械种树也获得了成功。可以说，从那时起，塞罕坝营造百万余亩人工林的大幕，算是就此拉开了。

1964年，春节刚过，林场党支部书记王尚海、场长刘文仕等人就骑着马，带着技术人员上山了。马蹄坑，是塞罕坝人选择的头一个战场。经过30多个昼夜的奋战，近千亩落叶松小苗扎根在了马蹄坑，塞罕坝人终于在这片荒凉的土地上，种下了属于自己亲手培育并植造的第一片林子。七月，塞罕坝的野花盛开了，一棵棵幼苗也绽放出了笑颜。

"文革"期间，别处一片喧嚣，塞罕坝人却只顾埋头种树。塞罕坝人自己问自己——我们来到这里干吗？就是来创业吗？不是享福来了，更不是搞运动整人来了。牢记使命，不忘初心，种树不止。

数字，也许是抽象的，不能带给人美感。但数字也是鲜活的，灵动的——塞罕坝在"文革"期间及其前后历年种树的面积：1966年以前种植34000亩，1966年种植50000亩，1967年种植60000亩，1968年种植50000亩，1969年种植50000亩，1970年种植60000亩……到1983年，塞罕坝上的林地面积已经达到了1100000亩。

这一组数字的背后，撒满了塞罕坝老一辈建设者的血汗，凝结着塞罕坝老一辈建设者的绿色情怀。他们几乎是用生命的代价换来了这片林海，在荒原上树立起了一座绿色的丰碑。

塞罕坝，塞罕坝，塞罕坝是啥意思？

——林海无语，丰碑无言。

林子多了是好事也是难事。难就难在防火。

暖泉子望火楼。尽管时令已经进入3月，许多地方是暖融融的春天了，但塞罕坝依旧是白雪皑皑，冷风刺骨。为了探访护林人的生活，我走进了暖泉子望火楼。这里毫无神秘可言。室内的陈设虽然简单，但很整洁。一张床，一张桌子，一台电视机，一部电话，墙上挂着一幅地图和一个打着卷儿的日历。

护林员陆爱国和妻子王春艳，已经在这里坚守了15年。

"心里那根弦，整天绷着，不敢有片刻懈怠。"身穿迷彩服的高个子陆爱国一边架起望远镜，一边一字一句地说，"一般每年的防火重点期是3月15日到6月15日和9月15日到12月15日，这6个月必须要住在望火楼里，15分钟汇报一次瞭望情况。"

我瞥了一眼桌上的电话，心里充满敬意。

"这些树是我父亲那辈人种下的，可不能在我们这代人手里毁了。"陆爱国说。坝上地区每年的无霜期只有70多天，冬天几乎都会大雪封山。我打量一下望火楼的角落，对并排放着的三个装满了雪的水桶有些不解。我指了指桶里的雪问王春艳："这是干吗的？"王春艳说："雪水是用来洗衣服的，如果大雪封山，下山挑水困难，有时也喝雪水。"

陆爱国和妻子初到这里时，生活条件非常艰苦。吃水还得到山下两公里以外的暖泉子去背，水从桶口儿晃出，洒在后背上，浸湿衣服，后背冰凉，夏天还好，冬天后背的棉袄就冻成了冰棒。冬天路上雪滑，路又陡，一跐一滑，跌了多少次跤？摔坏了多少个桶？——也许人忘了，桶却知道。

当好护林员除了要有强烈的责任心，还要有过硬的观察本领。为了熟悉地形，尽快报出火情地点，夫妻俩把从望远镜里所能观察到的山头、洼地都一一编成号，牢牢记在心上。一旦有情况，报警时马上就能说出地名和方位。通过长时间的对比、观察，他们还熟练地掌握了一套识别烟火的本领，能在最短的时间内，快速准确地识别出是烟，是雾还是霞光。

陆爱国说："不怕一万，就怕万一！"某日下雨打雷，断电了。糟糕，一旦有火情就不能用电话报警了。可偏偏在这个节骨眼上就出现了情况。陆爱国用望远镜瞭望时，发现御道口的马溜进了新种的林地，急得他出了一头的汗，没办法，他只能跑下山去喊人。直到把马赶出林地，交给主人，他才放心。

陆爱国1962年出生在塞罕坝，他的父亲是林场的第一代创业者，他的大儿子现在在林场的扑火队开消防车。可以说，一家三代人都是务林人。有一次，他骑摩托车下山确定一个疑似起火点，由于匆忙，路又陡，连人带车摔出去很远，把腿生生摔坏了。陆爱国双手拄着拐杖，咬着牙，硬撑着当班，没下山休养一天。

他说，三代人的命运跟林场的命运连在了一起，林场在他们在，林场好他们跟着好，林场亡他们只能去逃荒。所以，不能让林子受一点损失，多苦多累多难，都心甘情愿。

我问："山上生活寂寞吗？"

王春艳说："夫妻在一起还好些，但还是很寂寞，两个人能有多少话说，话说完了，只能大眼瞪小眼。都是人，有时候心里难受了，我们俩就吵架。"

我扭头问旁边的陆爱国："是这样吗？"陆爱国不言语，只是笑。

"不过，马鹿、狍子、野猪、山兔、野鸡、黑琴鸡等野物常常来光顾望火楼，让我们觉得，这山上不光是我们两个人呢。"停了停，王春艳继续说："曾经有一对驻守望火楼的夫妻，他们的孩子是在山上生的，也是在山上长大的，可由于平时交流少，孩子都三岁了才只会说几句话。"

我望了一眼汹涌的林海，一时不知该说什么。

塞罕坝共有九座望火楼，个个高耸，座座威严，毫无懈怠地矗立在林海高山之巅。每一座望火楼上都有一双瞪大的眼睛，注视着森林里的一草一木。

最近几年，林场在防火上不敢有丝毫差池，整个防火系统形成了探火雷达、空中预警、高山瞭望、地面巡护的有机监测网络，实现了林区监测全覆盖，三百六十度立体掌握。这么说吧，小鸟在林子上空拉泡屎，都逃不过雷达和护林人的眼睛，更不要说发生火情了。

建场五十多年来，塞罕坝百万余亩人工林海，没有发生过一起森林火灾。

寂寞守望，孤独坚守。——这就是塞罕坝护林人的生活。

可是，我还是要问：塞罕坝，塞罕坝，塞罕坝是啥意思？

塞罕坝的一只蝴蝶扇动一下翅膀，就有可能掀起太平洋上一个巨浪。生态是个整体，有一根看不见的线连着呢。

"塞罕坝的生态地位非常重要，它处在内蒙古高原向华北山地及平原过渡带上，是滦河等多条河流的源头，阻挡北边风沙南侵，是一道不可或缺的生态屏障。"国家林业局副局长刘东生说，"这片林海，不仅起到涵养水源、减少水土流失的作用，有利于生物多样性的保护，而且可以大量吸收和固定二氧化碳，成为碳汇库，对减少全球气候变暖具有重要意义。"

1993年，塞罕坝林场被批准建立了国家级森林公园，开启了森林生态旅游的新篇章。习近平总书记说："拥有天蓝、地绿、水净的美好家园，是每个中国人的梦想。"他还说，"生态兴则文明兴，生态衰则文明衰，保护生态环境就是保护生产力，改善生态环境就是发展生产力。"

生态之美，不光是用眼睛看的，而且是用心去感受的。生态存量很难数字化，很难标准化，也很难货币化。因为生态是不可复制的，不可批量生产的，也是不可腾挪的，不可位移的。

贪婪导致人的占有欲无边无际，拥有了房子、豪车等物质的东西不说，甚至连空气也想罐装回家了。事实上，在物质主义盛行的年代，我们占有的越多，与自然的距离就越远。要知道，森林、晨曦、花朵和许许多多琐细的事物，才是构成世界的美丽所在。

近几年，塞罕坝每年接待游客50万人次以上，每年门票收入4000多万元，带动了周边乡村生态旅游，生态产品和手工艺品销售甚旺，社会总收入超过6亿多元。七星湖是塞罕坝的一处景区，一到暑期木屋住宿的游客爆满。多好的旅游项目！本应多建一些木屋，扩大森林和湿地旅游承载规模，但林场场长刘海莹对此说不。

刘海莹说："从根本上来讲，塞罕坝的生态还是脆弱的，生态的承载力还是有限的。我们不能干竭泽而渔，杀鸡取卵的事情。吃祖宗的饭，断子孙的粮不算能耐，还祖宗的账，留子孙的粮才算真本事。"

尽管生态旅游效益可观，但塞罕坝还是实行了控制游客进山总数的硬性约束机制，即游客进山总数到达一定红线后，便一概拒之山门之外。刘海莹摇摇头说："说心里话，这是让自己很痛苦的事，因为来游客，就意味着增加收入呀。可是，没办法——痛，是为了长久的快乐。"

"既要绿水青山，又要金山银山。宁要绿水青山，不要金山银山，因为绿水青山就是金山银山。"——或许，刘海莹对习近平总书记的这段话有着更深刻的理解。

塞罕坝，森林生态系统正稳步形成。落叶松、油松、白桦、赤桦、蒙古栎、椴树、黄菠萝等乔木树种结构分明，错落有序。榛子、沙棘、柠条、火棘等灌木应有尽有，各自占据着属于自己的空间。林间，溪水淙淙。崖壁上飞瀑喷雪吐浪。苔藓更是爬满巨石上、树干上、腐殖层上，甚至灵芝和蘑菇上。过去多年未见的野生动物，也重现了踪迹。野鸡、野兔、狍子、猞猁、狗獾是常见的，云豹时有出没不说，成群的野猪几乎多得成灾了。

刘海莹的耳畔常常响起一位印第安老酋长的声音："我们熟悉树液流经树干，正如血液流经我们的血管一样。我们是大地的一部分，大地也是我们的一部分。芬芳的花朵是我们的姐妹，牛羊、骏马、雄鹰是我们的兄弟，山岩、森林、草地、动物和人类全属于一个家庭。"

在印第安人眼里，万物皆兄弟，万物皆一家。

不能不提塞罕坝的白桦林和黑琴鸡。苏联作家卢斯蒂格写过一本小说，叫《白桦林》，讲述的是一个忧伤的爱情故事。朴树有一首流行歌曲，唱的也是白桦树。曲调是那么的柔美，柔美中还略显忧伤。柔美，忧伤；柔美，忧伤。若没有这一段段故事，白桦林就只剩下了柔美，绝没有什么忧伤了。然而，我宁愿相信白桦林没有忧伤，因为我来到塞罕坝，看到的是白桦林的美丽，白桦林的漂亮。塞罕坝白桦树干直挺耸立，上有线形横生的孔，远看好像生着无数的眼睛在向四周瞭望。枝叶疏散，枝条柔软，迎风摇曳。树皮洁白，光滑细腻，有层白霜，像纸一样可以分层剥离。卢斯蒂格把白桦称为"俄罗斯的新娘"，而塞罕坝人却没有心情那么浪漫，种树种树，忙着呢！

塞罕坝的白桦林里栖息着珍贵的稀有动物——黑琴鸡，这可是我亲眼所见啊！在塞罕坝，一定是先有的白桦林，后有的黑琴鸡吧？这一静一动，一白一黑，看上去是那么协调，那么和谐，那么欢喜无比。

那天，我们驱车在林间防火公路上行驶，忽然两只黑琴鸡窜上了公路。我们停车观看，个个瞪大惊喜的眼睛。它们玩耍着，旁若无人，不惊不躁。在路面上，它们互相追逐，一边"跑圈"，一边"咕噜噜、咕噜噜、咕噜噜"地叫。最后，它们回头觑一眼我们，抖抖翅膀双双飞进白桦林中。

是啊，森林群落绝对不光是我们所看到的那些树，它还包括野生动物等更多的生物形态。塞罕坝的森林里充满着生命的律动。"咕噜噜，咕噜噜，咕噜噜……""咕咕哇，唔哇唔，嘎嘎嘎……"

塞罕坝，塞罕坝，塞罕坝是啥意思？

——黑琴鸡，你们知道吗？

印第安人语："树木撑起了天空。如果森林消失，世界之顶的天空就会塌落，自然和人类就会一起毁灭。"在一定意义上说，树木与人关系，就是人与自然的关系。

我曾多次来到塞罕坝，一直在思索塞罕坝的故事，并试图从中领悟人与自然到底是一种什么样的关系，找到那个隐秘的图谱。人，在残破的自然面前到底起什么样的作用呢？

习近平说，人与自然是一种共生关系，对自然的伤害最终会伤及人类自身。绿水青山就是金山银山。——此语饱含着尊重自然，谋求人与自然和谐发展的价值理念和发展理念，是一种大情怀，大境界。

中国，正在大步向着绿色发展的目标迈进；中国，正在向着生态文明的目标迈进。

塞罕坝，塞罕坝，塞罕坝到底啥意思？塞罕坝意味着什么？塞罕坝代表着什么？该回答这个问题了——塞罕坝人说，塞罕坝是蒙语和汉语的组合。塞罕是蒙语，美丽的高岭的意思；而坝是汉语，台地的意思。把它们组合在一起即可表述为美丽的高岭台地。唉，原来塞罕坝竟是一种有高度有广度有厚度的美呀！

塞罕坝已经不是一个地理的存在，而是几代人理想的集体和个体的集合，是一种生活的气息和氛围，是一段飘荡的情绪和记忆，更是一个不朽的绿色传奇。在这个意义上说，塞罕坝，没有同义词。

忽然想起两句话——一句话叫"山厚水厚人忠厚，山薄水浅人轻浮"；另一句话叫"森林涵养水源，生态涵养文明"。

置身塞罕坝壮美的百万亩林海，倾听着松涛的声音，深深呼吸一口那弥漫着松脂芳香的空气，顿时有一种洗心润肺的感觉。隐隐地，我对塞罕坝似乎又有了一层新的理解——塞罕坝就是绿水青山，塞罕坝就是金山银山，塞罕坝就是我们心底那个绿色的梦。——那个梦，并非虚幻缥缈，并非无根无蒂，那个梦真真的，就在眼前。

塞罕坝！——塞罕坝！——塞罕坝！

茶油之本色

　　健康，是每个人追求的目标。过有品质的生活，包括吃有品质的油。对于今天的中国人来说，吃更好的油，算不得什么梦想了。每个人都吃健康的有品质的油，改变的不仅仅是你自己，而是整个民族。一个人最严重的错误是，为了追求利益而牺牲健康。

——题记

吃茶油的毛泽东

　　什么油可以放二十年不变质？茶油。

　　变质的食用油有一种哈喇味，哈喇味就是腐败味。油茶专家韩宁林告诉我，民间土法榨出的茶油，清除了水分和杂质后，可以放二十年不变质，晶莹剔透，清香如初。啧啧！啧啧啧！还没有哪种食用油像茶油一样具有如此强悍的抗腐败能力呢。茶油真是个好东西。

　　茶油是食用油。茶油就是茶油。茶油与喝茶的茶无关，不是龙井茶油，不是普洱茶油，不是铁观音茶油，不是碧螺春茶油。茶油也不是茶树油，它是用油茶树的果实——油茶籽榨出的油。人们只知道毛泽东喜欢吃辣椒，吃红烧肉，却很少有人知道毛泽东喜欢吃茶油。实际上，出生于韶山冲的毛泽东是吃茶油长大的。早年间，韶山冲周围的山岭上到处是油茶树。韶峰脚下至今尚有保存完好的成片成片的老油茶林。韶山国营林站站长袁建芬说，那些老油茶树至少有百余年的历史了。悟出"枪杆子里面出政权"道理的毛泽东，对油茶和茶油亦颇有研究，他在《兴国调查》中把油茶树的果实称作"桃"，也称作"茶子"。毛泽东写道："分山比分田更困难，有大山，有小山，有柴火多，有柴火少，有大树的，有小树的，有无树的，因此难分。土地科长和七个土地干事，一道出发，踏看全村各山，定出个办法，不照山的面积分，照山的茶子树分。以一担'桃'（一担茶子，值钱二串，叫作一担桃）为标准，大树三十根为一担桃，中树六十根为一担桃，小树百二十根为一担桃。把全村山地算成桃数，然后按人口平均分配，插牌子为界。"

多有趣的毛泽东，居然用数"桃"的办法来分山。看来，革命不光是暴动呢。后来他去了井冈山，后来他去了延安，再后来他去了北京，带领一帮农家子弟，用小米加步枪，推翻了"蒋家王朝"，创建了一个共和国。那个共和国的前边还有两个字：人民。——是韶山冲的茶油给了他"将革命进行到底"的力量吗？

恐怕这是永远无法破解的密码了。

毛泽东住进中南海后，韶山冲的乡亲们来看他，常常带给他的就是辣椒、腊肉和茶油。茶油是用有些粗糙的罐子装着的，笋衣做的盖子盖得严严实实。然而，菊香书屋里还是弥漫着淡淡的芳馥。

韶山冲现有油茶五千余亩，每年"桃"的产量都不低。小时候的石三伢子，也干过摘"桃"，担"桃"的农活吧？

如今，"毛泽东故居"旁边的"毛家菜馆"每天的食客络绎不绝。"毛家菜馆"烧的菜，味美，好吃，远近闻名，可为什么好吃却没有几个人能说清楚了。"毛家菜馆"的年轻女主人毛毛笑着说，其实，也没什么秘密，只不过烧的菜多半用的都是茶油。毛毛是大学毕业生，精明，能干，深谙餐饮之道。"毛家菜馆"创始人八十余岁的奶奶汤瑞仁格外喜欢她。

汤瑞仁是谁？有一张毛泽东和韶山乡亲合影的照片，是新华社记者1959年6月25日拍摄的，题为《领袖和群众》——二十世纪五六十年代为全国家喻户晓。那张照片至今仍挂在"毛家菜馆"最显眼的地方。照片上那位站在毛泽东旁边，抱小孩笑得最开心的农妇就是汤瑞仁。她的丈夫毛凯清与毛泽东有亲戚关系。就是那次回乡，毛泽东还在她家做过客，吃过饭。汤瑞仁回忆说，当时她炒菜用的是茶油。红烧肉、炸臭豆腐干、煎小鱼等几个土菜，毛泽东都很爱吃。毛泽东坐在没有靠背的板凳上，一边吃，还一边说着笑话，夸她红烧肉做得好。临别时，毛泽东送给她家八丈布，一担米。

唉，毛泽东再也吃不到她用茶油做的菜了。她的眼里噙着泪水。

茶油就是茶油。茶油不是茶树油。那茶树油是什么油？茶树油是植物精油，被称作"澳洲黄金"。

茶油不是喝的茶的茶油，茶油不是茶树油。茶油就是茶油。

茶油是个好东西，茶油是中国本土自己的油。

邵阳人的油茶梦

邵阳是著名的油茶之乡。

同为湘地，邵阳离毛泽东的故乡韶山冲不远，这里满山遍岭到处是油茶。邵阳油茶种植历史悠久，西汉初期就有种植。20世纪80年代被确定为湖南省木本油料基地——有"炸不烂的油库"之美誉。

然而，大炼钢铁时期，油茶疏于管理，经营粗放，加之肆意砍伐，致使邵阳油茶面积一度呈下降趋势。邵阳有识之士看在眼里心痛万分。

终于，邵阳迎来了发展油茶的大好时机。

2006年，国家林业局出台了《发展油茶产业的意见》，接着湖南省政府也出台了《加快湖南油茶产业发展的意见》。邵阳抓住机遇，立足县情实际，充分发挥油茶生态、经济和社会效益，大力发展油茶产业，全县上下营造了"一把镰刀，一把锄头"上山种植油茶的生动场面。

2013年，邵阳县委、县政府审时度势，科学决策，提出了打造"中国油茶产业第一县"战略构想。——营造新林，改造老林，建设基地。好家伙，仅仅几年时间，山岗、坡地均披上了绿装。油茶面积大幅度增加，现已达到66万亩。当然了，邵阳人并不满足，目标是2025年要达到80万亩，油茶产业年实现收入100亿元。难怪，今天的邵阳人一谈起油茶就兴奋不已，就有说不完的话题。

文化是产业的灵魂。邵阳对县域内的老油坊和古老的木榨茶油方式积极进行保护，并申报了非物质文化遗产。专门设立了1000亩油茶文化博览园，大力培育和弘扬油茶文化。把油茶树定为县树，把油茶花定为县花。本土作家、诗人还创作了一批诗词歌赋作品，如《油茶花开》《茶山情歌》《油茶赋》等，被谱曲后广为传唱。

随之，油茶生态旅游产业也发展起来。油茶家庭农场、油茶山庄成了旅游观光的好去处。每年前来观花赏景的游客近万人次。

然而，早年间，在邵阳苦涩的乡村，农人一直过着清汤寡水的日子。缺粮少油是1978年之前，中国人的整体记忆。唉，没有油吃，怎么会有力气去推动历史的车轮向前转动呢？不但不向前转动，历史的车轮有时还会倒回去。倒回去的车轮下注定要产生更多的恶呢。

今天，专家们喋喋不休地告诫我们："不要再吃油大的食物了。"为何？因为中国人的饮食结构改变了，从旧社会的吃糠咽菜到改革开放前的吃大白菜吃土豆，变成了现在的吃肉吃蔬菜结合，甚至光吃肉了。光吃肉不要紧，可肉里边含有过多的胆固醇啊！我们摄入的动物蛋白已经足够多了，于是猪油从原来的美味变成了被声讨的对象。

事实上，这哪里是猪油的错呢？我们的问题，不是吃了什么，而是怎么吃和吃多少。高档食用油不能和保健品完全画等号，消费者也不必餐餐都用高档油。但可以肯定的是，茶油是最有利于健康的食用油。

那一页终于翻过去了。

绿水青山就是金山银山，油茶产业托起邵阳人的绿色梦。

"宝庆桂芳"和"茶仔皇"——是邵阳人自己的茶油品牌。近几年，随着在林博会、食博会和森博会的连连获奖，邵阳茶油闻名遐迩了。

赵霖教授为谁而哭？

他被誉为"最敢讲真话的专家"。

"作为一个营养学家，每每看到那些吃洋快餐致使身体肥胖的儿童，而我却无能为力时，心里就难过。"说着，他泣不成声了——他竟然当着众多现场观众的面泣不成声了——这是在中央电视台《健康之路》节目录制现场出现的一幕，节目播出后，令无数中国观众感动得潸然泪下。

这位感动了中国无数观众的学者叫赵霖，是著名的营养学专家，解放军总医院营养科主任。他常出入中南海、人民大会堂、钓鱼台国宾馆为中央领导和高级党政干部讲课。与易中天、于丹、洪昭光等有影响的学者一样，赵霖教授有关科学饮食，健康饮食的讲座，深受观众的喜爱。

"吃什么、怎么吃关系着民族的命运！" 2009年1月14日，他在人民大会堂健康大课堂不到两个小时的讲座，竟赢得了28次热烈的掌声，现场7000人同时发自内心地为他喝彩。

赵霖在讲座中多次讲到茶油。他说，茶油有助于产妇的产后恢复与调理。在台湾把茶油称为"产子油""月子宝"，在民间又叫"补奶油"。目前我们国家的女性生完孩子八成都肥胖，两成女性产后永远性肥胖。你想不胖，怎么办？从怀孕开始就吃茶油，而且可以吃茶油炖鲫鱼汤。因为，山茶油里的油酸含量比橄榄油还要高，油酸可降低血液中的胆固醇和低密度脂蛋白胆固醇，却不降低有益的高密度脂蛋白胆固醇。普通食用油吸收后，会部分聚集在体内转化为脂肪，导致肥胖。而茶油具有"不聚酯"性，其富含的单不饱和脂肪酸油酸在体内能与分解酶反应，转化为能量，从而阻断内脏及皮下脂肪生成。

广西巴马被称为"中国长寿之乡"，这个仅有20万人的山区小县，超过百岁的老人居然有81人。他们个个身板硬朗，耳聪目明，行动自如。赵霖教授对巴马的长寿现象颇有兴趣，多次深入巴马山区走访一些长寿老人，对他们的饮食结构进行分析研究。赵霖认为，巴马的长寿现象与当地自然环境、社会环境及遗传、劳动、精神因素和微量元素等多种因素有关，但最直接、最重要的就是饮食结构。

巴马长寿老人常年以玉米和水稻为主食，副食是红薯和芋头。当地人习惯将黄豆磨成粉，制成豆腐丸子食用。无论是过去还是现在，老人们最爱吃的菜叫"和渣菜"，就是将黄豆磨成粉或者浆状，配以各种蔬菜，如白菜、芥菜、南瓜苗一锅煮。这种汤菜营养丰富，可口润肠，易消化。吃什么油呢？赵霖通过调研发现，巴马长寿老人主要吃胡麻油和茶油。在巴马，茶油就有"长寿油"的说法。

无论在城市，还是在乡村，现在很多人都吃色拉油（也许最便宜的食用油就是色拉油了）。什么是色拉油呢？就是把黄豆或花生之类的种子压扁了以后，用轻汽油把里面的油都萃取出来，然后再七脱八脱，脱什么呢？就是用溶剂把那个汽油再脱出去。所以，这种油里面已经没有任何其他营养素了。

真正的好油都是冷榨油。赵霖教授说，买橄榄油，你都要看看是不是冷榨油。我们国家有几种油都很好。一个叫作茶油，一个叫作胡麻油，一个叫作香油，花生油也不错。其中，最好的是茶油，也叫山茶油或茶籽油。也有把它称作"爱妻油"，什么意思呢？因为它的烟点特别高，二百二十度才冒烟，所以用茶油炒菜厨房里边一般没有油烟。赵霖教授家里日常做菜用的就是茶油。

赵霖为中国城市膳食结构的"西化"而忧心忡忡。洋饮料洋快餐无孔不入，营养过剩而导致的肥胖已成为威胁少年儿童健康的严重问题。在欧洲，许多家长都不许孩子喝可口可乐。因为可口可乐有很强的成瘾性，它里边有很多的磷，小孩子喝了以后，钙磷比例失调，影响骨骼发育。老年人喝了会诱发骨质疏松。《纽约时报》刊发的文章发出这样的警告："所有的进步都在渐渐危害着生命。"文章说，

"美国国民普遍肥胖的现实，反映出西方社会进步具有深刻的内在的矛盾性。2000年因饮食不当和缺少运动，导致10万美国人死亡，死于肥胖的人数是死于传染病人数的5倍。"

在美国，贫穷的人反而肥胖。这和美国社会底层的大量消费"垃圾食品"——双料三明治、鸡肉汉堡、特大比萨饼、油炸土豆条有关。过去，人们只知道洋快餐是高温油炸食品，多吃致癌。现在才知道那些快餐店中用的食用油全部是氢化油，这种油由于加入了过量的氢，保质期长，不会产生异味，炸出东西来口感和颜色都很好。可它是一种人工化合物，会产生一种自然界从不曾存在的反式脂肪酸，这种东西在人体内存留期很长，自然界的正常脂肪代谢只需七天，而它却需要五十一天，同时对脑神经的生长发育也有一定的影响。华盛顿大学内分泌学家迈克尔通过实验发现，洋快餐（汉堡包、油炸土豆条等）可引起体内激素的变化，使食用少年儿童难以控制进食量。现在的小孩子都爱吃这种垃圾食品，其中还包括蛋糕店用的植物奶油，食后导致的小胖子是越来越多。这可是直接影响中国未来的事情啊！赵霖给洋快餐取了个绰号——"能量炸弹"。

这些"能量炸弹"不但炸毁了食物多样性的原则，还炸毁了异彩纷呈的民族饮食文化和我们对未来所寄予的希望。

"能量炸弹"可怕呀！啊呀呀！可怕呀！

油茶树　摇钱树

专家说：油茶是个好东西，吃茶油如何如何好。

政府说：茶油是个好东西，发展油茶如何如何好。

是啊，好东西，人人都说是好东西。可好东西是种出来的，不是说出来的。谁去种？当然是农民。驱动农民的不单是思想，还有利益。油茶是好东西，可如果种油茶没什么效益，农民才不管专家和政府怎么说呢！说到底，茶油是不是好东西，不是农民说了算，但是种不种油茶则是农民说了算。2009年10月，我在南方油茶产区做了一些田野调查，笔记本上记下了农民说过的一些淳朴的话语。

陈贻全（贵州锦屏县敦寨镇者屯村"贵冠"油茶基地农民）：

每年春节前，看电视上农民工返乡的情景就闹心，背着大包小裹地挤车，像逃荒的难民一样。我不用到外面去遭那个罪了，在家里一样打工赚钱。什么？你问我给谁打工？"贵冠"呀！我挣贵冠油茶产业公司的工资哩（脸上是自豪的神情）！咱也是农民工呀。不过，说来说去，咱还是农民，靠种地吃饭的。前两年，"贵冠"与我们村签了土地租赁合同，说是建油茶基地，每亩租金10元。我种油茶劳务收入每亩是235元，每年抚育管护收入每亩是100元，五年后产生效益，几项收入加起来，1亩地的收入可达300多元。全村人都从油茶基地项目上尝到了甜头，光我们一家就增收了1000多元。对你们城里人来说，1000元可能不是啥事，可对我们山里人来说，1000元能办好多大事情呢！我们把这事情看得很重，农民赚钱太不容易了。

这个项目还没有风险，茶籽果由"贵冠"包收购，价格信息和市场情况啥的，根本不用我们农民操心。摸着鼓起来的钱袋子，我们村里人种油茶的劲头越来越足了。

傅保忠（江西新余市罗坊镇章塘村村民）：

　　我家有150亩油茶林，引种的都是中国林科院亚林所培育的高产油茶品种，第三年挂果，第四年就开始有效益了。什么？自己的地？还是租的地？哦，自己的地都是水田，种油茶的地是山地，都是租的。哈哈哈！种油茶效益高，我2000年租地种油茶，到2006年成本就全部收回了。2008年，家庭收入光油茶一项就有30多万元呢。

刘立云（江西安福县洋门乡上街村村民）：

　　今年又是一个丰收年啊！你看你看，我这油茶果跟乒乓球似的，把枝条都压弯了。这才刚满四年啊！我这片油茶300亩，是2005年春节期间种的。之前，我参加了县林业局举办的高产油茶栽培技术培训班，讲课的老师是中国林科院亚林所的油茶专家。在那个培训班上，我开了窍，觉得种高产油茶是个致富的好途径。回到家跟我媳妇一商量，我媳妇也说，她在电视上也看到了，种油茶是个好项目，一年种植，百年收获。哪知道，她的积极性比我还高。于是，我和媳妇就开始日夜奋战，在我家300亩山地上种油茶。人手不够，媳妇就去娘家搬来"援兵"帮忙，一连苦干了30多天，总算把300亩山地全部种上了油茶。原来，我农闲时还要出去打工，自从种了油茶，再也不用出去打工了，因为我自己就是"老板"了，农忙时得雇人帮忙了。种油茶不仅要按技术规程整地、栽树，还要按科学要求搞好抚育管理。从除草、施肥到浇水抗旱，就像种菜一样种油茶，油茶才不会亏待你哩。

这四年中，我投入的成本是每亩1400元，原计划是到六年以后才能收回。现在看根本不用六年，第四年头上就能收回，而且还能赚13万元哩。告诉你吧，油茶这东西根本就不愁市场，市场就在树上。早在八月，油茶刚刚开花，经销商就到地头订购了，不仅茶籽果，就是茶枯饼和茶壳也都预订走了。哈哈哈！你瞧瞧，咱乡下啥东西会有这么好的销路啊！

王贵朋（福建省宁化县安远乡永跃村村民）：

我家有8亩油茶林，过去疏于管理，每亩产籽不足200斤，2007年后，在县林业局技术人员的指导下，我把油茶当庄稼一样管理，产量提高了不少，已经连续多年产茶籽在600斤以上了。

俗话说，"庄稼一枝花，全靠粪当家"，油茶也一样，不施肥当然没有好收成。不过，我施的肥都是农家肥。油茶是喜光植物，除去林中杂草也是提高油茶产量的重要一环。我的锄草方式跟别人不一样，别的村民都把锄下的草移出油茶林，我则把锄下的草皮垒成一段段的土埂，把杂草压在土埂下。这样做不但有利于保水保肥，而且也有利于收获茶籽。

收获茶籽的方式，我跟别人也不一样。别人是摘茶籽，我是捡茶籽。怎么个捡法呢？就是霜降过后，等到茶籽从枝头自然落下。由于林下有土埂，落下的茶籽大部分都聚在土埂内侧，捡茶籽十分方便。自然成熟的茶籽出油率高，榨出的茶油特别香。

张明长（贵州省玉屏侗族自治县朱家场镇龙眼村村民）：

我从小在榨油坊里长大，祖父是本地远近闻名的榨油匠，榨油的这套技能是跟祖父学的。我们村里有6家榨油坊，都是收购乡亲的油茶籽，加工成油，再销售出去，每年的收入还可以。可是早前些年，有一家榨油坊掺了假，一直上门收购茶油的湖南油贩子就不见踪影了。打那以后，茶油的价格一路狂跌，甚至无人问津了。那几家榨油坊都关门歇业，出去打工了。

我呢，由于对茶油有一种难以割舍的情结，就还咬牙坚持下来。前两年，在城里工作的儿子回来说，国家出台了发展油茶产业的政策，油茶的前景看好。我儿子还真说对了，这不，茶油的价格一路看涨。幸亏，我没把榨油设备卖掉。如今，城里人兴起了茶油热，我这小作坊一下红火起来了。县城里好几家宾馆和饭店，专门收购我榨出的茶油。散装的每公斤40元，桶装的每公斤50元。他们再经过包装，作为礼品销售。什么？我一年能赚多少？嘿嘿嘿，一年买辆捷达车不成问题吧！嘿嘿嘿。

梅健生（浙江省建德市大同镇源村村委会主任）：

这会儿，我们村的家家户户忙得不可开交。忙啥？忙着晒茶籽果呢。城里人兴吃茶油了，他们的信息就是灵通，不知是怎么打听到我们这里产茶油的，这几天电话不断，都是要求购买茶油的，杭州人开车来订购。嗬嗬嗬！急什么急？新茶籽果刚下来，还没晒干呢！新茶油榨出来还得一星期以后吧。瞧瞧，这还没开榨呢，订出去的茶油就有几万斤了。

我们的油茶今年收成不错。这主要得益于林业部门大力推行的低产油茶林改造，强化了管理措施。通过割草、施肥、挖深沟，提高了产量。去年我们村改造200亩，全村茶籽果增产三成多。今年，我们又改造了550亩，相信明年的产量会大大提高。油茶山就是金山，油茶树就是摇钱树哩。

贺社生（湖南攸县新市镇回龙村村民）：

我家世代都是开油坊的。原来是木榨，1984年，花4000多块钱买了台电动榨油机，木榨就被淘汰了。榨油这活儿不是常年干，一年也就干三个月吧，其他时间我就种田。今年是小年，收的茶籽比往年少五分之一吧。我家有10亩油茶山，收了8000多斤茶籽，这几天正晒着呢，等完全晒干了榨出的油才多。一般情况下，100斤茶籽能出25斤茶油。我给村民加工榨油，不收工钱，只留茶枯饼。茶枯饼两元五角一块，专门有人来收，不愁销路。年景好的时候，我三个月能赚三四万元，差的年景也就两万元吧。我老婆给我打下手，没有雇人，每天累得够呛。我们家里做菜主要用茶油，这东西对身体有好处。常吃茶油，就不用花很多钱买药了。如果全国人民都能吃上茶油那就太好了。

潘风光（湖南平江县伍市镇石桥村油茶种植大户）：

我的这个生态园叫"绿之源"，有3000亩地吧，名字是我自己起的。我从2000年起去深圳打工，主要搞建筑安装。

春节回家时香港的朋友总要托我搞些茶油带到那边，我发现香港人特别喜欢吃茶油。后来我就萌生了种植油茶的念头，去年我回石桥村租地开始种油茶。地的租金是每年每亩100元，我与农民签了50年的租地合同。现在已经种下去300亩，每亩的投入有300多块钱。种油茶最大的问题是头四年基本没什么收益，前期投入还是蛮大的，我在深圳搞建筑安装赚的钱，基本上都投到山上种油茶了。园里套种了一些西瓜，但今年天旱，西瓜亏本了。不过，我对油茶将来的收益还是充满信心的。

我们石桥村的油茶比别处的油茶出油率高，不信你摇摇这茶籽果，一点响声都没有，这说明籽粒饱满。别处的茶籽果，我也摇过，哗哗直响。我现在是两头跑，一个月回石桥村一次，回一次住一周。我主要的心思都在山上，盼望着油茶树快快长大。

唐啸雪（湖南永州市东安县油茶种植大户）：

我是在一份杂志上读了一篇关于油茶的文章，说是茶油中不饱和脂肪酸含量在食用油中是最高的，被称为"长寿油"。我当时看到这篇文章眼前一亮，心说，油茶是个好东西，何不投资搞油茶产业呢！只要有好的品种，产量上去了，就一定能在油茶产业里找到财富。

现在我的包里已经有了200多份与农民签订的土地租赁合同，眼下正在调集高产油茶苗木，春节前后准备全部栽下去。最近往林业局跑得较多，因为我是外行，得请专家指导帮助啊!

我是15年前南下广东的打工仔,在一家灯具厂做推销员,赚到了一些创业的资金。后来就自己办厂,生产灯具。厂子规模不大,只有几十名工人,都是从老家招聘来的老乡。2007年以前灯具行业行情不错,厂里每年的利润都在上百万元以上。到2008年8月以后,世界性的金融危机爆发,灯具行业形势急转直下,外商订单大量削减,甚至已经没有订单。灯具厂被迫关门,工人也只好遣散回家。我回到家后也无所事事,整天靠打麻将消磨时间。后来偶然在杂志上看到了那篇油茶的文章,才开始了我的第二次创业。

吉明来(湖南浏阳淳口镇鸭头村村民):

我种了8亩油茶,去年摘了2万斤茶籽果,卖了2000多斤生果,余下的都榨油了。今年的产量比去年要高。油茶是常绿长寿树种,一年种植,多年受益,稳产收获期可达60年至100年,是名副其实的"铁杆庄稼"。在我们这里丰产油茶林亩均年管理成本不到50元,亩产茶油50公斤以上,高的可达75公斤。要是30年前多种些油茶,现在即使不干活也吃穿无忧了。

我相信,这些农民说的话都是真话——从他们说话时的表情就可以看出来,从他们发自心底的笑声就可以感受出来。

当一亩油茶林给农民创造的效益超过一亩田的收入的时候,对于农民来说,无论如何,这都不是一件小事情了。农民,是最会算账的。油茶就是财富。农民的财富在哪里,农民的心就在哪里。

木榨茶油

七月半，

茶籽乌一半。

过中秋，

茶籽乌溜溜。

民谚里往往透着经验和智慧。茶籽的成熟程度是跟着时令的变化而变化的——这里的茶籽是指油茶籽。衢州常山，是野生油茶天然分布区，宋末元初时，就已经大量种植油茶，民国二十四年，茶油产量就已达到了40万公斤。民间有族谱载道，各房裔孙不得砍伐油茶，违逆者，或断臂，或断指，或沉塘。好家伙！在常山，油茶就是这样得到了最严厉的保护。一件事物的传承延续，有时可能得益于民间的规矩。或许，这就是例证吧。

从小吃茶油长大的毛泽东对油茶怀有很深的感情。新中国成立初期，要办的事情太多顾不过来，到1956年，毛泽东终于为油茶说话了。他说："要大抓木本粮食，大抓木本油茶，建设炸不烂的油库。"显然，毛泽东说这番话是有背景的，当时美国对中国搞经济封锁，食用油比石油还紧缺。谁也靠不住，只有靠自己。油茶生长在山岭上，是中国本土木本油料植物，不怕飞机大炮的狂轰滥炸。种油茶，建山上的油库，光是给浙江一个省下达种油茶的指标就达1000万亩。毛泽东的话一句顶一万句。很快，周恩来总理主持召开全国棉粮油会议，听取各方面意见，研究怎样建设"炸不烂的油库"。当时，参加会议的常山县县委副书记于耐毅是油茶之乡唯一的代表。会议代表的名册就在周恩来的手上呢，在讲到油茶问题时，周恩来说："常山的于耐毅同志，你讲讲嘛，你们那里是怎么发展油茶的！"在那样的场合，常山及常山人被周恩来总理点名，常山油茶从此天下闻名了。

早年，在常山的乡间，木榨油坊同碾坊和豆腐坊一样寻常。这种被称为"木龙榨"的榨油方式，又被称为"对撞子"。因为所谓"木龙榨"，完全是通过肌肉发达、臂力惊人的油匠师傅挥舞油槌撞击木榨达到出油的目的。这种极为原始的榨油方式，粗犷，豪放，甚至有几分野性的意味。

明代的宋应星在《天工开物》中记载：

　　凡榨木巨者，围必合抱，而中空之，其木樟为上，檀、杞次也。此三木者脉理循环结长，非有纵直纹。故竭力挥推，实尖其中，而两头无璺拆之患，他木有纵文者不可为也。

这段文字是说，做榨木的只有樟木、檀木和杞木的巨木合适，若是没这三种巨木怎么办呢？宋应星早替我们想到了——

　　中土江北少合抱木者，则取四根合并为之，铁箍裹定，横拴串合而空其中，以受诸质，则散木有完木之用也。凡开榨，空中其量随木大小，大者受一石有余，小者受五斗不足。

我于常山走动时，在新昌乡黄塘村一处老油坊看到的"木龙榨"，曾深深震撼了我。一般而言，木榨油坊必建在溪流边。因为，碾磨油茶籽要有水车才行，而水车要有水才行。有一位叫高星的学者说，几乎所有的原始生产工具都是从圆周运动中得到动力。还真让他说着了，水车遵循的也是圆周运动的原理。而水则是水车的动力之源。木榨榨油的工序比较繁细，包括采果、堆沤、晒果、脱壳、晒籽、碾粉、过筛、烘炒、蒸粉、包饼、榨油、过滤等十多道工序。按照采收季节不同，油茶有寒露籽和霜降籽两种。适时采收，才能保证出油率。每年寒露和霜降一过，人们就挎上背篓，系上布兜，上山开始采摘茶果了。茶果采回家，经过堆沤、晒果、脱壳、晒籽等工序，即可将茶籽担到油坊榨油。从一颗颗饱满的山茶籽，变成一滴滴色泽金黄、清香四溢的山茶油，那是个辛苦而又欢快的过程。

沈从文在他的小说中描写过油坊和榨油情景。不过，沈从文湘西老家的油坊似乎没有建在水边，因为他描绘的油坊里碾油茶籽的动力不是水车，而是三头黄牛。可惜哟，沅江的水就那么白白流走了。

榨油是个力气活。油匠师傅告诉我，一般4斤油茶果出1斤油。每次压榨得填满200多斤油茶饼，一天得榨三五车，近1000斤。"哎呀呀，一天撞下来，人都快累瘫了。"

碾粉是榨油的一个重要工序。就是将晒干的茶籽放入大碾槽中碾成粉末。磨碾以水车作为动力，用水碓碾粉。碾碎后的茶粉要过筛，筛是特制的。过筛后的茶粉倒进特制的平锅（呈45°斜角）里烘炒，去除水分。烘炒是一道十分讲究的工艺。火太猛，茶粉容易烧焦，影响茶油的色泽和清香度；火太嫩，水分不能完全散发，同样会影响茶油的纯度和品质。技术过硬的师傅，才能将茶粉炒得松而不焦，香而不腻。这是真功夫呢！——靠日积月累练就出来的。

接下来就是蒸粉和包饼了。蒸粉的蒸笼是专用的。外形如蜂筒，将炒好的茶粉倒入其中，蒸熟蒸黏，为包饼做好准备。包饼不但要求有良好的腰力、臂力，还要有相当的巧力、准力。包饼师傅事先将三个铁匝叠放在平地上，扭一个叫"千金秆"的稻草结，呈放射状铺在铁匝上，作为包饼底衬，然后将热气腾腾的茶粉倒进铁环中，赤着脚飞快地将茶粉踩平踏实，形成一个圆茶饼。包饼的过程有讲究，如果稻草结没扭好，茶饼一拎就散。饼包厚了不行，影响出油率；饼薄了也不行，饼粉藏在铁匝里榨不干，出油率更低。一般人不知道，包饼师傅的一双手就如同一杆秤。每100斤茶籽包12块饼，每块饼榨干后重六斤半，上下不得差三两，这是有严格要求的。包好的茶饼，叠放在一起，就可以统一放到木龙榨里榨油了。这是茶油制作的中心环节，俗称"打油"。传统的木龙榨，重超千斤，用一根或两根大硬木镂空制成，横摆在榨油坊的显要位置，看上去活像一条长龙，当地人称其"木龙榨"。一般来说，每家油坊至少有两架木龙榨，每架木龙榨可放四十块饼。

油匠师傅们沉默寡言，只是埋头做事。

一切准备就绪，即以硬木专门制作的油槌大力撞击扦头，不断挤压茶饼榨出油来。为了消除疲乏，增强干劲，油匠师傅编创了许多劳动号子，一边用力撞击，一边喊着号子。

那号子铿锵有力，排山倒海，气壮山河。那号子伴着撞头重重的撞击声，奏出了山村最朴素的交响乐。清香明亮的茶油从龙榨口慢慢渗出，随着号子越来越响，油流淌得更欢了。油匠师傅在枯燥劳累的榨油过程中，创造出许多技巧动作，那可是真正的民间舞蹈呀。油匠师傅单膝跪地，让油槌的槌头朝天而立，然后"砰"的一声狠狠打下去，这招叫作"一枝香"；两个师傅背靠背来回打油较劲的，这叫作"鲤鱼穿梭"；油匠师傅突然猛地向后退几步，手中油槌凌空飞起，在号子声中撞向扞头，整个"木龙榨"被撞得前后摇晃，这就是所谓的"老虎撞"……浑厚整齐的号子声撩拨人心，像是从遥远的地方穿透层层阻隔而来，粗犷潇洒的榨油动作，自始至终传承着山民勤劳朴实的宽厚情怀。

木榨拒绝一切矫揉造作，虚情假意，娇声嗲气。木榨对所谓的时尚和流行说不。

木榨老油坊是黄塘村的标志性符号。有老油坊在，有"木龙榨"在，就说明黄塘村的历史还喘着气，血肉和精神还活着。

如今，在南方的许多小街巷里，常能见到一种全新的袖珍榨油机，只需几分钟——将茶籽倒入榨油机漏斗槽内，打开电源开关，金黄的茶籽油就源源不断地流出来了。新型电力榨油机出油率高，耗损少，工序简单得仅剩几个抬手就能完成的动作。何况，价格便宜。一个小老板告诉我，一台质量上乘的袖珍榨油机才不过1000余元。省时、省力、省钱，实在是好。何况，那些大型的现代化的油茶加工企业正在崛起，更令"木龙榨"无可奈何花落去。高速发展的社会，效率的丧失便意味着被淘汰。由于"木龙榨"工序繁多，过于耗费时间和体力，因而最终不得不面临着消亡的结局。

一些山村的老油坊已经很破败了，不成样子了，但我可以肯定，关于乡村的记忆和灵魂还在"木龙榨"的肚子里眨着眼睛。在现代化的进程中，许多古老的生命受到无情的冲击，性格没了，年龄没了，个性记忆被删除得干干净净，我们已经无法感知和认定乡村的文化性格和精神历程了。而黄塘村的"木龙榨"则为我们保留了一份难得的记忆。看到"木龙榨",就像看到了慈爱而温暖的老祖母,踮着小脚,捧一把米,"咕咕!——咕咕!"丢给小鸡。在老油坊里,在"木龙榨"的近前,浮躁的心,会得到片刻安歇。

经历了岁月的淘洗,古老的"木龙榨"以其特有的生命力延传至今,它榨出的茶油散发着醇厚的油香,沁人心脾,绵久悠长。

抚摸着那古老的"木龙榨",我忽然想起日本手工艺大师柳宗悦说过的一句话:"好的器物当具谦逊之美,诚实之德,坚固之质。"好嘛,按照柳宗悦的标准,也许,"木龙榨"就是这样的好器物。

傍晚,"木龙榨"安静下来了,老油坊安静下来了,黄塘村安静下来了,只是偶尔传出一两声狗吠。这和白天相比,形成巨大反差。黄塘村有足够的自信对抗外部的诱惑。它不在乎外界的议论和评价,也不太需要市场经济的烛光照亮这里。因为,它有自己的准则,自己的规矩,自己的秩序。不浮躁,不慌乱,不盲从。

黄塘村的"木龙榨"固执地保持着自己的本色,秉持着自己传统和精神。许多东西并不需要改进,只需要固守。多少年来,我们是改进的太多,固守的太少。在民间文化日渐消失的今天,固守是多么的不容易啊!

也许,机器榨出的茶油就是茶油,看不到人的身影,没有体温,没有趣味。而"木龙榨"榨出的茶油则不仅仅是茶油了,它还赋予了茶油更多的故事,更多的时间和更多的心情。

与其说"木龙榨"是一种传统守旧的榨油方式,倒不如说"木龙榨"表现了黄塘村人对待生活的一种态度。我喜欢。

茶油湘菜

"湖南的乡菜就是中国的湘菜"——这句话透着湘人的一种得意,却也道出了湘菜在中华美食中的地位。湘人有一种茶油情结,他们像喜欢吃辣椒一样喜欢吃茶油。

毛泽东自不必说了(他喜欢吃红烧肉、茶油炸臭豆腐、茶油煎小河鱼),稳慎用兵的曾国藩是湘人吧,他也喜欢吃茶油做的菜,准确地说那是一款汤菜——"三合汤"。湘人喝汤的历史悠久,早在唐宋时期就有"客到则设菜,欲去则投汤"的习俗。"三合汤"也称"霸王汤",是曾国藩起的名字。曾国藩率领湘军镇压太平军时,因湘军长期生活在野外或湖区,患风湿病的士兵日渐增多,湘军士气一度低落。为了重振军威,减少疾病,曾国藩便精心调制了这款能去风湿病的"三合汤",并命全军将士每日必喝一碗。"三合汤"不仅可以增强食欲,促进消化,而且还有祛风湿、强筋骨之功效。"三合汤"果然了得,不长时间湘军就恢复了状态,军威大振。

我曾专门向湘人讨教,那"三合"到底都是什么东西?湘人告诉我,"三合"都是牛身上的东西,其一是母黄牛的肚;其二是母黄牛的血;其三是公黄牛的肉。汤中加茶油用文火慢慢炖,炖至牛肚子能插进筷子,再加入少量辣椒和胡椒。湘人强调,"三合汤"的核心,是要用茶油炖,才能炖出"霸蛮"之气和特有的香味。瞧瞧,茶油,茶油,是茶油在暗处发力呢!

另一款著名的湘菜——"衡阳头碗",也与那个"要移世而不为世移"的曾国藩有关。因为这款菜最早是曾国藩手下的名将彭玉麟,于衡阳演武坪练兵时亲手为曾国藩烹制的。曾国藩吃后，大加夸赞。从此，这款菜传入民间。"头碗"有两种解释，其一为头一个端上来的菜；其二，所用的碗为民间最大的碗。此菜的"内容"较为丰富，菜叠菜，共计八层，呈塔状，有鱼丸子、腰花、猪心、鸡蛋、干贝、黄雀肉（面粉加作料用茶油炸出香酥食品）、芋头片等。碗底的底油一定是茶油，八层菜叠入大碗，上大蒸笼清蒸。那种大蒸笼特别嚣张，有两人那么高，起锅时要架木梯上去，热气腾腾，壮观无比。这款菜口感鲜嫩滑润，甘美、清香、可口，回味无穷。

吃"衡阳头碗"的食客，无不大汗淋漓。

其实，"衡阳头碗"的秘密都在锅底呢——茶油特有的清香，在高温中都被蒸进"内容"了。瞧瞧，茶油，茶油，又是茶油在暗处发力呢！

湘地是中国的茶油中心产区，种植面积和产量均居全国首位。在湖南122个县区内，除安乡、南县两个纯湖区县之外，其他都有成片的油茶林分布。其中有21个县的种植面积在30万亩以上，有5个县被国家命名为"中国油茶之乡"。茶油，在湘人的生活记忆中，留下了深深的印记。

茶油能唤起湘人思乡的感觉。茶油烹饪的湘菜，令人垂涎不已。2009年9月至10月，曾推出"超女"，在中国掀起波澜的湖南卫视又把镜头对准茶油再掀波澜——"茶油故乡菜大召集"特别活动。好家伙，湖南卫视果然有号召力，网络、电视、纸质媒体总动员，"大召集"活动盛况空前，有四十万湘人参加，人人把自己最拿手的故乡菜呈现出来。经过近百万网民投票，评委一一把关，最后有十四款被评为经典湘菜。菜单是：

常德肥肠煲

安化脆笋

宁乡口味蛇

毛氏红烧肉

攸县血鸭

岳阳茶油鸭

衡阳头碗

竹筒粉蒸排骨

永州东安鸡

邵阳猪血丸子

新化三合汤

洪江血粑鸭

湘西雷打鸭

土家三下锅

瞧瞧，与曾国藩有关的两款菜"三合汤"和"衡阳头碗"居然双双榜上有名。这十四款菜均是用茶油烹饪的，个个都是美味。虽然我只吃过其中的若干，但也斗胆点评一下。

先说"宁乡口味蛇"，从保护野生动物的角度来说，这款菜不该入选，也不宜提倡捕蛇、宰蛇、吃蛇。此菜的负面意义，湘人可能疏忽了。其他十三款，除了安化脆笋，其余均为肉菜，其中，鸭肉菜占了四款（攸县血鸭、岳阳茶油鸭、洪江血粑鸭、湘西雷打鸭），猪肉菜占了六款（毛氏红烧肉、常德肥肠煲、衡阳头碗、竹筒粉蒸排骨、邵阳猪血丸子、土家三下锅），鸡肉菜占了一款（永州东安鸡），牛肉菜占了一款（新化三合汤）。这说明什么呢？这说明茶油最适合烹饪荤菜，尤其是猪肉和鸭肉。

湘人喜欢吃茶油。在外乡异地，一听人说到茶油，他们的眼睛就发亮。左宗棠是湘人，他喜欢吃茶油煎鱼干；谭嗣同是湘人，他喜欢吃茶油炒肉末萝卜干；章士钊是湘人，他喜欢吃剁椒鱼头……

"天下一日不可无湖南"——近代以来中国的重大历史事件，无不与湖南联系在一起。湘地曾出现了一批政治家、军事家。毛泽东、刘少奇、彭德怀、贺龙、罗荣桓、粟裕、黄克诚、陈赓、谭政、萧劲光、许光达，等等，这些名字几乎尽人皆知。共和国十大元帅，湖南有3位；大将十位，湖南占了6位；上将57位，湖南占19位；中将100位，湖南占45位。湘地不得了啊！喜欢吃茶油的湘人不得了啊！

还没说完呢。再往前，旧民主主义革命时期，湘地涌现出了黄兴、蔡锷、宋教仁、陈天华等民主革命领袖人物。还有思想家谭嗣同、唐才常这样的维新志士，用智慧和鲜血点亮了照彻黑夜的薪火。

光绪年间，湖南巡抚陈宝箴在给皇帝的奏折中说，湘人"好胜尚气"，"名臣儒将多出于湘。其民气之勇，士气之盛，实甲于天下。其义愤激烈之气，鄙夷不屑之心，亦以湘人为最"。当时的湖南士绅皮锡瑞在评判湖南人的性格优劣时写道："尚气，勇于有为，是其好处；而气太盛，多不能虚衷受益。"

是什么造就了湘人的性格和精神呢？用穷来解释，恐解释不通，国内有更穷的地区；用富来解释，也解释不通，有比湘省更富的省份；用好斗来解释，也不准确，好斗者湘人远逊于边地草寇刁民。说来说去，只有一种解释，是源远流长的湘地饮食习俗和文化使然。而有两样东西，是湘地饮食文化中不可忽略的重要因素。

一个是辣椒，一个是茶油。

用茶油修的路

茶油不光能吃，在民间，茶油还能做成许多大事情。

在湖南平江听人跟我说到"路会"时，不禁吃惊地瞪大了眼睛。那条路不是用茶油作材料修筑的，而是用茶油作为基金修筑的。——那条路长达二十余公里，是西江洞村通往山外的仅有的一条山路，每年修缮一次。

办法是在没有办法的时候想出来的。

世上的办法总比世上的路要多得多。

在湖南平江县三墩乡西江洞村有一个民间组织，叫路会。早先的中国，有农会，有工会，有妇救会，还有教会……还从没听说过有路会，没听说不等于没有。西江洞村的路会成立于清朝乾隆年间，估计现今中国名目繁多的这个学会，那个协会，没有哪个会龄能够超过它。

也许是西江洞村太偏僻了，清朝政府、北洋政府、国民党政府的官员从来就没有来过，更不要说出钱为其修一条路了。自己的事情自己办吧，路会就管这条路。路会没有会长，只有会员（村里每户都是会员），会费就是茶油，路会基金总额是一担茶油。一担相当于多少斤呢？100斤左右吧。丰年不加，歉年不加，年年如是。每家出的茶油按人口不等，多的多出，少的少出，鳏寡孤独不出。这是路会的规矩。祖上定的，从来没有变通过，从来没有走过样儿。

没有会长谁来牵头？谁来张罗？谁来当值呢？——轮值制。"欧盟组织"不是有轮值主席吗？路会的轮值制跟"欧盟组织"的轮值制差不多。每户轮值一年。轮到谁家，谁家就负责组织全村的劳力出来修路（每户出一人），修完之后，当值的人家还要组织村里的长老进行检查。修路是分段包干，谁家修不好，脸上无光不说，还要返工。整个路面检查合格之后，大家一起到当值的家里去吃一顿饭。当值的家中一般要宰头猪，做一包豆腐，备下水酒。煎炒烹炸，热气腾腾，好不热闹。

那当值的人家有什么权利呢？权利还是有的——就是可以免费享用一年那一担作为基金的茶油。可以自己享用，也可以用它来生利，但年底还是要凑足完整的一担，当值完了，就将一担茶油担到下一家。如此周而复始，从乾隆年间到现在从来没中断过。

这一担茶油该有多么大的力量啊！

它穿越了时间，穿越了朝代，穿越了政权……穿越了天灾和战乱，就那么一家一家地传递着，并且还将传递下去。如果政府不出资修成永久性的硬化路面的话；如果西江洞村培育不出属于自己的强人、乡绅或者名士的话；如果没有改变命运的外部力量注入的话。

因之这一担茶油，路会的民间组织关系，延绵数百年得以维系；因之这一担茶油，通往山外的路，从来没有中断过；因之这一担茶油，大山就阻隔不了西江洞村与外面世界的联系。

茶油不是奢侈品

茶油最典型的特征就是稀缺。而稀缺的东西，价格往往就贵。比如，茶油本身的目标并非高端市场，它也想走民众之路，与广大的人民群众站在一起，然而，因其稀缺，它便很快淹没在人民群众的汪洋大海中，甚至连滴油星都见不到了。而市场的嗅觉是灵敏的，特别是高端市场的嗅觉，即便淹没在人民群众的汪洋大海中的油星，它也能嗅出那紫罗兰般的芳香。高端市场在向茶油不断抛着媚眼，觊觎着"贵冠"顶上那两颗流光溢彩的宝石。

说到宝石，人们往往就会想到那些奢侈品，祖母绿、红宝石、蓝宝石、金手镯、珍珠项链，等等。然而，茶油就是茶油，它怎么会是奢侈品呢？说到底，它就是食用油，一种吃的东西。

不过，人们通常认为，奢侈品是那些昂贵的物品，即大部分人消费不起的物品。有些奢侈品既不是必需的，也可能是没有实际用途的昂贵物品，如珠宝首饰等，随着理财方法的日趋多样化，这些珠宝成为有钱人投资收藏的主要对象。而有些奢侈品是确有实际用途的，如名牌箱包、高级成衣、高档汽车、私人飞机和豪华游艇等。手表上镶上几克拉的钻石当然不是为了看时间，而是一种个人价值的体现，一种炫耀的需要。所以，对有钱人来说，高消费是一种必然。

奢侈品的笑脸，取决于在大中城市中那些追求高品质生活的人群的笑脸。奢侈品往往以己为荣，张扬个性，创造自己的最高境界。比如，奔驰追求着顶级质量，劳斯莱斯追求手工打造，法拉利追求运动速度，凯迪拉克追求豪华舒适，匠心独具，各显其能。商品本身的个性化，才为人们购买它创造了理由。因为个性化而不是大众品，才更显示出其尊贵的价值。奢侈品给人以望洋兴叹的感觉，拒大众于千里之外，永远是有钱人的事情。

对于烟酒茶三样消费品来说，现在人们一想起最好的香烟就是"中华"，最好的白酒就是"茅台"，最好的茶叶就是"龙井"。而人们一想起最好的食用油恐怕就是"贵冠"了。撇下"贵冠"不说，"中华""茅台""龙井"是高档消费品？还是奢侈品？我一时还真糊涂了。

奢侈品的国际概念是，一种超出人们生存与发展需要范围的具有独特、稀缺、珍奇等特点的消费品。在中国人的概念里，奢侈品几乎与贪欲、挥霍、浪费是同义词。其实，从经济意义上说，购买奢侈品实质是一种高档消费行为，本身并无褒贬之分。从社会意义上看，是一种个人品位和生活品质的提升。"你为什么要用奢侈品？""因为别人买不起。"20世纪80年代，中国奢侈品可以用这样的话描绘——"金链子恨不得像拇指一样粗，珠宝全部披挂上身，开丰田车，系金利来领带，喝人头马，吃龙虾。"一份调查报告显示，中国已成为世界第二大奢侈品市场，超过美国，仅次于日本。我突然想到一句话：当一个人的物质大大超过他的精神的时候，就是悲剧的起源。

没有健康，谈何幸福？如果说健康是个"1"的话，那么名利、财富和地位等都是它后面的"0"。100，1000，10000……甚至更多，都是因为"1"的存在而存在，倘若"1"没有了，不管后面有多少个"0"，那么也仅仅是"0"。在我们每个人都面临着亚健康状态的今天，我们会因为没有健康的身体而焦虑，我们会因为没有健康的心态而彷徨。如果失去了健康的身体和健康的心灵，一切都将是零。

无论如何，茶油都不是奢侈品。因为茶油是我们的健康所需要的，不是炫耀所需要的。据史料记载，茶油小吃用小米面和茶油为原料，配以杏仁、花生米、海带丝、豆腐丁和调味品。茶油小吃是宫廷的御膳食谱，但享用茶油并非是一种身份的象征。因为茶铺里也有茶油小吃，能说茶油是奢侈品吗？满汉全席是清代最高规格的筵席了，满汉全席上也有茶油小吃。能说茶油是奢侈品吗？

现代中国最高规格的筵席当属国宴了。在许多人的心目中，它比满汉全席还多几分神秘。国宴，是国家元首或政府首脑来访而举行的正式宴会，是国际交往中的一种重要礼仪形式，是各类宴请活动中规格最高、最为隆重的一种宴请形式。而做国宴用的是什么油呢？国宴厨师说，国宴用油因做什么菜而定，炒菜用茶油，煎炸鱼类用豆油，拌凉菜用橄榄油和芝麻油。能说做国宴用了茶油，茶油就成了奢侈品了吗？我看不是。

燕窝、鱼翅、鲍鱼、海参是中国美食的四大美味，也是中国人宴会上四大至味。四大美味原本都是无味的，是把鸡、鸭、干贝和火腿等制成的汁，用文火慢慢滋进去的。有学者专门撰文，对四大美味进行了抨击："四大美味不仅无味，而且无用。"这几乎是全盘否定了。

居然有好事者还真拿去检验了。结果表明，四大美味的营养价值，与鸡蛋、粉丝不相上下。嘻嘻嘻，那就直接吃鸡蛋、粉丝得了呗！然而，四大美味的妙处就在于无味和无用。另有高人分析说，从哲学的角度来看，任何一种味道都是一种规定和限制，都是相对的，有限的，可以超越的。只有无味才是绝对的，才能成为美味。因此无味才能成为至味。——高，高，实在是高。中国真是有高人啊！

虽说四大美味无特殊的营养价值，但有一种作用却是暗含的，那就是为人群划分出了阶层，有钱和有权的人才能吃得起四大美味，因为它们稀有而昂贵。因而，我没有理由不认为燕窝、鱼翅、鲍鱼和海参不是奢侈品。

茶油不同于鱼翅、燕窝、鲍鱼、海参四大美味。虽然普通百姓吃猪油、调和油、色拉油、豆油，好一点的吃菜籽油、花生油、玉米油、胡麻油，更好一点的吃茶油。而与鱼翅、燕窝、海参、鲍鱼四大美味相比，茶油不但能创造出餐桌上的美味，而且还具有特殊的营养价值，更重要的是它能给人类带来健康。如果说茶油是奢侈品的话，那么健康就更是奢侈品了。好，忒好啦！人人拥有这样的奢侈品，我们的国家，就会强健起来。好，忒好啦！人人拥有这样的奢侈品，我们的民族，就会强健起来。

茶油本是"土油"，过去是羞于待客的，因为它不是花钱买来的。今天，它却成了高端的油，是送礼待客最好的东西。茶油的价格不断攀升，已经到了普通消费者羞于问津的程度，甚至有人把它划入了奢侈品的名单中。这实在不是茶油本身的过错。它的本质永远没有变。它还是那么淳朴、醇香，散发着紫罗兰的味道。

人人都吃上茶油是不可能的，但我们提倡吃茶油。

如果你是个腰缠万贯的富豪，开凯迪拉克，住豪宅，顿顿都吃茶油，甚至不是茶油炒出的菜，就坚决不吃，那也无可厚非。如果你是个工薪族，过日子精打细算，顿顿吃茶油未免有点吃紧，那就少吃，一周吃一次，或者十天吃一次，或者一个月吃一次。总之，为了你的健康，吃茶油比不吃茶油要好。如果我们是普通百姓，根本吃不起茶油，那也不要紧，只要我们努力工作，诚实劳动，日子过得开心就好。因为茶油毕竟不是生活的全部。不过，我要说一句，过日子要节俭，但不能节俭健康。

我们已经告别了缺粮少油的时代，我们在朝着一个追求健康，追求自尊，追求幸福，追求快乐，追求生活品质的时代迈进。那是一个什么样的时代？那是一个绿色发展的时代，那是一个生态文明的时代。

老号森铁

喷着蒸汽白雾，吭哧吭哧喘着粗气的
森林小火车日趋稀少了。这正昭示着辉煌
的伐木时代的终结，代之的是一个全新的
资源培育时代的开始。

——题记

一

冬天，意味着寒冷和冰雪。

呜！——森林的宁静被一声巨吼撞开了个大窟窿。疲惫的森林小火车吭哧吭哧喘着粗气，然后，呲的一声喷出一口白雾，停在了林区某个小站。白雾飘舞，徐徐不散，或挂在行人的睫毛上，或挂在冻僵的树梢上，或挂在七扭八歪的木障子上，那场面很是有些喧嚣和野性。

曲波的《林海雪原》中有一句话："火车一响，黄金万两"。——在"大木头"年代，林区人是多么牛气和豪迈啊！森林小火车运木头，一节车皮只能载三两根。那家伙！杠杠的，多了装不下呀！一根木头有多粗呢？这么说吧，光是树皮就有砖头那么厚啊！可以毫不夸张地说，早年间，林区吃的喝的用的都是小火车运木头从山外换回来的。的确，当年林区的辉煌和荣耀是与森铁紧紧联系在一起的。

然而，此一时彼一时，今天东北林区实行大禁伐，对森林来说无疑是个福音，但对森铁而言，却是个致命的打击。斧锯入库，森林休养生息了，没有木头了，森铁运什么？林区人吃什么？喝什么？

传统意义的林区已经很难找到了。与世隔绝，封闭的林区只是电影或小说里的事情了，到处是堆积如山的大木头的林区已经不见了踪影。林区所特有的那种遥遥路途也已不复存在。如今，林区已大致成了静态的地方，它在地理上已经定域，今非昔比。

告别伐木时代之后，林区的困惑和尴尬，只有林区人自己知道。无奈，有的林区干脆就把利用率低的森铁铁轨拆了，铁轨当废铁能卖几个钱算几个钱吧，总比在那里闲置着风吹雨淋地熬日月生锈烂掉变成土强。

然而，事情并不那么简单，森铁的问题并非一拆了之。

在黑龙江林区桦南林业局，我走访了森铁司机任景山。他开的是一辆老式外燃蒸汽机车，车号是"森055"，需两个司炉不停地往炉内填煤，蒸汽产生动力，机车才能行驶。开小火车是个很脏的活儿，任景山满脸都是油渍和煤灰，只有张口说话时的牙齿是白的。任景山干这个行当已有十余年了，对小火车怀有深厚的感情。他说，这家伙看起来很笨，但力气大，装上一座山也能拉走。他说开小火车不需要太多的技术，最重要的是瞭望，对路况的把握要准，到哪里该加速，哪里该减速，哪里拉笛，一打眼便知道才行。

任景山微微叹一口气，说，早先森铁两边的树还很密，那时一年四季都在这条线路上跑，现在只有冬季两个月出出车，运运煤，干着不过瘾。我问他，没想干点别的吗？他说，干别的活儿，一下又很难适应。咱这森铁工人，若是离了森铁还真难活呢。说到这里时，他的眼睛有些潮。

我赶紧把话题岔开了，说，咱们照张相吧。于是就喊当地的朋友傅刚为我们照相。咔嚓咔嚓，照了十几张，背景就是"森055"号蒸汽机车。

这些照片，也许记录的是中国最后的森铁了。

二

清朝初年，因清廷视满洲为其发祥地，实行封禁制度，即禁止采伐森林、禁止农垦、禁止渔猎、禁止采矿，通称"四禁"。因而，东北林区基本没有开发。直到一八九五年，清廷设木植公司，山林的寂静才被打破。史料载，"黑龙江东部，山脉纵横，林木茂密。其中最富之处，则为大青山，青翠弥望。光绪时订税章，由征收局代收，作为国家正款，其办法由木把头领票入山采伐，木厂运销按照卖价而征其税。"出于税源的考虑，于是，清廷开始划分林区，组织木植公司开始采伐。

大雪封山之后，木植公司通过木把头雇用伐木工人，用大斧砍伐，木材运输采用牛拉爬犁和河水流送的方式。光绪年间，清政府派员外郎魏震赴长白山考察林业。魏震在日记中写道："木税为奉省入款第一大宗。"好家伙，那意思就是说，奉天省最大宗的税收来源就是木头。魏震是个心细的官员，他在考察时把伐木人怎么伐木，怎么运输，政府在哪里征税都搞清楚了。他写道："伐木把头每于冬初贷款携粮入山砍木，山雪封冻后道路溜滑如镜，马牛由山巅拉运而下，堆存山沟。四月间，雪消水涨，奔流自山沟而下。乃穿成木排，编成字号运之入江，直达安东县大东沟，俗称南海。南北木商在此定购，奉局在此征税。"魏震在日记中对临江还特意多写了几笔，"据云，临江自二道沟以上至二十二道沟，均在长白山之阳。山沟深处，丛林茂密，虽砍伐数十年不能尽，每年砍木把头约三万人。"可见，当时的采伐规模之大，人数之众了。

然而，无论怎样，这都是中国自己的事情。至光绪三十年，北满中东铁路的修筑，掀开了沙俄掠夺中国森林资源的历史——此可视为中国森林史上惨痛的一页。

一八九八年八月，中东铁路开始动工，以哈尔滨为中心，分东、西、南部三线，由多处同时相向施工。北部干线（满洲里至绥芬河）和南满支线（宽城子至旅顺），全长约两千五百公里，干支线相连，呈"T"字形，分布于中国东北广大地区。中东铁路修到哪里，哪里的森林就遭到毁灭性的破坏。著名林学家陈嵘痛心地写道："沿铁路两侧五十里内之森林，均已采伐净尽。"

一个强盗尚未歇手，另一个强盗又抢起斧头。

一九○四年"日俄战争"爆发。这场在中国国土上进行的两个列强间的战争，双方心照不宣争夺的肥肉竟然就是长白山鸭绿江流域的森林资源。沙俄战败后，日本无视中国主权，独家控制了这一地区森林采伐权，强行没收了中国木商存放于大东沟的原木，蛮横掠夺了鸭绿江上的一切漂流木。

在强盗的眼里，中国东北的森林，可谓"遥望其状，苍苍郁郁，若黑云横天，际数十里，不见涯溪，近入林中，数千里古树老树，若巨蛇横溪，白日犹暗，虎狼跳梁，麋鹿腾跃，菁丛深邃，幽溪潺湲，疑在太古之世"。

一九○八年九月一日，日本在安东（丹东）成立鸭绿江采木公司，进行更大规模的森林采伐。所采木材，除了在鸭绿江水上流送，还在临江十三道沟铺设森林铁轨，用森林小火车运输。

——呜呜！——呜呜呜！

从此，东北林区就有了森林小火车喷云吐雾的身影。

一九三一年，日寇侵占东北后，开始以"拔大毛"的方式盗伐红松、鱼鳞松、落叶松、水曲柳、黄菠萝、蒙古栎等珍贵木材。无数良材美干用森林小火车运出山外，再从安东（丹东）用轮船运往日本本土或沉于日本海域，等用时捞出。

日寇侵华时，总共从中国东北掠夺了多少木材，现在无任何资料可以查阅了，但有一个事实或许能说明一些问题。——日本投降后，东北林区的森林小火车光是运输日伪遗留下来的"困山材"（伐倒来不及运走的木材），就整整运了两年。

森林，疲惫不堪；森林，伤痕累累。

三

早年间，森铁牵引机车一般是自重二十八吨的蒸汽机车，最高时速达三十五公里，常速二十五公里。所谓蒸汽机车，就是以原煤做燃料，以炉火烧开的蒸汽做动力的机车。

机车内一般有正副司机各一人，司炉两人。司机叫"大车"，副司机叫"大副"，司炉叫"小烧"。一年四季，"大车""大副"和"小烧"都穿着油脂麻花且乌黑发亮的衣服，俗称"油包"。"油包"一般都是战利品，许多都是苏联红军留下的，用的饭盒和水壶都是小日本的东西。

林区生活并非传说中的顿顿都是大块肉大碗酒。同伐木人一样，森铁人吃的是高粱米和窝窝头，菜呢，多半是咸菜疙瘩和盐豆。如果猎到一头野猪，吃顿红烧野猪肉，就算解馋了。当然，森铁人也还是喜欢喝白酒的。白酒一碗疏筋血嘛。在东北林区，白酒属于劳动保护用品。某森铁司机出车回来，在一家小酒馆喝了不少酒。半夜回家，却找不到自家院门了，便跳木障子进院，不想，腰间皮带被木障子挂住了，醉意袭来，那老兄便被挂在木障子上呼呼睡去。次日凌晨醒来睁眼一看，自己被小咬和蚊子叮得周身都是红眼包，木障子底下却醉死一层小咬和蚊子。早年间，森铁时常发生事故，事故原因多与司机饮酒误事不能及时瞭望有关。

往台车上装木头是个力气活，体力消耗非常大。任景山告诉我，往小火车上装木材用的是卡钩。八八的，六六的，那时的木头那个粗那个大呀，现在见不着了。八八的就是左边八个人，右边八个人才能抬起来的木头。现在呢，现在的木头一个人扛起来就走。那会儿的木头都是上等的水曲柳和红松，大部分都是军需用材，做枪托、炮弹箱、枕木和坑木什么的。

那时候，森铁通信设施也很落后，每个车站值班室只有一台老式手摇电话。这台电话通到森铁的调度室。在运行过程中，小火车上的司机与车站的联络方式非常原始，通过的车辆进站时，值班人员手里举着一个直径八十公分左右的铁圈，铁圈上挂有一个很小的皮包。值班人员把调度传来的指令写在纸条上装进皮包里。纸条上的内容，诸如，在哪里停，在哪里会车，某某岔路往左还是往右，哪一站要加挂"摩斯嘎"，等等。"大副"站在右车门的踏板上，左手抓着扶手，右臂前伸，呼啸间，小火车通过时，铁圈已经套在他的右臂上了。

那个年代，能在森林小火车上工作是很风光的事情了。因为森铁人毕竟是挣工资的，还有劳保待遇。地方上人都愿意跟森铁人攀亲戚，姑娘找对象也愿意找森铁人。

新中国成立之初，东北林区上缴国家的利税曾名列全国前三位。东北林区的木材生产是新中国的第一大产业。从抗美援朝，到国民经济恢复以至第一个五年计划的实施，几乎都是由大木头支撑起来的。那个时期的"林老大"可不得了，打个喷嚏全社会都得当回事。林业工人马永顺十四次进京，受到毛泽东主席接见，毛泽东和周恩来都亲切地称他为小马。作为第一代伐木工人，马永顺曾创造了全国林区手工伐木产量最高纪录。在当伐木工人的三十四年里，共砍伐林木三万六千棵。那是何等的荣耀啊！

一九五九年，"国庆十大工程"相继竣工落成。全国人民欢欣鼓舞，奔走相告。著名建筑设计师张开济回忆说，人民大会堂的柱子是圆的，历史博物馆的柱子是方的，所用木料均是从东北林区调运来的。

一九七六年七月，唐山发生强烈地震。中央向小兴安岭的伊春林区下达了紧急调拨救灾木材的任务，不到一个月的时间，从伊春林区发往地震灾区的木材就有六十二车皮，计十万立方米。同年，建设毛主席纪念堂所需木材也是从伊春林区调运的。光是红松和水曲柳木材就有三万立方米，等等。据记载，从新中国成立至一九九八年，国家从伊春林区调运出的木材达两亿两千万立方米。有人说，如果这些木材用在一个建筑工程上，可以架一座从地球通往火星的桥。

这个数字，堆起来就是一座山，放倒了就是一片海。

——呜呜！——呜呜呜！

吃苦耐劳的森林小火车，每日吭哧吭哧地跑着，不停地把采伐下来的木材运出山外，为国家建设立下了汗马功劳。

与乘务组人员相比，地面上的巡道工也许是单调寂寞的。或许，世界上最孤独的工种，就是森铁的巡道工了。肩扛一把铁锤，斜背一个工具袋，不论严寒酷暑，还是风雪弥漫的恶劣天气，他们都坚持巡道。孤独的身影在两根铁轨之间，默默走着，时而抡起铁锤，敲几下松动的铁钉。没有人和他们说话，也没有人与他们为伴。

森铁是窄轨铁路，比通常铁路的铁轨窄许多。铁轨宽七百六十二毫米，每根铁轨长十米，每公里有两百根铁轨，每米有三根枕木。巡道工寂寞时，就数枕木，一、二、三、四、五、六、七……数着数着，突然有一只狍子横穿铁路而过，一闪，就在森林里消失了。数到哪儿啦？乱了，自己也不知道数到哪里了，便哈哈一乐，重新数。一、二、三、四、五、六、七……数着数着，日头就压树梢了，接着，啪嗒一声就坠到林子里了。

森林里便一片火红了。很快，又漆黑一片了。

渐渐地，巡道工的身影也被黑暗吞噬了。

四

因功能和用途不同，森林小火车分几种，有运输木材的台车，有森铁人员出工时乘坐的"摩斯嘎"，还有绿皮的森铁客车。

那时的林区，绿皮的森铁客车是连接山里山外的主要交通工具。

二十世纪八十年代末，我做记者时去林区采访，常坐绿皮森林小火车。绿皮的森铁客车没有卧铺，一律是硬板座，坐起来颠颠簸簸，不是很舒服。但是，窗外的景致却极美。浓郁凝重，无边无际的绿，汹涌澎湃地涌过来，呼地一闪，又汹涌澎湃地涌过去了。

　　一九六一年，著名作家叶圣陶先生来大兴安岭林区，曾坐过森林小火车。他在《林区二日记》里写道："早餐过后，我们上了小火车。小铁路是林业管理局所修，主要为运木材，也便利工人上班下班。我们所乘坐的小火车，构造与大小与哈尔滨儿童铁路的客车相仿，双人座椅坐两个人，左右四个人，中间走道挺宽舒。车开得相当慢，慢却好，使眷恋两旁景色的人感到心满意足。"

　　森林小火车上有列车长、乘警、广播员、检车员、列车员。当然，最神气的是列车长。他的腋下总是夹着两面旗，一红一绿。他一挥绿旗，车就开了。他一挥红旗，车就停了。有时，列车长将一个帆布袋子交给车站上的人，那是邮袋。里面装着山外寄来的报纸杂志、信件、包裹。林场的人，一听见小火车的吼声，就往车站跑，看看有没有自己盼望的亲人的来信。

　　当然，列车员都是漂亮的女性，眼睛忽闪忽闪，脸白白的，手绵绵的，从身边走过，扑鼻的雪花膏香味，真好闻呀。

　　张淑杰，四十年前的森铁广播员，现已退休在家，居伊春双丰林区。她与我的朋友傅刚是小学同学，我知悉她有过一段森铁经历后，特意找到她进行了采访。那天张淑杰穿一件青花旗袍，笑声朗朗，风采不减当年。当我同她谈起森铁，谈起当年的事情，她的眼神里闪烁出兴奋的光芒。

　　我："当年做森铁广播员一定很风光吧？"

　　张淑杰："嗯，当时年龄小，也就十六七岁吧，原来是林业局文艺宣传队的骨干，当报幕员。后来被森铁站选调到客运小火车上当了广播员。"

　　我："小火车是蒸汽机车还是内燃机车？"

张淑杰："就是烧煤的那种蒸汽机车。车厢有三四节，有时后面挂几个大闷罐车，装好多货物的那种车厢。"

我："嗯，跑哪段线路呀？"

张淑杰："始发站是双丰（以前叫田升），一、三、五跑爱林林场，二、四、六跑保林河林场。运行区间的车站有小站、十七公里、横太、三十一（也叫农场）、茂林、卫林、五十二、燕安、拉林、青林、曙光、爱林、保林河。保林河是最远的站了。其实，站名都是林场的名字。乘客都是林区人或来林区探亲的人。林区人都很朴实，一到站点，就像赶集似的，全是人。"

我："广播有稿吗？还是即兴广播？你都广播什么呀？"

张淑杰："有个简单的广播稿。主要是报站名，还有提醒旅客注意的事项。比如，各位旅客请注意：列车马上要发车啦！请大家在自己的座位上坐好！不要把头和手伸出车窗外面！注意安全！一到春天的防火期，就一遍一遍地广播防火的内容。比如，旅客们，林区大事，防火第一！上山不带火，野外不吸烟！"

我："嗯，你的声音真有特点，难怪被选中当广播员。"

张淑杰："森铁客车的票价很便宜，即便如此，那个年代块儿八毛钱能买好多东西的，所以逃票是司空见惯的现象。男人逃票我认为可耻没志气，女人逃票就可怜了。车长查票时，我就把我认为最可怜的逃票女人，塞进我的小广播室藏起来。有时候，里边藏四五个人，大气不敢出，唯恐被车长发现了。"

我："你是同情弱者啊！"

张淑杰："后来她们都成了我的好朋友。经常给我捎来一些山货，像臭李子，吃起来甜甜的，能把嘴唇染得黑黑的。还有松子、干蘑菇、木耳什么的。"

我："森林小火车停运后，你有什么感受？"

张淑杰沉默了一会儿，说："就像一个正常的人，一觉醒来，却突然发现自己没了双腿！"

——她的眼睛里噙着泪花。

五

终于来到长白山林区桦树小镇。要了解森铁的历史和现状，不能不到桦树。这里曾创造了森铁当年的辉煌，这里曾留下了一代森铁人抹不掉的记忆。

桦树小镇，实际上是临江林业局所属的一个林场的所在地，因此地森林里白桦树居多而得名。白桦，本身就是一个富有诗意的树种，具有浪漫的气息，能带给人无限的遐想。普希金在自己的诗中，把白桦树比喻成俄罗斯的新娘。早年间，桦树是临江森铁处所在地，房子以"木刻楞"和"泥拉哈"为主。那会儿的桦树林子还很密，在林子里光听到喊声，人就是转不出来。林子里有黑瞎子和狼。晚上人躺在"木刻楞""泥拉哈"里睡觉，经常听到林子里的狼嚎，黑瞎子也常来扒门，一闹腾就是半宿。当时的森铁处直属辽东省林务局，管辖着临江境内二道沟、五道沟、三岔子、大羊岔四条森铁线路。首任森铁处主任陈光庭。

后来，随着居民的不断增多，森铁处有了商店，有了医院，有了托儿所，有了学校，有了森铁工人俱乐部，也有了森铁招待所。到二十世纪七十年代，森铁处盖起两层小楼，改造了森铁工人俱乐部。俱乐部里可以开大会，有一千多个座位呢。蛮排场的。

森铁线路以桦树小镇为中心向山里各个林场延伸。二道沟、五道沟、大沙河、桦皮河、秃尾巴河、漫江、高丽河、黑河口、小营子、向阳、金山、酒厂、烟筒砬子等等，都有了森铁线。沿线有二十四个车站，森铁处职工由最初的二百余人，增加到二千余人。至一九九〇年，临江林区共计已有森铁线路九百五十七公里，形成了主线、支线、侧线、岔线、装归线全线贯通的森铁网络。在那个年代，这可能是世界上最长的较为完备的森铁线路了。

那时，森铁的枕木都是木制枕木，虽然经过油浸处理，但腐烂情况还是很严重，每年光是更换枕木就达十三万根。据记载，从一九四九年至一九九〇年的四十一年间，临江森铁共运输木材一千七百多万立方米，客运量达到十万人次。

小镇街道两边的屋檐下，长着黑漆溜光的冰溜子。酒幌子悬在半空随风摇曳，空气里弥漫着腥臭的酒味。一入冬，操着各种口音的全国各地的木材采购人员或木商云集桦树小镇，洽谈生意。饭店、小酒馆、烤串屋里的生意火爆。"五魁首啊！""三星兆啊！""六六顺啊！"呜嗷乱叫的猜拳声此起彼伏。常有邋遢的狗，在街边角落啃噬醉酒人制造的秽物。

桦树小镇，一度是长白山林区一处繁华的所在，被誉为"林区小莫斯科"。

我到桦树小镇的那天，天空中下着绵绵秋雨，当地的朋友送上一把伞，被我拒绝了。我说："这可能是二〇一六年的最后一场雨了。淋淋秋雨好，这样可以清醒。"我们来到森铁处的老站台，看东看西，看得十分仔细。尽管到处锈迹斑斑，破烂不堪，湿湿漉漉；尽管一片残局，光荣消歇，荒草连天。

窄轨铁路上，几节台车静静地淋着雨。我看完火车头看守车，心情复杂，无以言表。双手抚摸着守车车尾湿凉的门把手，分明感觉到了岁月的无情。

台车上装着两根粗大的原木，雨中的树皮泛着幽幽的光。我敢说，如今，在东北森林里再也见不到这样粗大的树了。恐怕，这样的画面已经成为绝版了。可到了近前，我隐隐感觉有点问题。这是木头吗？我问。当地朋友笑了，说，水泥制作的仿品，假的。我无语，心，立时悲凉了。

森林小火车，已经退出了历史舞台。当年的森林小火车定格在林区人的记忆中，即便能看到它的身影，要么只剩下一堆废铁残骸被遗弃在角落里，被荒草藤蒿覆盖，要么孤独尴尬地被陈列在广场或者公园里，供好奇的游客或者孩子们照相、攀爬、观赏、凭吊。

林区人已经渐渐习惯了森铁淡出视野的生活，日常的话题中也很少提及森铁了。

今天，桦树小镇给人一种简约散漫的印象，镇上的人把日子过成诗了。一位在门口晒太阳的老伯跟我说："我只管开心地活着，其他的命运自有安排。"在小镇上漫步，远处是若隐若现的长白山，秋风已经潜入桦树林，无边的红叶随风晃动，纷纷扬扬，满地都是来不及拾起的故事。

唉，昔日森铁的故事也不能拾起了吗？

六

兴隆也许是个特例。据说，兴隆的森铁不仅没拆，而且还要发展。兴隆拥有森铁线路近四百公里。

若干年前，我专门来到兴隆探访了森铁。

这条窄轨铁路，环绕小兴安岭南麓，横跨巴彦、木兰、通河三县，途经二十四个站点，九个林场所，七十二个村屯，不仅在林区经济发展建设中具有举足轻重的作用，而且是巴、木、通三县城乡沟通的重要交通工具。森铁是兴隆林业经济发展的命脉。在二十世纪七十年代乃至九十年代初期，仅商品材运输每年就达三十万立方米，自一九五三年以来，兴隆森铁已累计运输优质木材两千余万立方米。然而，无论怎样，随着林区大禁伐的一声令下，森铁无材可运正在成为不争的事实。

兴隆林业局有见识的人并未消极，而是以变应变，很早便提出了利用森铁开发兴隆森林旅游的构想。我问："森铁干线两边景观如何？"

"你看看就知道了。"说着，那位局长掏出手机，电话打到森铁处，哇啦哇啦说了半天。末了，转过身来对我说："我安排了一辆森铁专列，明天请你到深山老林里转转，我们这里到底有没有旅游开发价值，你看看就知道了。"

次日早晨七点半，我们登上了森铁专列。从兴隆出发到二合营林场，专列整整运行了四个小时，沿途景观颇具北方林区特色，林海雪原，风光着实迷人。

兴隆森铁线路两边的旅游资源十分丰富，如尚未开发的原始林群落，穿冰冬钓的香磨山水库，东北虎出没的八砬子，终年积雪的小兴安岭最高山峰平顶山……一个一个的风景区既是相对独立的，又因森铁线路而有机地连在了一起。

可惜，后来我听说，由于种种原因，兴隆的森铁旅游也还是终究没有搞起来。如今，仅剩下兴隆林业局至东兴站一段的森铁还在运营，每天对发两班车。我闻之，久久地沉默。

吉林的朋友尹善普知悉我在关注老号森铁的事情，便建议我来长白山林区看看。在长白山林区，我遇到的临江林业局局长陈志倒是信心满满。长期在林区工作的陈志，对森铁怀着深厚的感情。他告诉我，风景是一种边际文化信息，而旅游则是寻找边际信息的过程，森铁则恰恰保留了这种边际信息。大口大口喷着蒸汽白雾的森林小火车就是这种边际信息的载体。他说，临江林业局将要恢复一段五公里的森铁线路开展森林旅游。

在临江北山公园，我看到一辆破旧的老式蒸汽机车上，正有几个工人在上面涂漆。相信，用不了多久，它就会喷云吐雾地重新运行了。

在日益商业化的今天，即将消失的东西往往会越具有价值。人的情绪是不能流通的，但它可以弥漫，引起共鸣，付诸行动便成为一种时尚。对今天的青年和中年人来说，"旧"恰恰是"新"，是未曾经历过、感受过的全新的人生情感和视觉形象。

怀旧是一种情绪。时代的变化越大，怀旧的情感也愈快捷愈浓烈。据说，上海人正对三十年代充满了追思之情。那时的上海外滩万国银行林立，建筑风格多样奇异，构成了它独特的风景，如今随着这些机构的全部撤出，又恢复它原有的风貌。这是历史在更高层面上的回归和再现，它鼓荡起人们对旧日时光的重新认识和缅怀。

在东北林区，喷着蒸汽白雾，吭哧吭哧喘着粗气的森林小火车日趋稀少了。实际上，这正昭示着辉煌的伐木时代的终结，代之的是一个全新的资源培育时代的开始。

林区的城镇均是在开发者的脚步和伐木人的号子声中诞生，并随着森林小火车铁轨的不断延伸而发展起来的。横道河子、兴隆、铁力、朗乡、双丰、桦南、绥棱、柴河、二道白河、大石头、临江、桦树、闹枝子……这些早先只有猎人和皮货商们才知晓的名字，谁能说它们现在不是以城镇的意义而存在呢？有人说这些城镇都是用森林小火车运来的。仔细想想，也不无道理呢。

我相信，那些关于森铁的记忆，将成为林区人生命中最温暖最津津乐道的部分。

我离开长白山林区的那天早晨，天空飘落下头一场雪，纷纷扬扬。空气中弥漫着雪野的鲜味，走在积雪覆盖的森铁轨道上，深一脚，浅一脚，咯吱咯吱的响声，富有韵感。

想起一首诗："每一场雪，都覆盖了过去。失去希望的人可以获得启示和重新生活的勇气。每一场雪，铺展开的都是未来。"未来在哪里？未来不在远方，而在脚下。因为脚下即是走向未来的起点。是的，林区人追寻快乐和幸福的脚步从未停歇。

此刻，在森林的上空，在我的耳畔，仿佛回荡着小火车的汽笛声，由远及近，又由近及远了。——呜呜！——呜呜呜！

首草有约

深山无闲草，闲草也是药。

何谓药？与草有约，谓之药。

——采访札记

一

古代量器，从小到大，依次为：龠、合、升、斗、斛。

怎么计量呢？——二龠一合，十合一升，十升一斗，十斗一斛。斛，乃最大的量器了。

在古人看来，人的身体就是一个容器。身体羸弱即是容器空虚了，需要补之，填之，充之，使其满盈，继而强健。用什么补？用什么填？用什么充？还用问吗？当然是用规格最大的量器了。

石斛，不过是自然界的一种草，古人却用最大的量器来命名，可见，此草在古人心里的地位了。那意思是少于十斗米不换的草，一斛相当于十斗嘛！——相当珍贵呢。事实上也确实珍贵。石斛这种东西往往生长在深山悬崖峭壁上，要得到它，可不那么简单。采药人攀爬过程中稍有不慎，就有跌入万丈深渊的危险。

黔西南山区，鬼魅般的喀斯特地貌，变幻莫测的气象，加之丰沛的雨水，弥漫的雾气，使得乔木、灌木、竹藤、草等植物在这里疯长。在这里，石斛是某些人的重要经济来源。

崖壁上晃动一个人的身影。他叫贡嘎，背着背篓正在那里采草药。他今天的运气不错，采到了一丛黑节草。贡嘎有些兴奋，心怦怦跳——因为一丛黑节草，就等于是一沓厚厚的钞票。

贡嘎的儿子高考刚刚结束，听老师的口风，儿子被民族师范学院录取应该不成问题。虽说学师范费用低，但总还是需要一些费用的。怎么说也得给儿子买件新衣服，还有脸盆、牙具之类的生活用品。他得迅速赚来儿子上大学的费用。攀爬崖壁采草药是很危险的，寨子里已有多人为此丧生。不过，在贡嘎看来，自己的这次冒险还是值得的。

下到崖底，贡嘎取下背篓，用一团苔藓小心翼翼地把那丛黑节草包好，轻轻按了按，又重新放回背篓里。他不经意地觑了一眼崖壁，心里忽然又生出一种怅然的感觉——黑节草越来越少了。

贡嘎是个黑脸膛的布依族汉子，识字不多。贡嘎说，他从九岁就跟阿爸攀崖壁采黑节草，今年再有两个月就满五十岁了，采药采了四十多年，采到的黑节草汇集到一起，能堆成一座山了吧。贡嘎说："小时候，阿爸就跟我讲，采黑节草不能挖绝，要挖一半留一半，留着过些年再来采。人不能把事做绝，弄绝了，下一代采什么呢？"

有人告诉贡嘎，黑节草是国家法律保护的珍稀植物，禁止挖采了。非法挖采要蹲局子的呢。

什么？蹲局子？——贡嘎的腿突地抖了一下，瞪大惊愕的眼睛。

二

黔地民间，把铁皮石斛称作黑节草。

尽管铁皮石斛属于稀有之物，身价不菲，但它从来都很低调，不张扬，无锋无芒，悄无声息地蛰伏在背阴的潮湿之地，守望着承诺和信念，与其相伴的是石砾、枯木、落叶、露珠和嘶嘶虫鸣，还有苔藓、苔苇、杂草、薄雾和满天星星。

从生物学角度来说，石斛的生长具有附生性和气生性，也就是说，它不是独立存在的，而是附着在石头或者树体上，通过根系吸收空气中的养分及自身的光合作用，来维持生长。石斛的生命力极强，采回的鲜条，在自然条件下，至少三个月以上的时间才能脱水。次年，石斛干条只要喝饱了水，就会睁开眼睛，伸展经络，舒展筋骨，昂扬饱满地发芽开花，生长出新根。

石斛作为药用最早见之于秦汉时期的《神农本草经》。屈指算算，距今有几千年的历史了。《神农本草经》中对石斛是这么描述的："味甘，平，无毒。主伤中，除痹，下气，补五脏虚劳，羸瘦，强阴。"此书用词极讲究，"中"为何意？内脏也。能用一个字说清的，绝不用两个字，该用两个字才能表达准确的，绝不少一个字。寥寥数语，把石斛的功能和应用范围说得清清楚楚了。

再看看李时珍《本草纲目》是怎么说的。

《本草纲目》载道："石斛丛生石上，其根纠结甚繁，干则白软，其茎叶生皆青色，干则黄色，开红花。节上自生根须，人亦折下，以砂石栽之，或以物盛挂屋下，频浇以水，经年不死，俗称为'千年润'。"

李时珍不惜笔墨，连怎么栽植，挂在什么地方，怎么浇水都告诉后人了。尽管如此，李时珍还是没有写清楚，那石斛到底是什么石斛呢？能入药的石斛可有几十种哩。不过，依照他的描述可以判定，他笔下的石斛应当是铁皮石斛了。

据说，道家有一部典籍叫《道藏》，列出了"九大仙草"。排名为：

铁皮石斛

天山雪莲

三两重人参

百二十年首乌

花甲茯苓

肉苁蓉

深山灵芝

海底珍珠

冬虫夏草

铁皮石斛名列魁首，具有至尊的地位。铁皮石斛，因表皮呈铁青色而得名。茎丛生，圆柱形，肥壮饱满。长茎着花时略弯垂。叶三至五枚，常互生，呈两列，生于茎上部结节上，长圆披针形，先端钝而略钩转，边缘和中脉淡紫色。花序生于无叶的茎上部结节，有回折状弯曲，花瓣或淡黄色，或黄绿色，或白色。

石斛，兰科植物中的一个大家族。它的种类很多，全世界有一千五百多种，我国有七十六种。秦岭以南诸省区都有分布，尤以云南、贵州、四川、广西种类最多。生长在人迹罕至的悬崖峭壁上、崖缝间，常年饱受云雾雨露滋润，集天地之灵气，吸日月之精华。

资料显示，我国的石斛能够入药的有五十一种。《别医名录》

曰："七月、八月采茎，阴干。"石斛以茎入药。"三月茵陈四月蒿，五月砍来当柴烧。"这句话的意思是，采药要按时节进行，不按时节采药，那药就跟柴火没什么两样了。采石斛的最佳时节是七月或者八月，入药的是茎，而且要阴干，不是晒干。中药材的哪个部位入药很有讲究，部位不同药效不同。就说当归吧——当归头止血，当归身补血，当归尾破血（催血）。一般来说，入药的石斛，是专指生于岩石及其缝隙间的石斛。石斛石斛，生于"石"的斛，才是石斛嘛。而附生于树木之上的石斛属植物，称为木斛。石斛与木斛有什么区别呢？李时珍曰："石斛短而茎中实，木斛长而茎中虚。"一短，一长；一实，一虚。看来，二者还是很容易区别的。

木斛可不可以入药呢？还是翻翻药书典籍吧。

《本草图经》曰："惟生石上者胜。亦有生栎木上者，名木斛，不堪用。"而《本草经集注》则曰："生栎木上者名木斛，其茎形长大而色浅……今始安亦出木斛，至虚长，不入丸散。惟可为酒渍，煮汤用尔。俗方最以补虚，疗脚膝。"

一说不能入药；一说不能搓药丸子，但是泡酒喝，煮汤吃还是可以的。可是，用木斛泡的酒，用木斛煮的汤算不算药呢？严格说，还不能算，只能说是药酒和药膳，至多算是滋补品吧。

道家有"吃铁皮石斛成仙"的说法，按照此说，民间广泛流传的汉钟离、张果老、韩湘子、铁拐李、曹国舅、吕洞宾、蓝采和及何仙姑，莫非都是吃了铁皮石斛才得道成仙的吗？然而，这毕竟都是神话传说，不足为信的。但是，在民间，铁皮石斛的确又有"还魂草"一说。有谁奄奄一息快不行了，然后吃了铁皮石斛，就如何如何了，铁皮石斛似乎确有一种无法说清的神力。

在黔地民间，小儿发烧，目赤肿痛，虚火牙痛，用铁皮石斛退烧止痛倒是很常见。特别是退烧的效果明显，对各种原因引起的发热，只要将铁皮石斛捣碎，和水吞服，不消半个时辰就可起到退烧作用。

我没试过，姑妄言之，姑妄听之罢了。

三

"取茎舍花"——这是一个错误。

过去，受传统药典的影响，人们只盯着铁皮石斛的茎了，而花，一度被药学界忽略了。

花，正在归位。

近年来，铁皮石斛花的药用功能也被人们逐渐认识。据说，铁皮石斛花有解郁的功效，能使人心情开朗，缓解精神压力。

我在黔西南走动时，吃过的一道菜，印象深刻。

当时，大家都吃得差不多了，服务员却又端上来一道菜。大家一看不以为然，无非什么东西炒鸡蛋嘛！便没有几个人动筷子。我用筷子夹起，尝了一口，又香又脆，口感和味道都很特别。我问服务员这是什么炒鸡蛋呀？服务员回答，铁皮石斛花炒鸡蛋。大家闻之，呼啦一下全都抄起筷子，一盘铁皮石斛花炒鸡蛋瞬间只剩下盘底的油珠珠了。

在场的一位药学专家说，患有抑郁症的人，长期食用铁皮石斛花能够减轻或消除抑郁症状。大家听后都笑了，说为了不得抑郁症，能不能再来一盘铁皮石斛花炒鸡蛋啊！服务员闪到身后只是笑，不语。

当然不语。有人说："好家伙，说得轻巧，你们吃得起，人家还做不起呢！知道一斤铁皮石斛花几多价格吗？"

"几多？"

"……"

"——啊！"

四

每个女人都爱美。每个女人都有一个梦想。

武则天是最把颜值当回事的女人，到处求秘方，求长生不老药。当朝御医叶法善精心研制出了一个由三味药材配制的秘药，武则天照方子日日服用，从不间断，时间长达五十年之久。虽每日朝政千头万绪，但武则天依然精气神十足，光彩不减。

秘密何在？

当然与那秘方不无关系。秘方后来解密，那三味药分别为：其一，藏红花；其二，灵芝；其三，就是铁皮石斛了。

"药王药王，身如星亮，穿山越谷，行走如常，食果饮露，寻找药方。"——这个药王就是孙思邈。

孙思邈尝百草，著作亦甚丰，以《急备千金要方》《千金翼方》最为著名。他还注重养生，对铁皮石斛偏爱有加，并以此作为自己的养生之本。据说，孙思邈还专门为武则天炼过仙丹。那仙丹里的成分有没有铁皮石斛呢？"药王"一生历经多个朝代，一说活了一百零二岁，一说活了一百四十一岁。不知哪个说法准确，反正超过百岁是可以肯定的了。

史料记载，乾隆爱吃铁皮石斛炖的汤，主要是铁皮石斛炖的排骨汤。不说天天吃吧，但三天两头吃是言不为过的。朝廷为他八十岁的寿辰举行庆祝活动，邀请两千名超过百岁的长者出席国宴。乾隆高度重视此事，亲自审定菜单，见菜单上没有铁皮石斛炖排骨汤时，断然提笔加了上去——如此盛大的筵席，怎么可以没有铁皮石斛炖排骨汤呢？

光绪二十二年，李鸿章出使英国，时年已经七十四岁。当时的大清国处在内忧外患中，临行前的李鸿章患有严重的哮喘病，咳喘连连，头昏眼花。这怎么行呢？怎么说也是代表着大清国形象啊！慈禧把自己日日服用的秘方赐给李鸿章，说爱卿啊，你照方子把这六样东西泡水煲汤，一路服用，到英国之前一准会好的。李鸿章照方子做了，果然有效果——咳喘止住不说，睡眠也好些了。李鸿章大赞其妙。

那方子上的六样东西都是什么呀？——铁皮石斛、阿胶、灵芝、燕窝、龙眼肉、茯苓。瞧瞧吧，又是铁皮石斛列首位。

到英国后，李鸿章将随身带来的铁皮石斛作为国礼送给伊丽莎白女王。女王服用后感觉也非常好，请李鸿章带话对慈禧表达谢意！从此，铁皮石斛成了英国王室的养生奢侈品。

随后，英国的一些传教士、植物学家、医生来到中国，在西南山区以传教或行医为名，寻找采集铁皮石斛，蓝眼睛贼溜溜地可劲儿往那悬崖峭壁上瞄。"植物大盗"威尔逊在中国西南从事盗采活动长达十二年时间，盗采植物四千多种，漂洋过海，分批运回伦敦。其中不乏铁皮石斛、珙桐、绿绒蒿等珍贵稀有植物。当然，盗采也是要付出代价的。在岷江河谷，威尔逊遭遇山体塌方，右脚被石块砸断。一个月后等他到上海医治时，伤口严重感染，右脚落下终身残疾。大自然总要给盗贼点颜色看看的。

还有头发卷曲、鼻孔挺阔的药剂师出身的福雷斯特，常年行走于怒江流域，一边假意为山里人接种天花疫苗，一边收集盗采珍稀植物。据说，光是杜鹃科植物就有上百种。自然，女王喜欢的宝贝东西——铁皮石斛是万万不会漏掉的。只不过，说出来的都是无关紧要的，要紧的，从来都是说出来的很少或者压根就不说了。

也许，与李鸿章那次带铁皮石斛出使英国不无关系，欧洲人比中国人自己似乎更能认识到铁皮石斛的价值了。二十世纪六七十年代，一公斤铁皮石斛可以从欧洲换回十二吨小麦。

十二吨小麦能养活多少人呢？算算就知道了。

五

为了寻访铁皮石斛，也为了探求铁皮石斛与那片山林的特殊关系。猴年六月，我走进了大山深处那个童话般的山寨。

这是一个依山傍水的布依族村寨。全寨九十三户四百一十二口人。房子是干栏式吊脚楼，稀稀落落，散布在山坡翠竹丛中。吊脚楼全系木制结构，木料多为杉木或者枫香木。底层中空，上立屋架，两头搭偏厦，顶上盖青瓦或陈年杉皮，三间五间不等。

"人须栖其上，牛羊犬畜栖其下。"——也就是说，楼上住人，底层养牲畜、家禽，置农具，设舂碓、碾坊等。这种原生态的建筑，既可防蛇防虫防猛兽之害，又可避免潮湿，采光、通风也不错。实用淳朴的格调中，透着布依族人生存的智慧。

寨口，有几棵高大的古青冈树撑起一片天，蓊蓊郁郁，气象万千。树枝上间或挂着红布条，随风摇曳。

近年，这个寨子因种植铁皮石斛而日渐闻名遐迩了。

山寨位于滇黔交界处的南盘江右岸，海拔在七百至一千米之间，森林资源丰富。独特的地理位置，使得这里每年有六个月时间大雾弥漫，空气湿漉漉的，特别适合铁皮石斛生长。

偏巧，我来的那天却是晴天。站在山顶放眼望去，大片大片的森林覆盖了山岭，起起伏伏，郁郁葱葱。到林中仔细观察发现，很多青冈树上似乎缠着一圈一圈的东西。询问之，答曰：那是种植的铁皮石斛。原来这是铁皮石斛的一种仿野生的种植方式。

说话间，林中闪出一位背着背篓的布依族大眼睛女子，正往背篓里采着什么。只见她上穿着蓝色对襟长衫，下穿百褶长裙，头上包着青色头巾，银耳环叮当作响。细看看，对襟长衫的领口、盘肩、袖口、衣角皆有织锦图案。大眼睛女子叫蒙阿妹，往背篓里采的东西就是铁皮石斛。蒙阿妹原在深圳打工，两年前的春节，回家过年，就再也不去深圳了。因为一家石斛种植公司就在她的家门口，在家门口打工一个月也能赚三千多块，不比去外面打工赚得少，何必还要去深圳呢。

于是，蒙阿妹就给深圳那边的姐妹打了个电话，把深圳宿舍里自己的被褥、衣物打成一个包，快递回来了。

"还是在家门口打工好，花费少，还能照顾家里老人和孩子。"蒙阿妹一边采着石斛鲜条，一边抬头对我说。

我问："这鲜条采回去怎么处理呀？"

"要先晒干，然后炮制加工成枫斗。"

"什么是枫斗啊？"

"就是螺旋形的小球球。"蒙阿妹用手指比画着，咯咯笑了。

这时，石斛专家孙老师闻讯赶来。孙老师从事石斛研究已有很多年的历史，发表过一些石斛生境及种植技术方面的论文。

我问孙老师："石斛为什么要种在青冈树上呢？"

"并不是只有青冈树上才生长石斛，杉木、枫香树、黄椤树、油桐、槲栎、樟树、乌桕上都可以长，只不过在喀斯特地貌的山区青冈树更适合罢了。"孙老师取下挎着的相机，啪啪啪连拍了几张石斛丛生的照片，接着说，"铁皮石斛与青冈树有一种天然的依存关系。"

"何解？"

孙老师拍了拍身边的一株老青冈树，说："这种树树皮厚，营养丰富，含水多，裂纹深，透气好，无杂菌，保湿。附生的铁皮石斛种上去，发根旺。"孙老师顺手掰下一小块儿树皮，说，"更主要的是青冈树喜欢生长于微碱性或中性的石灰岩土壤上。"

"这跟铁皮石斛有什么关系？"我问。

"青冈树吸收的营养成分，正好也是铁皮石斛喜欢吸收的营养成分。不过，石斛不是从石灰岩土壤里直接吸收，而是通过自己的根系从空气、雾气和水分中吸收。"

我听得瞪大眼睛，差点忘记掏出小本子记下孙老师说的话。孙老师兴致颇浓。他说："青冈树还能预报天气情况呢！"

"怎么预报啊？"我很好奇地问。

"正常天气，青冈树的树叶呈绿色，但一旦突然变红，就意味着此地一两天内必要下一场大雨了。"孙老师说。

"这是什么原理呢？"

"青冈树的树叶叶片中所含的叶绿素和花青素是有一定比值的。长期干旱，即将下大雨之前，强光闷热的天气，使得叶绿素的合成受阻。而叶绿色和花青素是一种此消彼长的关系，在叶绿素弱势的情况下，花青素就呈现出强势状态，体现在叶片上就是红色。"

"长见识，长见识。"我说，"那就可以根据青冈树的树叶变化情况，打理种在树上的铁皮石斛呀！"

"是的，既要保湿、透气、增加营养，也要防虫防病防止烂根。"孙老师用盖子盖上了长焦相机镜头说。

其实，在自然界里，植物与植物之间，植物与动物之间，植物与微生物之间，甚至与细菌及空气之间，都存在一种微妙的联系。

听了孙老师的讲解，我隐隐约约有点明白，当地布依族人为何要给寨口的古青冈树挂上红布条，每年六月六都要祭拜敬奉了。

六

不能不提黄草坝。

因为黄草坝是地球上唯一以石斛命名的地名。此地，后来设县。提出设县建议的那个人，名气很大。纵观他的一生，他从未提出别处设县的建议。仅此一次，仅此一处。

那个人叫徐霞客。

那个地方就是现在黔西南的兴义。兴义之前叫黄草坝，其名始于明代天启年间，因此地盛产黄草而得名。黄草是什么呢？——就是石斛呀。兴义出产石斛十六种以上。黄草是布依族人的叫法。

兴义是当之无愧的石斛之乡。就野生石斛的产量和品质而言，当年，全国没有哪个县能超过兴义的。早年间，兴义每年收购的黄草都在三十五担（每担五十公斤）左右。一九五一年二十担。一九六四年是最高的年份——五十担。之后，一直是每年二十担，到二十世纪九十年代初期，黄草越来越少，黑节草（铁皮石斛）和金钗（金钗石斛）几乎绝迹。

黄草坝的山以陡峭、高耸见奇。因之奇，徐霞客来了。

"透峡出，始见东小山南悬坞中，其上室庐累累，是为黄草坝"。显然，徐霞客是乘木船渡过滇黔襟带相接的界河——黄泥河，而来到青山环抱，碧水穿流的黄草坝的。在这里，徐霞客写下了《黄草坝札记》。

明代，黄草坝还是土司管辖下的一个小镇。

徐霞客到此时正遇大雨，宿农家，"虽食无盐，卧无草，甚乐也"。他在札记中写道："其地田畴中辟，道路四达，人民颇集，可建一县。"徐霞客为什么提出建县的建议？理由是什么呢？——在普安十二营中"钱赋之数则推黄草坝"。那意思，黄草坝这地方很富，应该归入朝廷体制内管理。可是，此地可以建县，却没有建县，长期属于布雄土司势力所辖是何原因？徐霞客写道："土司恐夺其权，州官恐分其利，莫为举者。"老徐一语道破，两个东西在作祟，其一为权，其二为利。可惜的是，徐霞客的建议并没有引起当朝的重视，直到一百五十九年之后，也就是清代嘉庆二年，才在黄草坝设兴义县。

然而，兴义并没有取代黄草坝。布依族老辈、长者还是习惯把兴义称作黄草坝。是的，记忆中扎根了的东西，是无法抹掉的。

黄草坝的地名至今还在沿用。——兴义县城所在地就是黄草坝。

朋友说，赶圩的日子，黄草坝一条街上的中药材市场相当兴隆，蜿蜒数里。草药都是新鲜的草药，是采药人起早从山上采回来的，还带着露珠呢。

我问："有野生铁皮石斛吗？"

"有还是有的，但很难遇到了，而且价格巨高。"

七

《千金要方》记述："安身之本，必资于食；救疾之速，必凭于药。"这段话的意思是告诉人怎样治病，但更重要的是它提醒人怎样不得病。现代养生理念提出，防病重于治病。提高人体免疫力，增强肌体抵御病毒侵袭的能力，从而使身体健康，才是养生追求的目标。

在一定意义上，与其说铁皮石斛是治病的，倒不如说是防病的。明代《本草乘雅》载，服铁皮石斛"补虚羸，暖五脏，填精髓，强筋骨，平胃气"。

什么样的铁皮石斛才是上品呢？

看似一根草，嚼时一粒糖。古代药学家张寿颐说："石斛必以皮色深绿，质地坚实，生嚼之脂膏黏舌，味道微甘者为上品，名铁皮石斛。"

近代名医张锡纯说："铁皮石斛最耐久煎，应劈开先煎，得真味。"

但是，也有专家主张，由于铁皮石斛最主要的成分是石斛多糖和石斛碱，水煎并不能保证多糖和石斛碱全部溶于水，因此，服用时应该把石斛也嚼细吞下。真正的铁皮石斛嚼后没有粗渣，也没有杂七杂八的怪味，只有微甘的黏稠感。

当然，用鲜铁皮石斛煲汤更是鲜美无比了（史料记载，这是乾隆的最爱）。这也没什么秘密，就是将铁皮石斛切成段，放在汤里，或者与鸡，或者与鸭，或者与鹅，或者与排骨，或者与腔骨等同时炖上一两个时辰即可。吃肉喝汤，美。不过，可别忘了锅里的铁皮石斛，要把它吃了，好东西才算没有浪费。

问题来了。

——在我们毫无心理准备，毫无应对准备的情况下扑面而来。

就在华盛顿时间二〇一六年六月三十日，一百一十名诺贝尔奖获得者联合签名，在网上发表公开信，力挺转基因农业的时候，转基因中药已经悄悄进入了我们的肠胃。中科院某专家报告显示，枸杞、板蓝根、鱼腥草、人参、杜仲、甘草、桔梗、麻黄等几十种中药材已经实现转基因或正在进行转基因研究。

当然，那些专家是一定要在石斛身上露一手的。二〇〇五年，某课题组应用农杆菌介导法，克隆了某植物的基因，再如此这般地载入石斛兰体内，得到六十九个转基因株系，其中，有两个生根转基因苗。

这意味着什么？

意味着石斛兰已经有了另一个石斛兰——转基因石斛兰。

此乃幸耶？悲耶？好在石斛兰还仅仅是观赏花卉。

人类无时无刻不处在探索中，或许，转基因技术本身并没有错，但若把这一技术应用到中药材领域，那无疑是一场灾难。因为，它严重违背了自然法则，严重违背了生态学规律。

一些老中医开具药方时不无忧心忡忡，自己开出的药是道地的药还是转基因的药呢？

中药材的药效与其道地性有很大关系，越是原产地越是原生态的中药材效果越好。而转基因彻底颠覆了中药材的"道地"二字，改变了中药材中各种成分的平衡关系，或者将有毒有害的基因转入中药材中，或者将抗虫抗病抗毒的抗生素基因转入中药材中，从而，导致中药的本质已经发生了改变，已经不是原来意义上的中药了。这样的中药还能治病吗？

——能。——是致，而不是治。

"中医将亡于药"并非危言耸听。

随着资本市场的疯狂入侵，转基因诡秘的影子正一步一步向中药材逼近，中药材所固守的道地性和传统正在面临着崩溃，"中药"正在发生着变异，其流弊和乱象令人发指。

中药的本质是治病救人，而不是逐利，因此中药材的种植和发展只能遵道而行，切不可背道而驰。可是，对于任性的资本来说，这样的话是听不进去的。

首草——铁皮石斛是不是已经有了转基因？抱歉，我回答不了这个问题。这个问题也不该由我回答。我只能说，逐利的资本不会放过任何逐利的机会。哪怕它藏匿深山，哪怕它居于悬崖峭壁，哪怕它有跌入万丈深渊的危险。

这世界变化得实在太快——古代量器中的龠、合、升、斗、斛，先是淘汰了龠和合，后又以石代替了斛。直到今天，连斛的实物也没几个人认识了。我们总是喜欢改变，而坚守的太少。这是不是一种病呢？

病，乃潜伏的问题。人的问题，社会的问题，自然的问题。这世界，人的问题比人还多，社会的问题比堵车还堵，自然的问题比雾霾还糟糕。然而，这都不是问题，问题是药本身出了问题。——纲目乱了，本草难找，那药无论怎么服用都不对。

问药，问李时珍，铁皮石斛还是首草吗？

然而，无论怎样，我都固执并且坚定地认为，最伟大的药不是在医生开具的处方上，它一定是深藏在大自然中。

一味药，可以改变一个人的状态。

一味药，也可以改变一个民族的命运。